U0697469

曼陀罗悬疑馆

给您最好看的原创悬疑小说

双面

冷残河　著

贵州出版集团
贵州人民出版社

图书在版编目（CIP）数据

分身者·双面 / 冷残河著. -- 贵阳：贵州人民出版社，2020.5
ISBN 978-7-221-14888-9

Ⅰ.①分… Ⅱ.①冷… Ⅲ.①长篇小说 - 中国 - 当代
Ⅳ.①I247.5

中国版本图书馆CIP数据核字（2020）第056598号

分身者·双面

FENSHENZHE·SHUANGMIAN

冷残河 / 著

总 策 划	陈继光
责任编辑	陈继光　代　勇
特约编辑	陈胤凡
装帧设计	陈　晨
封面设计	源画设计
出版发行	贵州人民出版社有限公司（贵阳市观山湖区会展东路SOHO办公区A座）
印　　刷	长沙鸿发印务实业有限公司（长沙市黄花工业园3号）
版　　次	2020年5月第1版
印　　次	2020年5月第1次
印　　张	19
字　　数	240千字
开　　本	710mm × 1000mm　1/16
书　　号	ISBN 978-7-221-14888-9
定　　价	42.00元

“人生往往有些决定终身的时间，好似电灯在大都市的夜里突然亮起来一样，永恒的火焰在昏黑的灵魂中燃着了。只要一颗灵魂中跳出一点火星，就能把灵火带给那个期待着的灵魂。”

——《约翰·克利斯朵夫》

引　子

会客室是一间封闭的房间，除了铁门，再没有任何出口。

房间中央有套桌椅，椅子上坐着一位体形瘦弱的年轻人，他太瘦了，单薄的衬衣套他身上空荡荡的，仿佛一阵风就能将他吹走。可就这么一个瘦弱的小伙子，他手脚却都被箍在椅子上，双手甚至加了两道手铐，他面容呆滞，一双眼睛暗淡无光，眼里没有丝毫生气。

铁门打开了，两名警察陪着一位戴眼镜的中年人进来。中年人身材修长，面容儒雅，他手里拿着一个大大的档案袋，一进门，他的目光就被手铐铐住的年轻人吸引住了。

警察对中年人异常客气，胖一点儿的警察瞟了一眼年轻人，说："钱博士，他就是人犯方天一。"

被称为钱博士的中年人扶正眼镜，在年轻人对面坐下，他打开牛皮纸档案袋，掏出一大摞资料来，大略翻看了一遍，有些怀疑地说："他就是连续制造了八起凶杀案的杀人凶手？"

胖警察做了肯定答复。

钱博士又习惯性地推了推眼镜，比照着资料上的照片，难以置信地说："太不可思议了，他这么瘦弱的身体，居然能制造这么可怕的凶杀案，死者包括体育运动员、桑拿店老板、小混混，甚至还有警察……"

胖警察重重地叹口气，说："为了抓他，我们可费了很大一番力气，还牺牲了一名武警，您可别小看他。”

钱博士又上下打量了年轻人一番，半是自言自语，半带着疑问说：“他有什么特殊能力吗？”

胖警察跟同事对视一眼，摇头道：“没有。”

“我们能单独聊两句吗？”

“恐怕不行。”胖警察不带任何商量余地地说：“他具有很强的攻击性，我们担心博士您的人身安全。”

钱博士道：“我可比他壮多了，何况他还被锁着呢。”

胖警察苦笑道：“那些被他杀害的人，每个都比他强壮，可最后谁都没逃脱他的魔掌。再说钱博士您可是学术泰斗，您要出事，我们可兜不住。”

见没商量余地，钱博士只好冲两名警察挥了挥手，警察会意，退到了角落里，尽量把自己化成影子，不打扰博士对犯人的询问。

钱博士凝视着犯人的眼睛，他很奇怪，这么弱小的身体里，到底隐藏着怎样的魔鬼，让他在两年时间里，制造了八起耸人听闻的凶杀案。这八起凶杀案手段之变态、残忍、离奇，在近十年的刑事案件史上，都是绝无仅有的。没确定真凶之前，媒体和社会传言将凶手形容得凶神恶煞，让人误以为是个李逵一般的人物，没想到这个凶手，居然如此虚弱不堪，他的腼腆和瘦弱，很像是个还躲在象牙塔中的学生。

钱博士掏出一张名片，摆在凶手面前，道：“我叫钱国琛，是一家遗传科学研究实验室的负责人，我对你的经历很感兴趣，想跟你聊聊，可以吗？”

凶手瞟了他一眼，不屑地哼了一声，把头扭向一边，胖警察吼道：“好好配合钱博士的工作，他问什么你照实说。”

钱博士朝胖警察摆摆手，皱眉道：“你们在这儿我很难开展工作，还是在外面等我吧。”

钱博士语气很坚决，胖警察想辩解，钱博士却没再跟他们商量的意思，转而对凶手说：“你抽烟吗？”

凶手微微颔首，钱博士掏出烟给他点上，然后递了过去。

警察讨了没趣，只好悻悻地朝外面走，出门的时候还不忘对钱博士说：“他要不老实，麻烦您大喊一声，我们出去等您。”

钱博士将笔记本摊开，笔记本上写了一行漂亮的钢笔字：812 凶案嫌疑人问询记录（第八号计划）。

凶手猛吸了一口，被烟呛得咳嗽不止，钱博士盯着他的动作，好像要从这些微小的细节里，找出他的犯罪动机似的。

等他平静下来，钱博士用尽量平和的语气道：“你的时间不多了，难道你不想在临终前，留下什么话吗？你是个有故事的人，我想把你的故事记录下来，这份记录会存进我的研究档案，永远保存下去。而且，如果你还有什么未了的心愿，我可以帮你！”

凶手盯着钱博士，喉结翻动，半天才艰难地憋出一句话：“没有，我只想快点死。”

他脸色灰白，神情茫然，眼里暗淡无光，这的确不是一个正常的人该有的样子。

钱博士翻出一叠资料，摊在凶手面前，说：“在我来找你之前，我调查了你们家族的所有履历，甚至还去过你老家，问询过很多人，发现你们整个家族似乎都被犯罪诅咒过，你是你们家族第十一名犯罪者！”

凶手的身体很明显抖动了一下，他平静的脸色变得异常难看，跟见鬼了一样，那种惊骇的模样，钱博士生平未见。

得知要面临死刑时，他没有激动，可是提到家族，他居然会怕成这样，钱博士敏锐地察觉到，其中一定隐藏了什么。

“你的亲戚朋友同学，还有女朋友，都对你评价很好，说你是难得一见的好人，还很有爱心。你在过去的十年里，收养了超过十五只流浪狗和猫，把你有限的收入都花费在保护流浪猫狗上，宁愿自己饿着肚子。”

凶手苦笑："我觉得它们跟我一样可怜。"

"你大学本科毕业，还有一份在同龄人看来不错的工作，虽然收入算不上太高，好在工作稳定体面。你还有个乖巧懂事的女朋友，你们感情不错，听说计划今年年底结婚，单位给你们分的房子马上交房，照理来说，你不应该走上这条路。"

钱博士翻阅着资料，眉头拧得越来越紧，他心里更加怀疑，这样一个人，跟连环凶杀案杀人凶手画上等号，这太不可思议了。

凶手只是苦笑，笑得眼泪都下来了："你不懂的，你们这些人，就算对我调查得再详细，也永远理解不了我。"

凶手的脸色时而忧伤，时而兴奋，他像是在镣铐下挣扎，又像是在用某种极端折磨自己的方式释放内心的痛苦。

钱博士道："告诉你一个不幸的消息，你爸爸在监房涉嫌多次伤人，狱方为了保护其他犯人，将他单独关押，他在监房自杀了，工具是半截筷子。"

凶手脸上变幻莫测的表情，突然凝住了，他目瞪口呆地盯着钱博士，脸上很快浮出笑容，道："我要祝福他。"

钱博士眉头微皱，这番对话，再次让他陷入迷茫，这个年轻人太奇怪了，奇怪到以他的见识和阅历来看，都觉得不可思议。

"很奇怪吗？"凶手诡异地笑着，"别浪费时间了，已经有前后三拨心理专家跟我谈过，你们理解不了我，更理解不了我的动机，我都不知道自己为什么会变成这样。"

钱博士沉默了，他给自己点了一支烟，静静地看着凶手瘦弱的身体，他研究过凶手的过去，人人都说他不可能是凶手，见到他本人的时候，他更加确定，这人根本不可能是凶手。可警方铁证如山，他们拥有完整的证据链证明凶手一定是他，这个叫方天一的年轻人。

"再给我一支烟。"凶手朝他伸出手。

钱博士将做记录的笔放下，点上一支香烟朝他递了过去。就在他即将触碰到烟的时候，他的手快如闪电，抓住桌上的钢笔，另一只手勾住钱博士的脖子，将他摁在桌上，钢笔飞快地扎向他的颈动脉。

钱博士发出惨叫。

铁门被撞开，两名警察冲了进来，胖警察一声断喝：“住手，再不停手我可就开枪了！！！”

凶手的钢笔悬在半空，另一名警察将钱博士从他手下解救出来，胖警察举枪瞄着方天一，一身冷汗，方天一嘲弄地看着警察，将钢笔扔在桌上。

钱博士惊魂未定，方天一指了指自己胸口，神秘道：“这里面，住着一只魔鬼，别说你们，连我自己都控制不了他。”

一辆破旧的桑塔纳轿车在黎明的掩护下，穿透夜色，行驶在城市的边缘，轿车速度很快，伴随着发动机老化导致的巨大轰鸣声，在马路上疾驰而过，惊起一地灰尘。桑塔纳速度之快，很难令人相信，这种破旧的轿车会拥有这么好的动力。

桑塔纳穿过一片厂区，工厂巨大的烟囱朝天空喷着黑色的烟雾，黎明很快散去，桑塔纳停在厂区后面一座最高的楼门口。那楼灰旧普通，已经有年代的烙印，大楼门口有处传达室，传达室里坐了多达八名保安，正目不转睛地盯着外面，所以桑塔纳出现的时候，他们的注意力全都被它吸引了。

从汽车上跳下来一位消瘦的中年人，他头发蓬乱，眼神疲惫，一副好几天没睡过觉的样子。

他下了车直接朝大楼里冲，立刻被蜂拥出来的保安围住了，中年人身手了得，他很快打倒两个保安，试图冲进门内，可惜双拳难敌四手，还是被众保安擒住了。

为首的保安冲其他人挥挥手，众保安警觉地押着中年人进了大楼，保安头子扫视了一圈外面，确定没有其他人发现他们的举动，才回到保安室。

中年人被关在大楼地下室，关押他的房间没有窗户，一道钢板门隔绝了一切，房间里除了床，再没别的东西，跟他们审讯室布置一般无二。

这位中年人，是省城刑警队副队长，他业绩骄人，是省城警界冉冉升起的新星，素有神探之名。此刻的他，却一反往日泰山崩顶都能镇定自若的神情，拼命踢打着锁死的钢板门，拳头狠狠砸在钢板门上，砸得门上血迹斑斑，他又叫又骂："姓钱的，你这个王八蛋，你丧尽天良，居然利用我来干这种事，你出来跟老子当面对质……"

门被推开了，中年人猝不及防跌坐在地，保安头子陪着儒雅斯文的钱博士出现在中年人面前，钱博士伸手将中年人扶起，中年人狠狠将他推开，又狠狠吐了他一口口水。

两名保安试图上前教训中年人，被钱博士拦住了，他挥手让保安出去。

钢板门在两人身后沉重地锁住。

中年人将钱博士顶在钢板门上，怒骂道："你利用我？！"

钱博士依旧一派儒雅书生的气度，淡然道："马警官，你误会了。"

"误会？"被叫马警官的中年人惨笑道，"我这么帮你，是敬重你是国际知名的大科学家，没想到你会利用我做这么下作的事。今天我弄不死你，老天爷也会收了你，你迟早会遭报应的。"

钱博士道："我的目的恰恰与你想的相反，我要拯救天下苍生，拯救所有被犯罪基因控制的无辜之人。"

马警官呸了一口，道："别用这种冠冕堂皇的借口自欺欺人，你取凶手方天一的精子，难道不是想复制更多的方天一？"

钱博士道："我选择方天一参与我的实验，是为了利用基因消除技术消除掉他的犯罪基因，让他的后代能过上正常人的生活。"

马警官从口袋掏出一张报纸拍在桌子上，头条赫然写着"连环凶杀案凶手方天一被判死刑，昨日已执行"。

马警官冷笑道："他的犯罪基因明明可以在昨天彻底终止，他是家族独子，整个家族都能得到解脱，可就是因为你，他的犯罪基因继续为祸人间，你说你是不是国家和人民的罪人？"

钱博士道："我的基因消除技术，能在受精卵时期消除掉他的犯罪基因，孩子出生后，将会与正常孩子没有任何区别。一旦我的实验成功，将会造福全世界无数拥有犯罪基因的人，到时候，我的基因消除技术会降低全球犯罪率，变态犯罪会从此绝迹，这是造福全人类的大好事，怎么在你眼里，会变得这么不堪呢？"

马警官森然道："你别忘了，你现在做的是实验，有成功就会有失败，一旦实验失败，谁来承担这个后果？"

钱博士从马警官手上挣脱，轻描淡写道："就算实验失败，这世界上也不过再多一个方天一而已，我们到时候会对他进行重点监控，决不让他再毒害社会。"

马警官更加愤怒，道："只是这么简单吗？多了一个方天一，他会残忍地带走八条人命。你们实验室斥巨资干这件事，难道只会选择一个方天一吗，你们的邪恶实验后面，一定会留下更多的方天一，这些方天一一旦长大，在他们未来长达数十年的人生里，会制造更多凶案，谋害更多无辜人群，他们会将他们的基因继续传递出去，让他们的子孙后代危害更多无辜的人，你说你是不是罪人？！"

钱博士两手一摊，做出无可奈何的样子，叹气道："你太偏激了，相信我，我的实验一定会成功。方天一的精子已经与卵子顺利结合，就在昨天，我们完成了受精卵的基因消除手术，一切都是水到渠成，只等受精卵发育成胚胎，我们将胚胎植入代孕女性子宫，方天一的后代就会在妈妈的子宫里茁壮成长。他会像所有正常孩子一样，健康成长，接受优质教育，成为这个社会的栋梁之材。"

"你已经疯了，你就是个彻彻底底的科学疯子，你一定会为自己的所作所为后悔，你一手种下的恶果，危害的将是整个社会，我现在杀了你，就是为民除害。”

马警官再难以听下去，他狠狠掐住钱博士的脖子，大有要置他于死地的可能，大门被撞开，一群保安蜂拥进来，将钱博士从马警官的手上解救下来。

保安控制住马警官，钱博士蹲下来喘着粗气，他的眼镜早被马警官打飞了，眼前所见，一片混沌。

保安头子替他捡回眼镜，问他说：“怎么收拾他？”

钱博士叹了口气，无奈道：“放他走吧，他跟咱们只是理念不同，迟早有一天他会为自己的所作所为后悔。他还年轻，我们给他时间。”

1

时间一晃而过，眨眼二十八年过去了。

天下着小雨，阴沉沉的天空乌云密布，白天夜一般暗淡无光，在城市的角落里，一个衣衫褴褛的女人扛着破麻布袋子，正拿着一根棍子拨动腥臭无比的垃圾桶中的垃圾。几个撑着雨伞的路人匆匆走过，都嫌恶地捂住了鼻子。

女人眼角瞟了两眼路人，苦笑着摇了摇头，她一头长发披散下来，遮挡了大半张脸，雨水打湿了她的衣服，她浑然不觉，专注地在垃圾中翻找着什么。只不过在她身体摆动的瞬间，长发随风荡开，她另半张脸也暴露了出来，脸上横七竖八全是伤疤，看着面目狰狞，状如恶鬼，恐怕任谁见到了，都会吓得心头一颤。

女人很快翻找到一堆有价值的东西，塞了半只袋子，她脸上露出欢喜神色，她笑起来的时候，刀疤微微颤动，仿佛许多条蚯蚓在脸上爬，更衬得她整个人的丑陋。

女人扛起袋子摇摇晃晃朝胡同口走去，才拐过一道弯，突然眼前一黑，整个人被人绊得跌倒在地，袋子里的垃圾也散落了一地。

她艰难地爬起来，发现面前站着三四个同样穿着破旧的捡破烂儿的，几个壮汉正笑嘻嘻地看着她，一个高个子脸上有道疤的男人冲她伸着脚，眼神异常得意。

女人惶恐地爬起来，将散落的废品重新装回袋子里，一只破旧的手机被高个儿男人踩在脚下，女人伸手去扣，男人一松脚，女人立刻抓住手机，可男人的脚却狠狠地踩了下来，将女人的手在水泥地上碾磨，女人满手是血，疼得尖叫不止。

围观的几个捡破烂儿的起哄笑着，尽管这样，女人仍没打算松开手里的手机。

高个男人狞笑道："叫啊，使劲儿叫，你越叫爷们儿越兴奋，越喜欢你。"

他伸出手，撩开女人遮脸的长发，女人半张脸刀疤横生，另半张脸却白皙娇嫩，可看出没受伤之前，她一定是位非常养眼的漂亮姑娘。

女人拼命躲开男人的手，男人掐着她脸蛋笑道："这女人还挺俊，本以为是个破烂货，没想到是个宝。"

一旁的同伙大呼小叫给高个儿男人助兴，高个儿男人更加兴奋，拖着女人往胡同里走，女人拼命挣扎尖叫。可这胡同属于即将拆除的老城区，原住户早搬出去了，再加上天色黑暗，一副风暴即将来临时的样子，就算有过路的，也急着躲雨，哪有空来管这闲事。

高个儿男人把女人拖进一间废弃的老房子，其他同伙也跟进来呐喊助威，女人的尖叫挣扎声很快被淹没掉了，化为虚无，一如她徒劳无功的挣扎。

她破旧的衣服被撕掉，露出雪白的皮肤，高个儿男人狞笑不止，女人挣扎中抓破了他的脸，他陡然变了脸色，抄起地上一根木棍将女人打得满脸是血，女人在屋子里逃窜，他追打不止，直打得女人头破血流。

几个同伙只顾看热闹，没有人劝说，更没有人阻拦高个儿男人的疯狂举动，女人挣扎的声音越来越虚弱，最后只剩下低低的呜咽了。

仿佛她的生命，也跟她叫唤的声音一样，逐渐消失，直至无声无息。

女人趴在地上一动不动，高个儿男人依旧拼命地抽打着她，围观的同伙保持着戏谑的笑容吹着口哨，好像女人的生死对他们来说并不重要，他们唯一的目的就是找乐子。

高个儿男人像是打累了，蹲下来喘着粗气，嘴里依旧没停止咒骂：“败兴娘儿们，是你自己找死，老子也懒得跟你客套。”

外面的雨大了起来，惊雷滚滚，闪电穿堂而过，像是来自另一个世界的光影，屋子里人的身影被照亮又瞬间黯淡，每个人脑海里都定格着对方惨白的面孔。

又是一道闪电划过。

门外突然多了一道黑影，那黑影立在大门口，像是已经在那儿站了很久，所以高个儿男人陡然转身，结结实实地吓出一声惊叫，其他人这才注意到了那道黑影。

闪电再次亮起的时候，黑影已经站在屋子中央，他一身风衣，修长的身影被拖得很长，浑身上下滴着水，静静地盯着高个儿男人。

他的目光刀一样锐利，高个儿男人本能地打了个寒战，他活了四十多岁，还从没见过这么可怕的目光。

黑影抱起地上浑身是血的女人，道：“我带她走。”

他声音不大，却很有力量，高个儿男人不由得浑身一抖，其他同伙围了过来，有人怒道：“你当兄弟们是吃素的，你想来就来，想走就走？”

“电影看多了学人家英雄救美吗？就这丑娘儿们，居然有人看上她？”

黑影朝笑声最响亮的流浪汉走过去，流浪汉挥拳扑了过来，其他人蜂拥过来，拳头雨点一般挥舞了过来，又是一道闪电闪过，黑漆漆的屋子变得亮如白昼，黑影抱着女人站在几人之外，高个男人捂着肚子，鲜血一滴滴地从他指缝中流下，几人响起一声惨叫，黑影头也不回地离开了屋子。

雨很大，风更疾，雷声滚滚。

黑影抱着女人行走在大雨中，任由瓢泼大雨兜头兜脑地浇下来，他不急不缓地走着，好像整个世界的喧闹都与他无关。

女人隐藏在长发后面的眼睛，一直盯着他的脸孔，他的面容在明灭的光影中，时而暗淡，时而清晰。

“我以前见过你！”

“是吗？”黑影语气冰冷，不带任何感情。

2

城市东边是老城区，这座城市历经上千年时光洗礼，尽管城市已经变成国际化大都市，古色古香的老建筑还是保留了下来，成为这座城市最为人所熟知的景观。

在老城区古建筑中间，有条名声在外的酒吧一条街，整条街的酒吧都是由老建筑改建而成的，别具一格，很有一番味道。

在酒吧一条街上，偏偏有间酒吧装饰风格奇特，它身处古建筑之中，却特立独行地将酒吧装饰成西方风格，特别是那扇巨大的幽蓝色广告牌，更是煞风景到极致，从根子上破坏了整条街的整体风格。

听说有人投诉过很多次，酒吧街物管会过来协调了几次，酒吧老板坚持不整改，物管人员与酒吧发生过几次冲突，最后还是不了了之。

人人都说这间酒吧的老板很有背景，至于有什么背景，又没人能说出什么门道出来。

再加上酒吧老板深居简出，平时神龙见首不见尾，关于他的传说，在酒吧一条街上就从来没断过。

这间酒吧，还有一个更神秘的名字，叫“魔鬼情缘”，据说很多酒客都是冲着这酒吧名儿来的。

还有一些酒客，据说是冲着别的目的来的，至于到底是什么目的，没人敢拿到明面儿上来说。

只有在夜深人静，普通酒客散去的时候，“魔鬼情缘”酒吧的下半场才真正热闹起来，据说这时候来酒吧的人，才是酒吧真正的客人。

在黑道上，“魔鬼情缘”酒吧还有一个特殊的外号——和平大饭店。

和平大饭店是周润发主演的一部电影，据说“魔鬼情缘”酒吧与和平饭店有某种异曲同工的作用，酒吧为躲避仇家追杀的人提供帮助，是很多道上人的避难所。

当然，这些都只是传说，没人能证实这些奇怪的说法。

更奇怪的是，“魔鬼情缘”酒吧对面的一家商铺，这铺面既不是酒吧，也不是其他娱乐场所，而是一家心理咨询所。

夜幕降临，酒吧街灯火辉煌，本来空寂的街道一下子塞满了人，无数年轻张扬的男女走进了各色酒吧。

这时候，心理诊所的老板却在着手关门歇业，他正忙着打扫卫生，有人推门进来，老板皱了皱眉，扭过头去。

老板是个二十多岁的年轻人，戴着黑框眼镜，头发整齐地梳在后面，面容说不上英俊，不过看着清秀斯文。

而敲门的人却有些让人皱眉头，她是个穿着破旧的女人，长头发垂下来遮挡住半张脸，露在外面的另半张脸还是挺好看的，白皙娇嫩，她眼睛很大，眉毛是好看的柳叶形。男人有些费解，这样一个漂亮的女人，为什么会穿成这样。

他放下手里的清洁工具，道：“你有事？”

女人紧张地点点头，掏出一张皱巴巴的名片，说：“我找周南山医生。”

年轻男子接过名片，把女人请进来，道：“我是心理医生周南山，请问你需要什么帮助？”

女人不自然地绞着双手，周医生打量着她拘谨的模样，女人紧张得瑟瑟发抖，她长发垂下，疤痕累累的半张脸暴露了出来，周医生的眉头紧紧皱了起来。

他给女人倒了一杯水，微笑道：“是他介绍你来的吧？你不用紧张，我是他的好朋友，我不会伤害你的。”

他的手触碰到女人的手，她双手粗硬、肮脏，满是裂痕，女人本能地躲了一下。她颤抖的样子，好似受过很深的伤害。

“你叫什么名字？”

“郑彤。”

“你好像遭遇过什么可怕的事？”

“我做噩梦，梦见了地狱，我被困在地狱里，怎么都逃不出去，小鬼用很多手段折磨我、侮辱我，我生不如死。”

周医生微笑道：“想让我帮你赶走地狱的小鬼吗？”

郑彤点了点头，紧张而恐惧地望着周医生。周医生道：“你全身放松，不要紧张，只有听我的，我才能帮你。”

女人绷紧的身体略略放松，周医生打了个响指，一根手指竖在女人眼前，女人的注意力情不自禁地落在他手指上。一只古色古香的怀表从他手心垂了下来，怀表在虚空中有节奏地摆动，周医生的声音远远地飘过来：“你置身在一处辽阔的沙滩上，沙滩前面是无边的海洋，金色的阳光落满你全身，水浪轻柔地拍打着你全身，你看到鱼儿在水里自由地游动，你是如此惬意，以至于几乎要融化在这美丽的景色里……”

女人弓一样的身体渐渐松开，眼皮突然变得很沉，头沉重地垂了下来，办公室里回荡着她轻微的鼾声。

“天空突然响起一身惊雷，晴朗的天空霎时乌云密布，大雨倾盆而下，雨水浇打在身上，冰冷彻骨，你只穿着泳衣，你四处找自己的衣服，却发现衣服早不见了。你想找地方躲雨，发现浴场上空荡荡的，没有任何建筑，突然一只黑熊挡在你面前，它强壮的身体在缓缓蠕动……”

女人连声惊叫，身体再次绷紧，在放平的沙发椅上挣扎滚动，却怎么都醒不过来。

“你看到了什么？”

“黑暗、鞭子，还有……看不见脸的黑熊，不对，是男人……”

“男人在对你做什么？”

“他在殴打我，用拳头、用鞭子，还用木棍，他打我，我快被打死了，我躲不开他，因为我在黑暗中看不见，可他却像是能看见，我躲哪儿都能被他找到。”

周医生脸色抽搐了一下，沉声道：“能看清楚你在哪儿吗？”

“不在海滩……好像是一座……黑色的房子，我什么都看不见了……”

“你看到黑熊了吗？”

“黑熊？哪儿来的黑熊？只有一个强壮的男人。”

“你现在正在海滩上，海滩上有只黑熊，它正四处追咬你，它将你扑在地上，用舌头在你脸上乱舔，听说被熊舔过的人都会毁容，毁容了的姑娘根本嫁不出去，傻子都会嫌弃她，更别说她的爱人……”

女人拼命挣扎，脸上肌肉扭曲成一团，她双手抓在扶手上，指甲深嵌入木质扶手里，竟然抓落很多木屑下来。

“黑熊在对你做什么？”

“它……它在撕扯我的身体，我的一只手被它扯了下来，它还要吃我的肉，喝我的血……”

“难道你没发现，你手里有一柄雪亮的刀吗？这是世界上最锋利的刀，说它吹毛断发都不为过，杀死区区一只熊，应该不是什么难事。”

“我……我不敢！”

“你不杀熊，熊就会吃了你。”

“我害怕……它可是熊……”

“你不试试怎么知道杀不了它呢？你手上可是有全世界最锋利的刀，它又距你那么近，你只要把刀插进它胸口，既能救了自己，又能杀死凶恶的黑熊，你为什么不去试试？”

女人浑身颤抖，她扣住扶手的手指鲜血淋漓，脸色白里透着紫红，额上冒出汗珠，身上热气腾腾地冒着汗，整个人蛇一样在躺椅上扭动挣扎。

“杀了它！！！”

“杀了吧！！！”

……

“我做不到，我害怕……”女人惨叫着。

“黑熊在舔舐着你的脸，以前的你多美啊，白皙的皮肤，鹅蛋一般的脸形，可黑熊舔过之后，你的脸全毁了。整个人不人不鬼，永远都只能躲藏在阴暗中生活，杀了它吧，只有除掉它，你才能保住你那张漂亮的脸蛋，你不觉得很划算吗？”

女人手舞足蹈着，又是尖叫又是自言自语，一声惨叫过后，是长久的沉默，世界一片沉寂，万籁俱静，有风从窗外吹进来，毛毛雨跟着飘了进来，打湿了办公桌上的文件。

女人终于睁开眼睛，她茫然环顾四周，周医生微笑着看着她。他明媚的笑容，仿佛春日里的一道阳光，女人的目光情不自禁地被他吸引住了。

周医生朝她伸出手：“恭喜你，迈出了可喜的一步，你的情况肯定会越来越好的。”

女人犹疑片刻，紧紧握住了周医生修长的手。

3

本市最繁华的商业圈，某酒店公寓前拉起警戒线，多达五辆警车停在公寓门前，有数名警员在警戒线前维护秩序，这场面吸引了附近逛街的年轻人，很快把公寓前围得水泄不通，警察进进出出地忙碌着，人们议论纷纷。

一个头戴绒布帽子的女孩儿神秘兮兮地对闺密说："公寓出了凶杀案，听说那血流的，啧啧，跟水似的，都淌过道里了。打扫卫生的阿姨扫了又扫，血从门缝里渗出来，怎么都扫不干净……"

人群哗然，胆小的女生尖叫了起来。

年轻警察冲绒布帽女孩儿瞪了一眼，斥责道："看到了吗你？别造谣啊，造谣是要拘留的！"

绒布帽女孩儿吐吐舌头，没有离开的意思，她伸长脖子朝里面张望，大堂没开灯，逆光的原因，里面黑洞洞的，显得无比阴森，这更为凶杀案增加了几分神秘。女孩儿踮着脚尖，黑洞里除了忙碌的警察，没有任何能满足她好奇欲的东西，她有些丧气。

她身后的伙伴儿推搡着她，追问道："看到了吗？怎么还没发现啊？"

绒布帽女孩儿抱怨着："别推了，再推就进去了。"

她身后的人群突然骚动起来，人们自觉地分开，女孩儿还踮着脚尖朝里观望，丝毫没察觉到身后的异动，有人压着嗓子说："来了……来了……"

“真的是他。”

“听说只有真正的大案才会惊动他！”

……

绒布帽女孩儿好奇地扭过头，闯入视线的是一袭黑色风衣，来人身材高挑，步伐稳健，如果你不看他的脸，你很难相信，拥有这种气度居然会是个这么年轻的男人。女孩儿好奇地揣测他身份，警戒线前的警察挺直身体，肃然起敬道：“马队，您可算来了，现场都乱成一锅粥了，有人说，这……这……”

被称为马队的年轻人眉头微皱，冷峻的脸上没有表情，只是淡淡地说：“这什么？”

“这恐怕不是人干的！”小警察声音里透着恐惧，他压低了嗓门。

马队语气依旧是淡淡的，道：“现场在几楼？”

“8 楼 804。”小警察慌忙回答。

马队拨开警戒线，钻了进去，他径直走进黑洞洞的大堂，在玄关处整个消失掉了，像被透着阴森气息的洞口整个吞噬似的。

绒布帽女孩儿突然对这位马队产生了浓厚的兴趣，她盯着他消失的地方出了神，脑子里在揣测他的真实身份。

突然人群骚动起来，她听到人们纷纷议论，都跟那位马队有关，“他就是马思望啊，可真够年轻的，听说没他破不了的案，再离奇的案子，他都能抽丝剥茧地破解……”

人群里说什么的都有，将他捧上了天，绒布帽女孩儿这才意识到，这位马队是曾上过都市报头条的市刑警队副队长马思望。

她抬头望向酒店八楼，默默地寻找 804 房间所在的位置。酒店外墙成排的反光玻璃，炫得她眯上眼睛，她脑子里一片空白，除了那张忧郁中略带刚毅的脸。一扇窗户被推开了，露出马思望那张忧郁深沉的脸，他正俯视着楼下的人群，然后习惯地皱起了眉。

绒线帽女孩儿迎着他的目光，她好似注意到，他的目光越过围观的人群，在她身上一扫而过，突然凝住了。

女孩儿低头匆匆离去。

马思望进入804房间，这是一套一室一厅的酒店公寓，装饰风格简约，接近于快捷酒店。客厅里只有简单的家具电器，一切物事摆设整齐，衣帽架上挂着一顶红色的帽子，帽子看起来质地很好，非常精美。

痕迹组的同事递给他一双鞋套换上，他冲一位女同事指了指卧室，女同事点了点头，说："正等你呢，不过你做好心理准备，现场怪得很！"

这是他第二次听到这样的描述，从警以来，他办过不少怪案，他的同事也算见多识广了，还从没见过他们这样的反应。他皱了皱眉，朝里面走去，前面的警察自动让出道来，两名法医摇着头急匆匆地出来，他们显然没意识到面前的人是马思望，几乎迎面撞上，马思望闪到一边避开他们。

法医老唐跟他打招呼，满脸愁云缓和了下来，叹气说："你可来了，我老唐干这行这么多年，今儿个算开眼了。"

马思望的眉头拧了起来，道："这么邪乎？"

老唐撇着嘴，道："何止是邪乎？简直是……哎，还是你自己去看吧……"

老唐和另外一个法医出门去了，马思望急忙跨进门内，女尸突然闯入他的视线，饶是他见多识广，还是被吓了一跳。他从警多年，对怪案有天然的兴趣，惊诧之后，他很快镇定下来，目光在诡异的女尸面前，变得发亮。

一具赤裸的女尸被尼龙绳绑缚，四肢悬挂在天花板上打着旋儿，女尸浑身是血，失血过多，导致脸上呈现一种青紫色。她双眼泛白，直勾勾地盯着马思望，人虽然已经死了，可她的眼神，仿佛传递出某种特殊的含义。

在马思望的从警生涯里，各种稀奇古怪的犯案现场他都见识过，这具女尸算不上特别恐怖,怪就怪在女尸身上,居然插满了锋利的刀片。

薄薄的刀片一片挨着一片插满她全身，一眼看上去，女尸犹如一只悬在空中的巨大刺猬，马思望起了一身鸡皮疙瘩。

仇杀!

什么样的仇恨，会让凶手这样疯狂，用这么复杂的方法来制造凶杀案?

什么样的仇恨，会让凶手这样冷静，用这么精确的方法，来杀死一个女人?

什么样的仇恨，会让凶手这么绝望，用这么残酷的方法，来达到泄愤的目的?

马思望望着微微颤动的女尸，他的目光定格在女尸临死前凝固的面容上，没有恐惧和绝望。她很平静，平静中仿佛还隐藏着一丝不易察觉的笑意。

神探马思望在女尸面前怔住了。

刑警队铁娘子孙旭队长从床底下灰头土脸地钻出来，她见到马思望有些不高兴，责怪道："我们就等你看过现场才能工作，你看你多耽误事儿，法医都等你半个小时了。"

马思望的目光从始至终没离开过女尸的脸，扫过女尸的额头眼角，扫过她的嘴唇眉目，孙队长的责怪，他置若罔闻。

孙旭狠狠瞪了他一眼，要不是两人共事多年，知道他的脾性，她早摔门骂娘了。脾气火暴的孙队，也只在马思望面前，才会没辙，刑警队最难缠的人物，孙旭排第二，绝没人敢排第一。

马思望看过现场，孙旭招呼法医和痕迹组工作，马思望道："死者身份确定了吗?"

孙旭一扫刚才的火气,镇定而严肃地说:"死者周晓莹,女,三十岁,在一家财务公司担任会计，两年前离异，育有一女，不过是跟前夫一起生活。她独居在此，已经住了接近一年时间，据走访物业和邻居证明，死者生前社会关系简单，除了上下班，平时一般都待在家里，很少跟外人接触，周末出门的频率也不高。”

痕迹组的同事帮着法医把尸体放下来，马思望又瞟了一眼尸体，眼神透着茫然又时而精光四射，他的心思没人能琢磨透彻，包括他的好搭档孙旭警官。

孙旭叹了口气，说：“这是有多大的仇恨，才会制造出这么血腥的凶杀场面。”

马思望皱起了眉，道：“你认为是仇杀？”

“不是仇杀？谁会大费周章地这样杀人？”孙旭很难追上马思望的节奏。从现场来看，死者死于仇杀无疑，他们做的侦查工作，都是从仇杀出发的，可惜目前还没找到任何有价值的线索。

马思望道：“如果单从千刀凌迟看，很有可能是仇杀。不过，你注意到一个细节没有？这一千多片刀片插入尸体的间距、深度甚至排布方式，都是如出一辙，如果是虐杀泄愤，凶手不可能保持这样的克制和理性，他对待尸体的细致程度，简直像在处理艺术品。”

他顿了顿，十分肯定地说：“肯定不是仇杀。”

孙旭的眉头渐渐皱了起来：“如果不是仇杀，什么力量才会促使一个人花费这么多精力来完成这样庞大的一项工程呢？”

她把“工程”两个字，特意咬重了一些，以示做这件事的困难程度。

女尸蜷缩的样子在马思望脑子里定格，然后逐渐放大，青紫色的皮肤和刀阵一样的刀片布局在午后的阳光下，显得格外狰狞，刀片的反光让他目眩，他微微眯起眼睛，看着法医娴熟地忙碌着，脑海里蹦出一个词：“仪式。”

没错，凶杀现场具有很强烈的仪式感，艺术品一般的刀阵布局，温水煮青蛙式的杀人方式，一切都显得那么有条不紊按部就班，而这一切表现出来的内涵，就是一种独特的仪式感。

马思望从酒店公寓出来，围观的人群已经散了，他跳上车，副驾的车门却被孙队拉开了，孙旭在他旁边坐下。

马思望奇道：“你下午不是要去省厅开会吗？”

孙旭扔给他一支烟，自己先点上了，狠狠抽了一口，香烟的味道弥散开来，马思望默默地也给自己点上，两人相对无言。

一支烟抽完，孙旭打破沉默，说：“这个月第二起了。”

马思望点了点头，然后抬眼看向远方，人群鱼一样地聚在一起，又很快散去，城市如一条大河，人们捕食其间，表面的锦绣繁华下，到底隐藏了多少不为人知的罪恶。有多少罪恶正在发生，又有多少罪犯隐藏在黑暗中狞笑，没有人知道。

孙旭道：“我刚接到局长电话，市里的意思，限期破案，否则，咱俩都别干了。”

孙旭扔了烟头出去，重重关上车门，马思望将烟掐灭，目光看向远方，孙旭的身影已经消失在公寓大堂深处。他目光变得犀利，发动汽车，然后加大油门，朝分局的方向疾驰而去。

案件发生地隶属于城东分局。

深夜，分局长主持会议，马思望和孙旭都参加了会议，现场还有痕迹科同事出席。

2008 年 7 月 25 日，本市洪山区中原路 32 号宏瑞华府小区 5 号楼 804 号租户周某（女性，汉族，30 岁）被杀死在租住的酒店公寓内。根据尸检结果显示，死亡时间在凌晨 3 时到 4 时之间，死因为全身大面积失血过多。在死者体内发现乙醚残存，据推测死者死前被乙醚迷晕而遭到控制，凶手从而能够顺利地利用多达一千两百片刀片完成虐杀过程。

从现场勘查情况来看，室内没有翻动过的痕迹，财物也没有丢失，能够排除抢劫杀人的可能性。死者全身赤裸，没有性侵痕迹，能够初步排除强奸杀人可能。

鉴于凶手用多达一千两百片刀片完成杀人过程，初步怀疑杀人动机是仇杀。已经排查过死者生前亲属、同事、朋友等社会关系。据调查，死者离异，与前夫育有一女，两人在长达三年的婚姻生活中感情淡漠，两人为和平分手，也不存在财产纠纷，这一点得到死者父母证实。

死者性格随和，与同事相处融洽，在公司两年的工作过程中，从未与人发生过争执，更未与人结仇。死者为基层员工，晋升无望，不存在在工作过程中与同事产生利益纠纷。同时，干警对死者生前社会关系做过进一步排查，了解到死者社会关系单一，仅有几位大学同学在联系，几乎足不出户，同学都能证实死者生前与人为善，从未见过其与人发生争执。

调查到了这一步，几乎陷入僵局，几位老警察为下一步的侦查方案争执不下，分局长也一筹莫展，会议气氛空前凝重。

分局长拿出当日晚报扔在桌子上，头版头条赫然正是这起凶杀案，这帮记者也不知从哪儿弄来凶案现场照片，刺猬一般的尸体上，雪亮的刀片触目惊心。

新闻标题是：“本市再现变态杀人狂魔，警方破案无望市民人人自危”

孙旭扫了一眼新闻标题，怒道：“案发距现在不过十个小时，他们怎么就知道警方破案无望？”

一群警察脸色都不太好看，一个老警察对分局长说：“我去找省宣部门，这种报道太不负责任了，简直是扰乱人心。”

分局长慢悠悠地说：“人家说得也没错嘛，从案发到现在，咱们的确是一头雾水，一点方向都没有。冤枉吗？我一点不觉得冤枉，你们冤枉什么？”

他嗓门拔高了八度，在座众人无不低头，分局长的目光落在马思望身上，说：“马队长你来说说意见。”

马思望清清嗓子，道：“大家都听说过十八层地狱吧？其中有一层被称为铁树地狱，据说凡在世间离间骨肉，挑唆父子、兄弟、姐妹、夫妻不和之人，死后入铁树地狱。树上皆利刃，自来人背后皮下挑入，吊于铁树之上。”

众警察都有些茫然，明明是一件凶杀案，马思望怎么能天马行空地扯到地狱去了，还这样煞有介事长篇大论。现在可不是他们下班闲聊，是在开严肃的案情分析会，更何况这案情的变态、血腥和恐怖，都是闻所未闻的，据说已经在社会上造成了十分不好的影响，上级给了局里领导很大压力。

马思望在这种场合说这些不着边际的话，实在是给自己找不自在，要不是他在局里破案有一套，恐怕现在已经被领导赶出去了。

几个领导级别的警察脸色都变了，不知道这位一贯以特立独行著称的年轻警察说出这么一番奇谈怪论的目的到底是什么。连马思望的铁搭档孙旭面子上都有些挂不住，马思望的呆劲儿可别在这时候犯了，接连两起离奇凶杀案，局里领导都快疯了，他这时候说出这么一番没有根据的话来，不是找抽吗？

分局长的脸色变成了猪肝色，他双目瞪大，像要把人活生生给吃了似的，用力地在桌子上敲了两下，说：“往下说，都提到地狱了，下一步该是阎王了吧？”

马思望提起一张放大数倍的凶杀现场照片，指着死者的诡异姿态，说：“你们难道没注意到她挂起来的样子，像下了铁树地狱一样吗？”

会议室顿时乱成一片，有惊奇之声，有惊叹之声，更多的是不以为然和质疑的声音，孙旭队长更是满脸黑线，她悄悄扯了扯马思望的袖子，马思望不为所动，继续提着照片，尴尬地立着。

分局长气得发抖，他狠狠瞪了马思望一眼，朝门口指了指，说：“马队可能是太累了，先去外面抽根烟冷静冷静，再参与案情分析。”

4

门被推开了。

女人怯生生地进来，医生周南山正伏案疾书，他的金丝眼镜在夕阳的余晖下，泛着淡淡的光芒。

周医生听到推门声，抬头看向门口，女人朝他鞠了一躬，怯生生地立在他办公桌前绞着手指，牙关咬得咯咯响。

她半边头发披散下来遮住脸，露出来的半张脸白皙粉嫩，鼻梁高挺，眼睛乌黑，任谁见到，都会忍不住多看两眼。可这样漂亮的女人，却很奇怪的异常自卑，周医生抬头看了她一眼，她颤抖不止。

周医生温和地笑了笑，说："坐吧。"

女人道："我听说做心理咨询收费很贵，你上次没收我的钱，我实在是不好意思，可我真的受不了了……我很绝望……"

周医生点着头，道："坐下说。"

女人紧张地在他对面坐下，眼睛不敢看周医生，双手掐在一起。

"睡眠好些了吗？"

女人点了点头，又摇头说："能睡着了，不过，睡着了就做噩梦，半夜能把自己吓醒，我害怕……"

"噩梦？"周医生拧起了眉头，"什么噩梦？"

"狗熊，我怎么都摆脱不了它。它追逐着我，撕我的衣服，抓伤我，甚至……甚至……"女人浑身抽搐，掩面痛哭。

周医生轻抚着她后背，声音柔和地飘过来，道：“别太紧张，我这儿非常安全，熊它进不来。”

女人哭声逐渐小了，周医生笑道：“狗熊甚至对你做了什么？”

“我说不出来。”

“我会替你保密，不会告诉任何人。”

女人浑身僵直，憋了半天，苦笑着摇头，道：“我说不出口。”

周医生正色道：“它……强奸了你？”

女人浑身战栗，泪水顿时涌了出来：“我想躲开它，怎么都没办法，我强迫自己不去想它，不做这个梦，可我控制不住自己，我摆脱不了它。它先是在我梦里出现，现在甚至渗透进我的生活，我觉得它就躲藏在我身边，时刻等着扑出来伤害我，它无所不在，我无处躲藏……我怕！”

周医生微笑道：“你是相信我的对吗？否则你不会来找我，对我说这么私密的话题。”

女人呆了呆，然后点了点头，周医生道：“我有办法赶走狗熊，不过有个条件，你必须全程听我的，对我不能有任何怀疑，你能做到吗？”

“能！！！”

周医生潇洒地打了个响指，起身拉上厚重的窗帘，锁上了门锁，整个房间顿时变得一团混沌，黑暗重新降临，空气里弥漫着略带甜腥味的窒息感，女人的身体僵住了。

周医生柔和的声音飘了过来：“你看到它了吗？”

“我……我什么都看不见……可是我能感觉到它，它盯着我狞笑，它就藏在黑暗里……我好怕……”

女人浑身颤抖，喉咙里发出野兽一般的嘶吼，她挣扎着想站起来，可身上像是压了千斤重担，不管她怎么挣扎，都难挪动分毫，像是被人施了定身术，牢牢定在座椅上。

“它一步步在向你走来吗？”

女人恐惧地捂住脸，将头紧紧埋进怀里，她坐着的座椅，也因为身体的剧烈抖动，发出高频率的共振，竟然真的像是有只森林狗熊，在朝她袭击过来。

“狗熊靠近你了吗？”

“它……它在抚摸我……还撕我的衣服……”

女人不停挣扎，真像是有只看不见的手，在摧残蹂躏着她的身体，她的喉咙发出咝咝的声音，像被人掐住了脖子，更像是个落水窒息的人。

“就算它是强壮的狗熊，你没想过反抗吗？”

“它随时能要我的命，它是狗熊，我不过是个女人而已……”女人泣不成声。

“难道你忘了？你手上有把世界上最锋利的匕首，再强壮的狗熊，也不过是皮肉之躯，你可以杀死它，只有杀了它，你才能彻底躲开它。”

黑暗中，有人塞了一只匕首给女人，女人惊恐地拿着匕首不知所措。

“狗熊不是在撕扯欺负你吗？你心里肯定比谁都想杀了它，光想有什么用，你要动手，刀在你手里，只要你狠得下心，你一定能摆脱它。”

女人抬起了头，可是眼前只有混沌的黑暗，她想看清袭击她的狗熊，更想看清说到她心坎上去的那个年轻男人，可眼前除了虚无的黑暗，她看不见任何东西。

她心动了，手里的匕首攥得很紧，她朝黑暗中捅了过去，她捅了一刀、两刀、三刀……无数刀……

她能感觉到狗熊强壮的身体软了下去，一股热流涌了出来，黏稠血腥，喷了她一身，她在惶恐之后，是重生一般的惊喜。于是，她又在狗熊身上狠狠捅了几刀，匕首闷哼着没入身体，又飞快地抽出来，她持续着同样的动作，整个身体都似乎轻盈了起来。

“你还怕这位狗熊先生吗？”周医生的声音柔和地飘过来，仿佛四月的春风，慰藉着她贫瘠枯萎的心房。

她浑身一颤，摸到狗熊毛茸茸的身体倚靠在桌子上，朝地上滑下去，它体内涌出的鲜血，正在变凉。

“害怕吗？它已经死了，无论它生前多强壮，它现在只是一具尸体，跟你面前的这张桌子一样，只是一件不能动的物件而已。你杀死了它，你战胜了它，有什么好害怕的呢？只要你愿意，你随时可以要它的命，要想消除恐惧，你只能选择干掉它。”

灯亮了，日光灯散发出雪白的光芒，将空荡荡的房间照得通亮，也许是在黑暗中待得太久，灯光炫得她睁开眼又很快闭上。过了片刻，她才小心翼翼地睁眼，周医生笑眯眯地立她面前，朝地上一指，道：“看看你的战利品吧！”

她低下头，一只毛茸茸的狗熊赫然闯入她视线，她吓得惊叫一声，逃也似的跳到三米外，盯着趴在地上一动不动的狗熊出神。

狗熊身下，一大摊鲜血朝外扩散，狗熊毛茸茸的身体浸泡在血水里，空气中弥漫着一股刺鼻的血腥气味，她蹲在地上干呕不止。

不知什么时候，周医生突然出现在她身后，在她耳边悄声道：“你还怕它吗？”

女人茫然摇头，她如释重负地坐在地上，浑身都被汗水湿透，周医生递了条毛巾过来，她匆匆擦去汗水。

“那么，今天的治疗到此结束了，咱们下周再见。”周医生推了推眼镜，下了逐客令。

“可是……”

“还有什么能帮你的吗？”周医生永远都是一副彬彬有礼的样子。

女人呆住了，茫然摇了摇头，然后扭头出门，轻轻关上了办公室的门。

周医生立刻套上塑料罩衣，拿出工具，脱掉了狗熊身上的绒毛服装，露出一名壮汉的模样。壮汉脸色惨白，伤口还在兀自流血，已经僵硬不动了，是具尸体的模样。

5

雨夜，古城阴森的街道上，惊雷滚滚。

一道闪电划破夜空，将漆黑的老街照得亮如白昼，一个身材修长的黑衣女人在孤寂的街道上疾走，雨水浇透她全身，黑色的衣服将她整个裹了起来。可是，她似乎对这滂沱大雨感知麻木，任凭大雨兜头兜脑地浇下来，只是有时候，她会有意无意地扭头朝后瞥一眼，做贼一样小心翼翼。

在她身后的隐蔽角落，一个穿黑色风衣的男人举着红外望远镜，始终锁定女人的背影，他的步伐与女人保持一致，她快他快，她慢他也慢，避免被她发现。

女人拐过街角，前面街道露出亮光，长长的街道上，仅有的几盏路灯发出微弱的光芒，将女人的身影拖得奇长无比，沿路的老式房屋的影子压下来，又给暗夜中的街道增添不少恐怖的气氛。

眼前视线被雨幕挡住，以至于当女人意识到前面有人的时候，她几乎跟对方迎面撞上，她掀开挡在眼前的长发，看到面前站了三个身材魁梧的男人。

惊愕之后，她定了定神，很快认出这三个人，正是袭击过她的几个流浪汉。上次事件发生后，为了防止流浪汉报复，她搬了家，从一个城中村搬到几公里外的另一处城中村，她本以为城市这么大，不会再跟他们相遇，没想到他们还是找了过来。

为首的壮汉狞笑着，他魁梧的身体挡在她面前，像一座她永远都无法绕过的山，她本能地发出尖叫，浑身颤抖不止。

另外两个壮汉一人抓住她的一只胳膊，任凭她怎么挣扎，还是将她拖进了旁边废弃等待拆迁的老房子，屋子里发出一股腐臭的霉味，她被扔在地上。

闪电再次破空而过，为首的汉子铁塔一样立在她面前，提着她领口将她揪起来，怒道："臭娘们儿，上次是你运气好，有人救你，这次我看你怎么跑！"

围观的两人狞笑不已，汉子三两下撕开了女人保护罩一般的黑衣，有人打亮手电筒，女人身体被刺眼的白光笼罩住，她雪白的皮肤在手电光衬托下，显得异常娇嫩美艳，三个壮汉咋舌不止。她看到他们眼睛瞪得浑圆，仿佛随时能将她生吞活剥。

女人拼命挣扎，踢打撕咬着朝她压下来的猥琐壮汉，壮汉将她双手压下，然后伸手在她雪白娇嫩的胸部揉搓不止，女人绝望地挣扎着，喉管发出蛇吐芯般的嗞嗞声，她在极端绝望无助中，居然失去了发声的能力。

围观的一个大汉淫笑道："这女人可真像一条白蛇，你看她这身材，要不是老大在，老子真想搂她一搂。"

另一个大汉学着女人嘶吼的样子，嘲弄地看着她，整个人笑得前仰后合，好像女人被这样折磨，是他见过的最好笑的事。

压住女人的汉子腾出一只手去撕女人裤子，女人手得以活动，她怨毒地瞪着折磨她的汉子，心里涌出一个异常温柔的声音，那声音让她在绝望和恐惧中得到片刻安宁。

"难道你忘了？你手上有把世界上最锋利的匕首，再强壮的狗熊，也不过是皮肉之躯，你可以杀死它，只有杀了它，你才能彻底躲开它。"

"杀了他！杀了他！杀了他！"

那咒语一般的声音跑火车一样在她的意识里呼啸而过，她仿佛听到来自另一个世界的声音，那声音让她镇定，给她力量，让她不再恐惧。

凶猛的狗熊，都能被她杀死，何况他区区一个凡人?

只有杀死他，才能得到彻底的解脱。就算她再恐惧，再害怕，看到他那张满脸疤痕的脸吓得走不动路，她还是要杀死他，只有杀了他，她才能得到彻底的解脱。

“噗”的一声轻响，锋利的匕首插进了他的胸口，他充满力量的身体凝固不动，鲜血水一样溢出了，温热的液体流了她满身，那两个围观的壮汉还在放声大笑，似乎眼前发生的，是这世界上最好笑的事情。

她拔出匕首，任由鲜血流向她身体，温热的感觉让她镇定，闪电光再次照亮屋子的时候，也照亮了尸体狰狞的脸，他面孔异常苍白，平常凶悍的刀疤脸，已经枯萎如同耻辱的疙瘩。

流浪汉们也看清了大哥的变化，吃惊地围了过来，女人推开尸体，坦然自若地爬了起来，她虽然衣不蔽体，可她手里雪亮的匕首和镇定的眼神，把朝她包围过来的两个汉子，给活生生地定住了。

其中一人反应迅速，立刻抓起靠墙的一根木棍，女人提着带血的匕首，一步步靠近，此刻的她浑然忘了害怕，也不再颤抖。她体内的鲜血好似被彻底沸腾，现在的她跟刚才任人宰割的羔羊判若两人，像头等待猎食的狮子。

她扑向了两名壮汉，他们顿时吓得魂飞魄散，扔了棍子连滚带爬地冲出了破房子，很快消失在茫茫大雨之中。

女人手里的匕首，这才茫然跌落。

破屋外面，穿黑风衣的男子立在瓢泼大雨中，静静地看着女人的身影，嘴角微微上翘，面上浮出一丝不易察觉的冷笑。

“我说过，我会回来的，你准备好了吗？！”

6

马思望被分局长礼貌地“请”出了会议室。

像刚才的尴尬场面，他不是第一次遇到。在公众面前，他是极富传奇色彩的神探，可在警局内部，他的破案水平与他行事的不靠谱一样出名。他天马行空的思维方式，注定了常人难以跟上他的思路，他常常会在一些严肃场合，说出令上级领导尴尬不已的话，更难堪的事他都干过。要不是因为他破了不少大案，领导爱惜人才，他早就被下放到基层派出所干片儿警去了。

他回了办公室，翻箱倒柜半天，存粮早就空了，只好去孙旭那儿翻出半包烟，他点燃一支，狠狠吸了两口，烟雾吸进肺里，大脑在尼古丁的刺激下清醒不少，他决定把所有线索重新捋一遍。

真让他找出以上推断的原因，他说不出来，他唯一能告诉他们的是，这是他的直觉。

他相信自己对犯罪的直觉，就如他坚信每个早晨都是新的开始一样执着，这是他多年来积攒出来的自信。

可是，除了他自己，没人能理解他的直觉。

有时候，连他自己都难给这种直觉以合理的解释，更别说别人。

他抽完一支烟，打开电脑在网上搜索跟铁树地狱有关的信息，翻了很多网页，都没找到凶杀案与铁树地狱可能存在联系的线索。

电脑旁的书桌上，那张放大的凶案现场照片闯入视线，女尸僵硬的表情在他眼前定格，他似乎从中看出不一样的意味。

他忍不住拿起照片，高举过头顶，目光在虚空中与女尸相接，他仿佛回到了那间充斥着血腥味道的单身公寓。女尸在空中打着旋儿，她浑身刀片在透窗而入的阳光下泛着寒光，她轻盈的姿态，不像是具遭到虐杀的尸体，而像是在飞……她在飞翔……

他瞳孔收缩，不寒而栗，窗户突然“啪”的一声脆响，是玻璃破碎的声音，他这才回过神来。外面狂风大作，是暴风雨来的前奏，院子里的枝叶被吹折不少，窗玻璃碎了数块。

“铁树地狱？”他挠着后脑勺，去把窗户关上，心里却有个声音逐渐放大，真有人会通过这种方式杀人？

如果这种仪式感是刻意制造出来的，他想传达的意思到底是什么？

从走访调查信息来看，死者生前社会关系简单，做人低调，同事、同学、感情生活非常单一，根本不具备他杀的可能。这样一个几近与世无争的人，变态杀手为什么会选择她来下手呢？

难道是？

他起了一身鸡皮疙瘩，强迫自己不要再胡思乱想下去，他必须控制自己的思维，否则总有一天，他会被带进万劫不复之地。

这起凶杀案发生在本市闹市区，再加上凶手作案手段极其残忍，社会影响十分恶劣，为了打击凶手的嚣张气焰，我市局领导决定成立专案组，限期侦破此案。

专案组成立前，社会上对这起案子已经传得沸沸扬扬，马思望担任专案组负责人，全权负责破案已经是板上钉钉的事。没想到消息下来，别说是普通市民，连警队内部的人都大跌眼镜，专破奇案怪案的神探马思望居然被排除在专案组外。

专案组成员人选，是领导一手挑选出来的，领导这样做，自然有领导的道理，就算其他民警难以理解，也只能执行。

孙旭还专程找过领导，孙旭的火暴脾气领导吃不消，还说马思望另有任用，孙旭不相信，认为马思望在案情分析会上的言论触怒了赵局，赵局故意不让他进专案组。

没想到她前脚去找领导，马思望后脚已经离开了分局，他简单收拾了几件衣服，招呼都没打，开着一辆老式丰田越野车出了分局大院，直奔本市郊区。

一周前，本市郊区发生了一起手段凶残血腥、影响十分恶劣的凶杀案，现在提起来，知情人还心有余悸，不敢描述该案细节。

7月18日早晨7时，江城郊区黄港区霓园村村民张九德（男性，汉族，48岁）被发现死于自家经营的小卖部中，凶案现场十分惨烈，死者面皮被剥下，双眼被挖。根据尸检结果显示，死者死于凌晨5时至6时之间，死因为颅脑骨折。在死者头部发现明显锤击伤害，可以肯定死者是锤击致死。从现场勘查的情况来看，小卖部内没有翻动过的痕迹，财物没有丢失，初步排除杀人抢劫的可能。在现场找到一把锤子，经验证与死者致命伤部位吻合，证明是锤杀死者的那把锤子。经被害人妻子辨认，作案的锤子是死者工具箱中之物，被凶手遗留在现场。

这件凶杀案在当地造成很大轰动，黄港区分局对破案束手无策，江城公安局指派马思望过去协助破案，马思望在黄港分局协助办案近一周，没有找到任何有价值的线索。

从凶案现场来看，凶手很可能是惯犯，或者熟悉刑侦知识，现场没有留下任何凶犯的指纹和足迹。对附近村民进行走访调查，因为案发时间是深夜，再加上村子偏僻，晚上连路灯都没有，因此没找到任何目击者。

黄港区分局刑警队将此案定性为仇杀，否则凶手不会耗费这么大精力来完成剥皮挖眼的虐尸行为。再说，如果没有深仇大恨，凶手也不会做出这么可怕的举动。要完成这一系列虐尸行为，必须有极端坚强的心理素质，光是剥皮一项的残酷程度，就能考住人，普通仇恨不可能支撑凶手做到这一点。

警察对死者社会关系做了调查。死者与村民相处融洽，除了发生过几次口角，谈不上什么大矛盾，而且口角距现在已经过去数年，就算要杀人泄愤，也不会等到现在。

死者家庭和睦，夫妻感情很好，育有两子一女，三子女均已成年。死者平日除了进城进货，大多数时间都留在小卖部看店，社会关系相对简单，也无赌博等不良嗜好，客观上来说，被仇杀的可能性很小。

专案组进行了大量的摸排工作，工作进展异常缓慢，马思望进驻后，调取了该案件的所有资料档案，花了整整一天时间将自己关在办公室里消化资料。对犯罪的敏锐触觉迫使他敏锐地发现，这件离奇剥皮案中，也有某种神奇的仪式感。

他让分局小朱带他去了一趟凶案现场。张九德的小卖部位于全村最繁华的位置，在村口十字路口处，小卖部对面是条宽阔的马路，马路上尘土飞扬，成群的渣土车和建筑车辆带起漫天黄尘轰隆隆地开过去。

小卖部已经被封了起来，有过路的村民也都是匆匆过去，避之唯恐不及。

张九德的小卖部是自家房子改建出来的，是一栋三层小楼，楼房已经有些年头，暴露出岁月冲刷过的痕迹。小卖部的门脸是由左侧厢房改建出来的，显得有些简陋寒酸，小朱推开门，凶案现场暴露在马思望面前。

货柜后面是张躺椅，躺椅上垫着褥子，褥子上还留着大片血迹，当时张九德的尸体被发现时，就是横躺在褥子上，整张脸的面皮都被剥掉了，只剩下血肉模糊的一大块，仿佛一团肉球。

马思望立在货柜前，静静地看着一柜之隔的那张躺椅，然后他举起手，重重地朝下挥了过去。他的目光落在靠墙那排货柜上，一排狭窄的格子里，整齐地堆码着不同品牌的香烟，其中两盒“天下名楼”系列的黄鹤楼牌香烟吸引了他的注意。

他飞快地穿过货柜，站在躺椅面前，想想觉得自己身高不够，又拿两本书垫在地上，然后探身朝靠墙货柜倾斜过去，距拿到“天下名楼”牌香烟差了一厘米左右的距离。

马思望冲小朱喊道：“快，打电话给法医，问清楚张九德的臂长。”

小朱很快拿到数据，马思望的手指斜斜一探，拿起了那盒“天下名楼”牌子的烟。

马思望混沌一般的脑子顿时清晰起来，那隐藏在黑暗中的凶手，仿佛瞬间拨开了他遮挡面孔的黑纱，他朦胧的轮廓，在他面前曲线毕露。

马思望道：“记！”

小朱愣了一下，下意识掏出笔记本，马思望道：“凶手性别，女性，身高 160~165 厘米之间，体形偏瘦，可能伴有长期的营养不良。凶手年龄应该在 18 到 25 岁之间，可能具有某种神经质人格，对任何人都怀有戒心！”

小朱记录完毕，马思望已经冲出小卖部，他飞快跳上汽车，没等小朱赶过来，已经将车掉了个头，小朱钻进副驾，汽车箭一般蹿了出去。

马思望赶回专案组，立刻动员所有能动员的警察，在整个黄港区寻找有以上特征的女性，重点搜索以霓园村为中心，方圆五公里为半径的范围。

黄港分局长对马思望的工作提供大力支持，召集了尽可能多的警力配合工作，整个黄港区一时气氛空前凝重，街道上到处都是巡逻的警车，各部门公安干警走上街头，在长达三天的时间里，对整个片区的人口进行集中筛查。

时间一天天过去，他们排查了数以万计的女性，有以上特征的女性实在太多，根本无法锁定目标。在进行了大量艰难的工作之后，分局长最后只好终止了这项大海捞针一般的排查工作。

办公室里，黄港区分局长面对着满桌子疑似特征的女性照片很是无奈，他对面的马思望已经将照片过了好几遍，桌上的烟灰缸里，烟蒂满得简直要溢出来。

分局长清清嗓子，有些抱歉地说：“小马，这个心理模拟技术能不能再具体点，你把凶手特征是画出来了，可符合这一特征的人太多了，咱们毕竟警力有限。”

马思望想了想，说：“我有预感，她一定会再犯案。时间不会太久，可能就在近期，只要她继续犯案，留下的线索就会越来越多！”

分局长脸色有些难看，他早听说过这位马神探破案招数特别，做事不按常理出牌，没想到他说话居然这么不靠谱。人命关天的凶杀案，能用预感来破案吗？刑侦学是一门讲究证据的科学，不是儿戏，马思望的话让他悬着的心又高悬了一寸。

这个被传得神乎其神的年轻人，真值得信任吗？

“预感？”

马思望笑了笑，说：“我们只是需要时间验证，我对我的预感很有信心。”

似乎是他的笑容感染了分局长，分局长镇定了不少，他决策的大手一挥，对下属说：“听马队的，通知各单位在以霓园村为中心方圆五公里范围内加强巡逻，防止凶手再次犯案。”

7

炎热的夏夜，街角烧烤摊上喧闹异常，人们饮着冰镇啤酒，吃着酥香筋道的烤肉，一派热火朝天的景象。

光着膀子的大汉在人群中穿梭，吆五喝六，猜拳饮酒，别提有多畅快。

烧烤摊中的一对男女，显得特别异类，女人上身一件老式白衬衣，齐腰的长发披散下来，遮挡住半边面孔，昏黄路灯下，给人一种贞子的感觉。

而她对面的年轻男人，却一副文质彬彬的样子，戴着金丝边眼镜，衬衣熨烫得坚挺笔直，举手投足间，都是一副讲究的派头。这样俨然对立的两个人，居然能坐在一起喝酒，还是在这种市井流俗的地方。

男人就是周医生，脱下了一身白大褂，他整个人看上去真实不少，给人一种很容易亲近的感觉。

“你身上真的发生了很大的变化，变得越来越好了，我为你感到高兴。”周医生举起了酒杯。

女人也举起杯子，腼腆地跟周医生碰了一下，然后一饮而尽。

女人紧张道：“真的吗？”

周医生温和地笑了笑，说：“难道你没发现，你今天的穿着非常漂亮吗，跟过去的你判若两人。”

女人羞涩地笑了，偷偷干掉了一杯啤酒，露在外面的白皙娇嫩的脸上，透着一抹红晕，娇艳欲滴。

“你终于能融入人群了，还能跟一帮光膀子的壮汉坐在一起吃烧烤，要是在一周以前，我根本不敢去想这种事。”周医生咬下一口烤肉，温和地看着女人的眼睛，女人喜欢看他的微笑，跟他在一起的时候，她觉得特别安宁。

女人道：“连我自己都不信，现在我看到强壮的男人，一点都不害怕，连紧张都没有了。我能跟他们正常交流，甚至发生争吵，我还能维护自己的利益。”

“你真的变了。”

“这都是你的功劳，我打心眼感激你！”女人露出微笑。

“是什么都不怕了吗？能正常地融入社会？”周医生还有一丝疑虑。

女人的笑容瞬间凝固，取而代之的是恐惧和紧张，她将脸别到一边去，轻轻低下了头。

周医生暗觉奇怪，他顺着她的目光，扭头看向后面，一群人围坐在一张桌子前，一个满脸横肉的高个儿男人正对着他的朋友大声说着什么，他面目凶狠，异常可怖，不了解情况的人，还以为他们在吵架。

他再看女人，女人修长的身体缩成一团，身体不可抑制地颤抖，像是恐惧到了极点，恢复到了他最初见她的模样。

周医生握住了她的手，道：“害怕吗？”

女人将头埋在胸前，没回答他的问题，不过他的手，却被她攥得异常紧，她尖尖的指甲几乎要抓破他的皮肤。

“你怕他什么？”

女人还是不说话，她的头埋得更低，周医生轻抚着她的背，像在哄孩子，不了解内情的人，一定以为他们是一对亲热的情侣。

“你是相信我的，对吗？”

“我相信你……在这世上，除了你，再没有我能信任的人了。”

“我能帮你不再害怕他，你信吗？”周医生柔声道。

“我……我信……”女人有些忐忑，她抬起头，目光不经意间扫过对面桌子，满脸横肉的粗野男人有意无意地朝她瞟过来，吓得她浑身哆嗦不止。

“别太紧张，跟狗熊比起来，他可是什么都不算的。”周医生的笑容，阳光一般投进了女人心里，她僵硬的身体，也缓和了下来。

“跟上他吧。”他拍了拍她僵硬的肩膀，她抬眼注视着他的目光，他的眼神异常温柔，足以将她融化进去，然后，她站起了身体。

午夜的街道异常冷清，夜风卷着树叶呼啸而过，迎面吹得人眯上了眼睛，壮汉壮硕的身影被路灯拉长，幽灵一般穿行在夜色里。

他身后不远处，女人踩着树脚，无声潜行着，追随着他的身影。

“你害怕他吗？”

“怕。”

“你知道克制害怕最有效的方法吗？那就是变得比他更强大，你可以让狗熊怕你，为什么还会怕区区一个普通人？”

“他的脸……他的脸我像在哪儿见过……我控制不住自己……”

周医生怜爱地抚摸着她的头发，笑道：“傻姑娘，你明明可以控制自己的，为什么要受这份苦呢？”

男人拐过街角，进了一座老小区，小区并排着几栋旧房子。他绕过前面几栋，在最后一栋前站住，然后进了一道单元门。

女人飞快追了上去，她拦住了他的去路，醉汉醉醺醺地推了她一把，嘟囔道：“有病吧，拦我道儿干吗呢？”

“这是你家？”

“废话，不是我家是你家啊，给老子让开。”他伸手推了过去，以他的体格，他自信可以将女人甩到一边，给他让出一条道出来。

他的身体微微向前倾斜，整个人顿住了，鲜血顺着后脑勺流了出来，打湿了T恤衫，再顺着滴落到地上。

“可是，我两手空空，连把刀都没有，他那么强壮，更可怕的是，他有张那样的脸！”

“他的脸怎么了？”

“我不知道，我很害怕，像是这张脸我在哪儿见过，我真的见过……”

“战胜恐惧的唯一方法，是勇敢面对它，让它屈服在你面前。”

女人又一锤子下去，壮汉的身体靠着墙壁，烂泥一样软了下去，然后滑倒在地。

他身后，突然传来细小的哭声，女人挥舞的锤子，凝住了，她这才注意到，在他身后还藏着一个小小的人儿。

她浑身僵住了，染血的铁锤，掉落在地上，然后她脱下她雪白的衬衣，蒙在了他小小的脸上。

8

分局给马思望安排了单人宿舍，一个多星期来，他也就住了三天而已，大多数时间他都在警局陪着同事分析案情，甚至连他的行李，都没打开。在分局长的坚持下，马思望这天晚上 12 点前回了宿舍，他简单收拾了房间，把衣服都挂好，拿出箱子最底下的那张相框，相框里是位面容清秀的年轻女人，对着他笑得异常甜美。

他温柔地将相框擦拭干净，然后摆在床头柜上，相框里的女人，深情地凝视着他。

他轻叹道："倩倩，不知不觉，已经六年了，你在那边过得好吗？"

照片中的女人不言不语，只是温柔地看着他，一如许多年前，他们手拉手漫步在校园中的模样。

他趴在床上，注视着相框中的女人，将这些天发生的事事无巨细地一一对她诉说，像是女人真的在用心倾听一样。

"如果有你在，以你的聪明，咱俩互相配合，一定会很快抓到凶手吧？"

马思望爱怜地抚摸着女人的面孔，他的动作是如此轻柔，像生怕弄疼了她的脸颊似的，不知不觉中，他的眼圈红了，两行泪水悄悄流下。

时间一天天过去，马思望的预感越来越强烈，他坚信她一定会再次作案，像她这样的人，是控制不住自己的，他对她的心理，已经不再陌生。

第二天他起了个大早，办公室里空荡荡的，同事们熬夜苦战的气息还没散去，他厌倦了翻看写在纸上的卷宗，决定再去现场看看。多年的刑侦经验告诉他，破案不应该待在办公室里，第一案发现场的价值，很多时候会比你想象中大得多，有时候一个不经意的小发现，就足以破解迷局。

他驱车抵达村子的时候，天才蒙蒙亮，也许是警察经常来往这里，小卖部的门没锁，只是简单扣在锁扣上。

马思望在外面转悠了一圈，进了屋子里面，小卖部的商品早被搬空了，只剩下空空的货架和张九德曾用过的躺椅。在货架一不起眼的角落，他发现了一只相框，里面是张九德一家几口去海边旅行拍的照片，照片以大海为背景，一家人都笑得很开心，只有张九德闷着一张臭脸，显得不大高兴。

他定格在张九德的脸上，心里一动，立刻冲出屋子，跳上越野车，很快驱车赶回分局。

已经有同事陆续来上班，他火急火燎地往里面冲，迎面撞上小朱，小朱正拎着一袋早点，见到他热情道“头儿，没吃早饭吧？我去给你买，你想吃点啥？”

马思望随口应付随便，便风一样冲上了楼，他很快翻出张九德的所有照片，逐一对比后，他吃惊地发现张九德居然不会笑。照片中的张九德始终板着一张马脸，给人一种凶悍的感觉，不只难有亲近感，甚至给人一种坏人的感觉。

他的每张照片都是如此，无论在什么场合，子女结婚，出去旅行，甚至在自己的生日宴上，他永远板着一张脸，仿佛随时会有暴力行为。

马思望抓着一沓照片，陷入沉思：“脸？”

就是这样一张没有人情味儿的脸，被人整个剥了下来，然后不知所终，成了他们无法破解的谜题。

脸？！

这一新的发现让他异常兴奋，他召开专案组成员开了一整天的会议，与会干警竞相发言，提了不少有意义的意见。他让小朱整理下来，晚上找痕迹科同事探讨到深夜，大家实在撑不住了才散会。

已经是凌晨两点了，他疲惫地回到宿舍，草草洗漱一番，跟照片中的女人聊了两句，便睡了过去，很快鼾声如雷。

他才躺下没多久，突然手机铃声大作，他在蒙眬中摸出电话，按下接听键，严重的起床气导致他语气很差：“你最好给我个合理的理由，否则我一定不会放过你。”

同事喘了半天粗气，才说明情况，距霓园村不到三公里的通坊街上发生命案，死者被人谋杀，同时面部被割，作案手法与霓园村那起案件如出一辙。痕迹科已经展开勘察，现场没有留下凶手的任何踪迹。

马思望条件反射地弹身坐起来，用快到不可思议的速度穿上衣服，狂奔出宿舍，同事已经在院子发动汽车等他了。

他内心深处的那个声音轰隆隆传来，来了，她终究还是来了，他知道她一定忍不住的，想不到她会来得这么快。

同事将车开得飞快，午夜的马路上十分空寂，他们用最快的速度赶到现场，专案组的同事已经陆续抵达现场。法医和痕迹组的同事忙进忙出，警灯闪烁，案发现场已经圈起了大范围的警戒线。

马思望钻过警戒线，外面陆续有些吃完消夜的人围过来看热闹，现在是凌晨四点半，距离案发已经过了一个小时。

死者刘涛是个三十多岁的中年人，丧偶后二婚，带着个十来岁的儿子一起生活，与一位离异女性同居。半夜十二点左右，他接到朋友电话，在距他们家不到一公里的一家烧烤店吃烧烤。儿子吵嚷着非要一起去玩，刘涛便带上儿子一同前往，大概两点左右聚会结束。刘涛女朋友睡到凌晨三点十分左右，发现刘涛还没回来，便拨打他手机，听到手机在房门外响起，以为他醉倒在外，开门才发现男友已经死亡，场面十分血腥，刘涛的儿子则不知去向。

与霓园村血案一样，死者刘涛系后脑遭锤击身亡，然后面部遭到破坏，现场异常血腥，一般的凶手绝对制造不出这种杀人现场。

法医正在对尸体做基本处理工作，分局长已经在那儿了，再次见到马思望，无论是分局长还是其他同事，看他的眼神都有些怪。

马思望走到尸体近前，墙壁上的一片血迹刺眼醒目，死者面容被白布遮住，分局长过来跟马思望打招呼，他能明显感觉到，分局长的语气已经不一样了，其中震撼意味溢于言表。

分局长拍了拍马思望，沉重道："马队，逮住凶手的重担，全靠你挑了，有什么需要的，你尽管提。"

马思望道："死者的儿子还没找到？"

分局长道："已经联系过死者朋友，他儿子是跟死者一起走的，咱们的人已经在附近展开寻找，没有发现孩子的踪迹。"

事实再简单不过，孩子恐怕已经落入凶手手里。得知这一消息，干警们的心沉入水底，这不仅是一起凶杀案，凶手手里还控制着人质，接下来的工作将会更加艰难。

一般来说，解救人质最宝贵的时间，就是案发内的 24 小时，超过 24 小时，人质存活的概率会变得很小。马思望留下法医和痕迹组同事继续工作，其他人在他的安排下迅速投入寻找人质的工作中，此事非常严峻，连分局长都顾不上休息，陪着马思望等人一起加入搜寻队伍。

但每个人心里都清楚，案发时间距现在已经过去一个多小时，凶手可能已经逃离很远，这样的搜查工作形式大于实质，所以每个人心里都很压抑，憋着一股劲儿投入工作。

马思望和小朱跳上车，分局长也跟着上来，小朱有些奇怪道："局长，由我给马队打下手足够了。"

分局长挥挥手，有些无奈地说："我方寸全乱了，只有陪着马队才能静下心来，我还是跟着你们吧。"

汽车在马路上疾驰，马思望绷着脸，眉头紧皱着盯着车窗外，没人知道他脑子里在想什么。

马思望突然抬眼扫了一眼公路牌，大声道：“停下！掉头！”

小朱仓促中急刹车，吃惊道：“按常理来推测，这是凶手最易于逃窜的方向，沿这条路找，总会有所发现。”

马思望斩钉截铁：“掉头！”

小朱向分局长报以求助的目光，他实在难理解这位神探的心思，分局长对马思望已经心悦诚服，他的要求，他当然竭力满足，于是吩咐小朱说：“这里没有局长，只有马队，听马队长的。”

小朱一脚刹车踩到底，急转弯拐向另一条路，朝市中心方向疾驰而去。以分局长多年的刑侦经验判断，凶手逃亡绝不会走这条路，因为通往市中心的这条马路上，有多处安装了监控摄像头，凶手明显具备反侦查意识，根据经验判断，她从这条路逃往室内的概率几乎为零。

而且案发现场地形复杂，可以上高速逃往外地，也可以潜入大山，选择这两条路逃脱的可能性绝对比进市区更大。

汽车一路疾驰，三人谁都没说话，马思望点了支烟，盯着车窗外隐藏的山峦出神，分局长终于还是没忍住，说：“小马，你从哪儿推断出来，凶手进市区了？”

马思望掐灭烟蒂，皱眉道：“因为她恐惧黑暗，病态恐惧的那种，她自己都无法遏制这种本能的冲动，所以她为了拯救自己，必然会选择一条光明大道。案发地周围有很多条路，但距离最近，最为光明的，肯定是这条。”

分局长茫然道：“你从哪儿看出来她恐惧黑暗渴望光明？”

马思望笑着摇了摇头，没再说话，分局长摸着半秃的脑袋，瞟了小朱一眼，说：“你懂吗？”

小朱耸耸肩，在小朱看来，马思望的怪论他早就见怪不怪了，打从他第一次见他，他的话就让他十分茫然，他从警几年，从没听说过有人像他这样破案。

马思望突然对小朱说：“给我一份本市地图。”

小朱从手套箱里翻出一张旧版地图递给他，说：“一年前出版的，都快翻烂了，不知现在是否能用。”

马思望摊开地图，目光在图纸上搜索，经过一番揣测，他锁定了几处目标位置，在某处区域标上记号，然后将地图递给小朱，说：“加快速度去这儿。”

小朱是本地人，对附近位置都非常熟悉，瞟了一眼地图傻眼了，这地方是附近夜生活最繁华的区域，号称酒吧一条街，酒吧通宵达旦地营业，午夜街道的繁华程度根本不比白天差。凶手挟持人质逃窜，就算进市区也是躲避在民宅等隐秘地方，怎么可能带着人质逃进酒吧，这不符合逻辑。更何况，凶手还具有相当专业的反侦查意识，两起案件都没留下任何痕迹，这样的人就更不可能做出这种蠢事。

小朱对马思望产生了严重的怀疑，这些天来，全局警力被他耍得团团转，可在侦破进程上毫无进展，整个警局人困马乏，暗中不少人已经有怨言了。就算他预测到凶手会再犯案，稍有刑侦经验的人，都可以推测出来，像这种变态连环杀手肯定会不甘寂寞，再犯案只是迟早的事。只是碍于局长对马思望的绝对信任小朱不好多说，再加上他是基层干警，马思望毕竟是市刑警队派遣下来的，警务级别比他高出太多，他心里虽然有想法，也只能闷头开车。半个小时后，他们已经抵达酒吧街，今晚正是周末，街上年轻的男男女女不少，街道两旁商铺林立，酒吧门前灯光魔幻闪烁十分迷人，隐约能听见里面传出来狂HIGH的DJ乐声。

小朱将车停在街角，马思望没等车停稳，就跳下车，闯进街口的那间酒吧，分局长和小朱慌忙跟上他，他们奇怪他的冲动和急切。

酒吧DJ正放着吵闹的音乐，低音炮炸雷一般爆开，马思望的背影消失在舞池里，马思望的行为太过奇怪，分局长担心他有闪失，催促小朱跟上。他们在无数扭头的肢体中间穿过，浓妆艳抹或酒气熏天的面孔下，装着一个个空虚寂寞的灵魂，马思望的目光利剑般扫过人群，在明暗交错的光影中掠过，又很快挪开。

小朱小声抱怨：“这里人群杂乱，光线又暗，能找到才怪。”

分局长瞪他一眼，道：“有能耐你上。”

小朱无奈地撇撇嘴，紧跟在马思望身后，在人群中挤过。

他们的捣乱引来舞者的抱怨，马思望显得很急躁，快速地在人群里穿来穿去，惹来几个小青年的敌视。他们将马思望围了起来，借着酒劲要跟他动手，马思望躲过一个黄头发的扑击，一拳击倒一个胖子，又过肩摔放倒了一个，等小朱和分局长赶过来的时候，战斗已经结束，那些跃跃欲试的见识了马思望的身手，全老实了下来。

剩下几个不太服气的，也只是摆出虎视眈眈的架势，根本不敢上前来。

分局长冲马思望点点头：“怎么样？”

马思望缓缓摇头，径直出了舞池，走了出去。

他们一家家酒吧搜索，刚才的情景重复上演多次，甚至一度被保安驱赶，紧张和焦虑压迫下，分局长的耐心快被磨光了，小朱很有意见，可马思望只顾没头苍蝇地寻找，根本没在意他们的情绪。

马思望在一家酒吧门前停下，这是整条街上最后一家酒吧，酒吧名字有些奇怪，叫“魔鬼情缘”。

酒吧门前竖着硕大的招牌，蓝色的灯光在汉字上流淌，衬得整间酒吧的氛围异常独特。

分局长喘着粗气：“最后一家了。”

小朱紧张地说：“要是还没有，该怎么办？”

这也是分局长的疑虑，他看向马思望，马思望凝视着霓虹灯下酒吧的名字，怔怔出神。

“魔鬼情缘——魔鬼情缘——”他重复着酒吧名字，居然有种熟悉的错觉。

像是以前听过这个名字。

可他是从来不去娱乐场所的人，这么多年来，今天是第一次来酒吧。

这个名字是从哪儿听来的呢？他绞尽脑汁想不起来。

他苦笑着摇了摇头，走了进去。跟刚才其他酒吧的喧闹比起来，这家酒吧显得异常安静，是间典型的清吧。

酒吧里的人都在聊天喝酒，舞台上，一个长头发的歌手清唱着民谣。

分局长四处打量着酒客，所有酒客在他眼里，都拥有一张醉酒的脸，他看不出他们有什么区别。

小朱已经做好收工的准备，传说中的神探，除了有些神神道道，好像也没什么过人的地方。不知道分局长这样的老江湖，为什么会这么相信他。

分局长很无奈，这个案子以他们的破案经验，侦破无望，只有借助于马思望的犯罪心理模拟技术。借马思望过来前，他给老领导赵局打过电话，赵局对马思望的侦破技术赞赏有加，他了解赵局的为人，他是个实干家，能被他看上的人，一定有过人之处，所以他对马思望才会这么信任。

一个月内，他的辖区连出两起命案，作案手段还这么凶残，失踪人质一名，如果找不到人质，他的局长算当到头了。

而马思望的所作所为，给不了他一点信心。

马思望在酒吧转了一圈，眉头紧皱，他像在思考，又像是在回忆，分局长心里五味杂陈，他年纪轻轻就在警界混到这种位置，应该不是浪得虚名吧？

“黑暗中有光的地方，喧闹中的清净之地，隐藏在黑暗与光明中间……”

他们现在是追查劫持人质的凶手，抢救一个只有十来岁的孩子，不是来酒吧消遣，更不是参加祭神仪式，分局长又急又怒，终于按捺不住了。

“马思望同志……”分局长提高了嗓门。

马思望平静地注视着他，道：“我们找到了，凶手就藏在这里。”

分局长无异于一个即将溺死的人浮出水面，他贪婪地喘着粗气，难以置信道：“你确定？”

“确定。”

“你发现她了？”

“没有。”

“那你凭什么这么确定？”

马思望道：“因为这儿很特别，跟别的位置都不一样，没有比这儿更合适的了，这里一定是凶手感觉最安全的地方。”

小朱无奈地摇头，不屑地说：“是很特别，除了文艺、小资、矫情，有什么不一样呢？去市中心，我可以给你找十几家这样的清吧。”

马思望像没听清小朱的嘲讽，在人群中敏锐搜寻。分局长朝酒吧深处走去，按照马思望画出的凶手特征对女酒客逐一筛选，因为范围太大，符合特征的女酒客有二十人以上，以他们三个人的力量，根本不可能对这么多人完成排查。他们搜查的时候，真正的凶手很有可能会趁机制造混乱逃走。

分局长还意识到更严重的问题，如果凶手真在酒吧，那人质去了哪儿，酒吧根本没孩子，而且孩子也不可能进酒吧。

他顿时一身冷汗，只有一种可能，人质已经被撕票，凶手只身逃进了酒吧。

人质死亡，意味着他们今晚的行动彻底失败，毫无意义，作为行动总指挥，分局长有领导失职的责任。

马思望绕了两圈回来，小朱对马思望彻底失去了信任，他拦住他语气不善：“凶手找到了吗马队？”

马思望有些迷惑，道：“好像不在这儿。”

小朱的怀疑，终于在这一刻爆发了，愤怒让他忘了他与马思望是基层干警与领导的关系，他狠狠推了马思望一把，怒吼道：“要我们是吧？我们这么多兄弟陪着你没日没夜地干，对你无条件信任，你这样忽悠我们，有意思吗？现在可是一条活生生的人命等我们去拯救，耽误一分钟，孩子可能就因为这一分钟挺不过去，你配当警察吗？”

这次，分局长没有阻止小朱，他在旁边观望着两人的争论。

马思望道：“她不在这些酒客当中，但我能肯定，她一定在酒吧，一定在！”

小朱不屑道：“马队，你听过狼来了的故事吗？”

马思望试图说服他，坚持说：“你再相信我一次，她一定还在酒吧，咱们好好配合，一定能抓到她。”

分局长阻止了小朱的反击，他拍了拍马思望，说：“不是我们不想信任你，人质在他手上，谁都耽误不起。你一口咬定凶手在酒吧，根据呢？”

马思望抬眼平视着他，说：“我闻到了她的味道！”

“味道？”分局长眉头紧皱，他再次被马思望绕晕了，不知该继续相信他，还是立刻抽身离去。

“凶手是个心理有残疾的人，她恐惧黑暗，但又必须与黑暗为伍；她期盼光明，又对光明小心翼翼，她时刻处于矛盾分裂之中，在分裂中寻找自己的安身所在。酒吧街是附近深夜最热闹的所在，所以她为了躲避黑暗，只能逃往这里。酒吧非常热闹，只有待在人多的地方，她才能不再恐惧，所以她肯定会来酒吧。这条街上酒吧这么多，她只会选择一间酒吧作为她暂时获得内心安宁的所在。有的酒吧过于喧闹，有的太冷清，只有这间酒吧，人多却不嘈杂，最重要的是……”

马思望顿了一下，说：“你刚才注意到没有，酒客好像对跟自己无关的事，都没什么兴趣。酒吧这么安静，我跟小朱吵成这样，根本没人多看我们一眼，凶手从血案现场匆匆逃离，来到这儿必定灰头土脸，因为这家酒吧客人的特点，所以她很轻易地就能进入酒吧，将自己隐藏在酒吧里。”

分局长的脸色变了，刚才的颓废和失望一扫不见，取而代之的是真正的震撼，他很难相信，就凭看过几次案发现场，马思望能把变态杀手的心思摸得这么清楚。

分局长和小朱的心思，全都在马思望的那番话上，马思望对凶手心理的揣测模拟之准，只能用震惊来形容。他们浑然不知黑暗中，一双锐利的眼睛早在他们进入酒吧时，就已经盯上了他们。

他借着幽暗灯光的掩护，仿佛披上了夜行衣，在深水一般的音乐声中放肆地窥探着他们的一举一动。

一声温和的问候打断了三人的议论：“三位想喝什么？”

穿黑色风衣的年轻男子闯进他们的视线，他递上菜单，笔挺地立在他们面前。

小朱烦躁地挥挥手：“看看再说。”

他的手被马思望压了下来，他瞟了一眼年轻男子，接过菜单扫了两眼，然后叫了一打啤酒。

年轻男子彬彬有礼，服务生很快搬来啤酒，小朱抱怨道：“咱们是在查案，叫这么多酒怎么喝啊？意思意思就行了呗？”

马思望很肯定地说：“凶手一定在酒吧，咱们要找出蛛丝马迹，还需要时间，这些酒应该是够了。”

他们这些实干派的干警，只讲求证据说话，对犯罪心理模拟技术这种东西抱着怀疑心态。再加上马思望指出的破案线索缺乏直接有力的证据，全凭主观臆断，就算他后面那番话有些道理，小朱还是觉得不够支撑他的结论。

他安慰自己，好歹今晚陪他耽误一晚上，明天再找不出有力线索，自己一定申请归队。

马思望的自信给了分局长信心，分局长当即决定调人马过来控制酒吧所有人员，再逐一排查，相信第二天就能找出凶手，却遭到马思望反对。

马思望想再等等。

小朱借上卫生间工夫，把分局长拉到一边抽闷烟，小朱对分局长说："头儿，我总觉得马队的法子悬得很，人质的生命安全最重要，咱们现在回去还有时间。"

分局长叹了口气，说："咱们能想到的工作方式，兄弟们肯定都用上了，现在还没进一步消息传过来，说明没有进展。马队是有名的神探，年纪轻轻干上这样的位置，肯定不是靠嘴皮子忽悠出来的。再说，他推测凶手的心理，我听着也像有些道理，咱们再观察观察……"

小朱见分局长态度坚决，把指望都押在马思望身上，决定曝出一件大秘密出来，也好让他死了心，救人质抓凶手，还是只能靠自己。

他凑近分局长，悄声说："前不久市区发生离奇命案，据说上面震怒，限期破案。这案子市局押上大班底，铁定破案，都立过军令状了。马队要真这么神，这时候不去破那件命案，会来咱们这儿？我听说他是在案情分析会上胡说八道，被领导给'请'到咱这儿来的，意思就是人家不要他，咱们把他当了宝。"

小朱目光灼灼，意思不言自明，他们铁定被马思望这小子忽悠了。

马思望被逐出专案组他多少听说过，据说还是犯在赵局手上，既然是这样，赵局为什么又打包票把他指派给他呢？

他跟了赵局多年，了解他的为人，他肯定不会指个草包给他。

两人在厕所权衡半天，小朱探头朝外瞄了瞄，突然惊呼道："马队……他……他人不见了……"

9

外面没见到马思望影子，分局长给他打电话，通了没人接。

分局长满头大汗，紧张道：“快找……出事儿了……”

两人分头行动，酒吧面积并不大，十几分钟，就足以排查完毕，马思望不在酒吧。

分局长很紧张，作为刑警队副队长，他相信马思望的职业水平，可现在面对的是连环凶杀案的杀人犯。对手狡诈残忍，酒吧环境复杂，马思望又离奇失踪，很有可能遭遇不测。

分局长是位老刑警，几十年的刑侦经验告诉他，情况很不对劲。他顾不上与马思望达成的协议，立刻通知警力赶赴包围酒吧街。他只希望马思望才失踪，不至于出事，同时他又和小朱离开酒吧，扩大搜寻范围。

他们才走上大街，马思望的手机居然通了，分局长对着话筒大喊：“喂……你人在哪儿？我们立刻去接应你……”

手机传来嘈杂的音乐声，是“魔鬼情缘”正在放的音乐，小朱扭头朝酒吧狂奔，同时高喊：“他还在里面……”

分局长举着手机跟了进去，舞台上黄头发的主唱抱着吉他唱得摇头晃脑，手机里只有嘈杂的音乐声，正是他唱的民谣。

他们仔细分辨，马思望不可能在人群里，突然，分局长的目光落在最容易被忽视的楼梯拐角，一扇封闭的门上贴着“卫生室”，这是他们唯一没注意到的地方。

卫生室上了锁，小朱匆忙去找人开锁，分局长守在卫生室外面，一位保洁阿姨推着推车过来，她开了门，门内突然蹿出一个黑影，奇快地擒住保洁阿姨。

分局长仓促掏枪瞄准，定睛才发现擒住保洁阿姨的居然是马思望，小朱也赶了过来，吃惊道：“是马队？”

保洁阿姨尖叫不止，她被马思望抓住，挣扎不了，马思望审视着保洁阿姨：“你是谁？”

“我就是个打扫卫生的，你们警察闲着没事街上逮小偷去啊，欺负我一个女人算什么本事？”保洁阿姨也不是省油的灯。

分局长打量着保洁阿姨，这是个五十岁出头的中年妇女，身材臃肿矮小，与马思望画出来的罪犯特征背道而驰。

保安替保洁阿姨辩解：“她老实本分，谁犯事也轮不到她，警官您弄错了吧？”

人群里突然闯进来一个人，分局长定睛一看，正是给他们递菜单的风衣男子。

风衣男子似笑非笑，斯文柔和，他分开马思望和保洁阿姨，对马思望说：“这位警官，这里人多嘴杂，被人拍照传出去影响警察形象，咱们找处安静位置来谈。”

年轻人看似温和，却流露出很重的邪气，他的要求更难让人拒绝。

分局长从警几十年，是从基层干上去的警察，干他这行的，跟各种人都打过交道，一眼看出风衣男子不是一般人，忍不住多看了他两眼。

风衣男子对保安点点头，保安给他们开了一间包间，小朱寒着脸关上包厢门，喧嚣被阻隔在外。风衣男子瞟了一眼马思望和保洁阿姨，语气有些不咸不淡，说：“警官，我的员工有冒犯的地方，我代她向您道歉，我是主您是客，招待不周还请您担待，别跟一个保洁阿姨一般见识。”

马思望盯着风衣男子，他斜倚在沙发上，含笑望着众人，面对一帮警察，他没有表露出丝毫的紧张。

“我们在找一个凶杀案的犯罪嫌疑人。”

“她？”风衣男子手指清洁阿姨，大笑了起来，像听到特别好笑的笑话，“她连只鸡都不敢杀，敢去杀人？警官你肯定是弄错了。”

“我们不会冤枉一个好人，她跟凶手是否有瓜葛，我们会调查。”马思望沉声道。

保洁阿姨两腿一软，哭诉起自己家庭悲惨，打人都不会，更别说杀人。

分局长和小朱也不信保洁阿姨会是凶手，她的言谈举止暴露了她的性格，犯罪者身上有独特的气场，保洁阿姨不具备这些。

风衣男子很无奈：“警官您也看见了，这么一位上了年纪的阿姨，会是杀人凶手？现在是法治社会，制造冤假错案后果很严重的。”

他瞟了分局长一眼，语气带着三分威胁：“您是领导吧，你们又没有证据，我可以投诉的吧？”

马思望扬了扬手，他手里提着一只黑色尼龙袋子，他将袋子打开，里面有件白色的血衣。分局长和小朱神情由震惊转为惊喜，这就是证据。

“血衣是在保洁室发现的，女式衬衣，衣服的所有者身高体形与我们寻找的杀人凶手一致。只要 DNA 认定血液与凶杀现场一致，就能证明凶手来过你们酒吧。”

风衣男子到底是生意人，态度立刻转了弯，说：“我们打开门做生意，客人三教九流都有，也没人脸上烫字说自己是犯罪嫌疑人，我们酒吧不知情。再说这血衣一看就是年轻女人的，就算衣服是在保洁室发现的，也不能证明跟阿姨有关对吧？”

他笑了笑，目光扫过保洁阿姨，阿姨缩在角落，十分不安。

马思望道：“据我所知，保洁室的钥匙，是保洁阿姨管，没有第二把钥匙。据我们查证，那把锁没有其他方式开过的痕迹。”

风衣男子笃定地凝视着马思望。

“警官说得没错，那请问您是怎么堂而皇之地轻易进入我们保洁室呢？”他特意把我们两个字咬得特别重，是在强调马思望非法侵入吗？

小朱有些生气，这家伙明显在找碴儿，干他们这行的，开把普通的锁那是分分钟的事，他为马思望辩白道："警察办案，总会根据现实情况权衡处理。你别太得意，在你的酒吧发现赃物，你也脱不开干系。"

风衣男子虽然也在笑，不过笑容有些僵硬。

马思望道："阿姨，包庇杀人凶手的罪名可是很重的，你再一意孤行，恐怕有牢狱之灾。"

保洁阿姨僵持了两分钟，还是坦白了，她的确遇到了凶手。她在保洁室换台布，一个狼狈的女人从推车里钻出来，女人拿台布蒙脸，威胁她说出去就杀了她，还给了她一些钱，她权衡利弊选择了沉默。

女人拿走了她的外套，又钻进推车，她的意思很明显，保洁阿姨默默地将她从后门送出了酒吧。她一个保洁阿姨，又在酒吧干了很多年，进进出出，谁会注意到她？

马思望倒吸了一口冷气。她只有一个人，孩子上哪儿去了？

他强迫自己冷静下来，女人离开已经足有一刻钟。一刻钟说长不长，却能发生很多事情，以凶手丰富的反侦查经验，她足以逃出生天。

分局长和马思望冲出酒吧，酒吧街上空寂一片，夜凉如水，哪有半个人影？

马思望站在街道中间，一阵天旋地转，他还是慢了一步，就差一点点他就能抓住她了，只是一点点而已。可这一点点，却足以导致人质死亡，凶手逃脱，抓捕任务彻底失败。

远处有大片汽车灯照过来，大量警车停满了半条街道，分局长过去分配任务，大批警力对周边酒吧展开排查。

就这样认输了吗？

不……还没找到人质的尸体，就还有希望，他一定不能放弃。

马思望跳上汽车，几乎是用抢的方式占据了驾驶位，司机被莫名其妙地推下来，汽车已经完成了掉头动作。小朱把保洁阿姨交给同事，也和分局长上了车，他们不知道马思望又有了什么新的发现，抑或是要去哪里，但刚才找到血衣的震撼还没消退，他们对马思望由衷佩服，对他的任何离奇举动，都觉得是理所当然。

马思望一脚油门到底，汽车以极快的速度飞驰起来，然后在街道拐角处转弯，切入主干道。

小朱和分局长被摇得七荤八素，心脏都快跳出胸腔，马思望突然打断他们，说：“帮我找距离酒吧街最近的 24 小时快餐店或便利店……”

两人手忙脚乱地摊开地图，在后座铺平，很快圈出附近六家 24 小时快餐店并报出具体位置，这六家快餐店距酒吧街的距离大致相近，均衡地分布在酒吧周围，一家家找过去，很需要花些工夫。

分局长掏出手机拨号码：“我调其他人赶过去支援。”

窗外的景物在快速倒退，马思望略一思索，说：“不用，就找最繁华最大的那家，咱们去看看再说。”

小朱很快锁定位置，用红色记号笔在地图上标了个圆圈，是一家麦当劳，汽车飞驰而去。

车一停稳，马思望率先跳下来，用百米冲刺的速度冲向麦当劳，跟从里面出来的一小伙子撞在一起，小伙子手里的咖啡汉堡掉了一地。

他才爬起来，卷闸门已经在他面前沉重落下，人家关门打烊了。

马思望立在原地陷入沉思，小伙子跳起来要找他算账，可他的目光牢牢定格在卷闸门上，连人家推他都没察觉。

小朱冲过来推开小伙子，他晃了晃证件，小伙子悻悻离去。

局长敲着脑门恍然大悟：“我明白了，他在找人质，马队长怀疑凶手把孩子藏到了快餐店，比如麦当劳或肯德基。”

马思望利用警察身份敲开门，他出来的时候，怀里抱了一个十来岁的小男孩儿。小男孩儿像是睡着了，头靠在他怀里，双腿轻轻地在晃动。

分局长心提到嗓子眼：“孩子怎样了？”

“还活着，只是睡过去了。”

分局长长吐了口气，一屁股坐地上，满脸大汗，半天爬不起来。

马思望把孩子交给小朱，小朱宝贝似的将他放在后座，马思望朝分局长伸出手，拉着分局长站了起来。

小朱转身回来，三人靠在餐厅旁的护栏上，夜风阵阵吹过来，吹醒了他们压抑下去的疲惫，小朱走向附近便利店，说：“我去买点酒。”

马思望摆手道：“还是别了，还要开车呢。”

小朱拎了酒回来，骂骂咧咧：“今天豁出去了，居然真能救出人质，太不容易了。”

小朱这回彻底服气了。

马思望能在酒吧发现凶手踪迹已经够吓人了，他居然能在没有任何线索指引的情况，获知神谕一般找到人质，更为传奇。

要不是亲眼所见，打死他都不信世界上会有这种人。

他简直不是人，是神。

他终于明白，警界流传的关于马思望的传说都是真的，他的确是个神话。不需要任何语言上的修饰，只要跟他办一次案就够了，他神乎其技的破案本事，颠覆了他对刑侦的所有认知。

三个人喝了不少啤酒，一贯不喜饮酒的马思望也喝了不少，三个人实在太累了，这连日的鏖战，几乎消耗光了他们的体力，所以他们彻底地放松。

马思望把车钥匙扔给小朱，小朱发动汽车，朝警局方向驶去，中途马思望醒了一次，他不着边际地问了句：“‘魔鬼情缘’斜对面是不是有个铺面？”

小朱怔了怔，分局长说：“好像是有家，招牌没看清。”

“看来酒吧街不全是酒吧嘛。”马思望嘟囔了句，又睡了过去。

10

马思望在麦当劳找到的男孩儿正是死者刘涛的儿子刘子炫。

男孩儿苏醒后，有短时间的神志失常，表现为对过去熟悉的老师、同学丧失记忆，失去说话能力，偶发战栗和口吐白沫。

警察送刘子炫到医院做了全身体检，身体指标都正常，暂时出现以上症状，可能是精神受刺激导致的。

两天后，刘子炫恢复正常，据他口述，他们吃完夜宵回来，在他家所在的楼道里他爸遭到袭击。凶手击晕他爸后，蒙住了他的脸，随即他也陷入昏迷，后来醒转过来，发现自己眼睛被蒙上，有人扛着他走路。

他们走了很远一段路，凶手将他放下，给了他一张百元钞票。

凶手告诉他，要想活下去，他必须在原地默数 500 下，才能睁开眼睛，然后进麦当劳给自己买两份汉堡、两份薯条、两份炸鸡翅，再喝一大杯饮料。做完这些，他才能离开，否则，他就会死。

刘子炫只是个 10 岁左右的孩子，面对凶手的恐吓，他只能服从。

吃完了这些食物，刘子炫觉得很饱，很快趴在桌子上睡了过去，据麦当劳店员交代，当时他们工作人员推了孩子三次，都没叫醒他。

人质平安救了回来，所有人都很高兴，却又遇到了新的问题。

刘涛跟女友才交往半年，住在一起也没多久，刘涛一出事，他女朋友怕惹麻烦，也跟着销声匿迹了。

刘涛父母早亡，没有其他直系亲属，孩子交给谁抚养成了大问题。

更何况孩子受这么大刺激，精神出现异常，会间歇性发生癫痫，白天都会出现意识混乱，他现在急需亲人照顾他，给予他温暖和安全感，可现实情况却并不允许。一众在前线冲锋陷阵什么都不怕的警察，一下子犯了难。

刘子炫在警局住了几天，搅得局里上下不得安宁，分局长把安置他的任务交给了马思望。

马思望同情刘子炫，倒不是因为他爸的死，他同情的是他是孤儿，失去至亲，除非亲自经历过，否则那种痛苦外人无法理解。

马思望也是孤儿，他当然能理解。

养父母对他很好，竭尽所能地给他最好的教育和成长环境，可那种血浓于水的感情缺失，是他永远无法愈合的疼痛。

马思望请了假，带着小子炫吃好吃的，刘子炫把一桌好菜吃得干干净净，然后扭头盯着他。

他突然惶恐，他具有专业的心理学知识，面对这个才十来岁的小男孩儿，他有些束手无策。

这个孩子很特别。

得知爸爸的死讯，他一滴眼泪都没流。

他要么一个人在院子里疯跑，要么去食堂找吃的，没人从他脸上看到过悲伤。

有同事摇头叹息。

只有马思望明白，痛苦已经扎根男孩儿内心深处，他没有痛哭流泪，因为眼泪根本改变不了他的痛苦。

他带他去商场，给他买了新衣服换洗，又给他买了些日用品和玩具。

小子炫跟着马思望，让他试衣服，立马拿了衣服去试，让他选玩具，他拿颜色最花哨的。

他好像能读懂成年人的心思，努力做出开心的样子。

他越是这样，马思望越难过，心里隐隐有种刀割的感觉。

他发誓要抓住凶手，绝不让她再制造出第二个、第三个刘子炫……

按照规定，安排小子炫是民政部门的工作，马思望不放心，他要亲自安排这孩子。

多方打听，他帮子炫找了一家各方面都还不错的去处，这家收养中心针对的是精神异常的儿童，马思望希望他能得到心理救助，放下包袱，勇敢去面对生活。

收养中心叫同安堂，位于市郊附近，占据了一片不小的位置，看起来各项设施都挺齐全，房子盖得漂亮。

马思望在网上了解过，同安堂是家慈善机构，经费来源都是国内外企业捐赠，地方政府给予部分补贴，办得有模有样。只是他们招收儿童的条件比较苛刻，一定要精神出现异常的儿童，正常孩子他们拒绝接纳。

马思望去之前，与同安堂做过深度沟通，把小子炫的资料传真了过去，对方经过审查，认为合格。

同安堂收留了十二名孩子，年龄 6 岁到 14 岁不等，都受过精神上的创伤。

管事的是位四十岁左右的女人，热情亲切，马思望听其他工作人员喊她李姐。

李姐已经了解了情况，见到小子炫还是忍不住叹气：“成年人都受不了的苦，他一个 11 岁的孩子怎么承受？命运对他太不公了。”

马思望沉默了。

之前他还有所顾虑，见了李姐对待孩子的耐心，他很快打消了顾虑。他们好像自带魔力，刘子炫很快跟他们混熟，跟他们愉快地打闹在一起的时候，他露出了从未有过的笑容。

“比想象中要好。”办完最后几道手续，李姐向娱乐区走来，微笑着在马思望身边停下。

“我以为他需要一段时间……”马思望松了口气，子炫未来将遭遇的孤独和痛苦，正是他曾经经历过的。这种失去至亲的绝望，像永远都无法愈合的伤口，总会在不经意悄悄地撕裂开，化脓腐烂。

子炫在双杠上，一口气做了几十个仰卧起坐，孩子们纷纷喝彩，子炫得意起来。

马思望也跟着叫好，刘子炫突然意兴阑珊地滑了下来，闷着头走到墙壁的阴影里去了。

马思望追了过去。他摸着子炫的头，小子炫把头甩到一边，猝不及防地朝住宿区跑去。

李姐拦住他：“给他属于自己的空间，他需要学会面对突然降临的负面情绪，这是一门必修课程。”

马思望只好放弃。

待到中午，终于见到了同安堂的心理老师，一位六十岁出头的老人，须发皆白，精神矍铄，一派儒雅学究的派头。

李姐给他介绍：“这是金老师，中国最早一批异化儿童心理研究者，他将毕生精力投入青少年异常心理矫正，取得了很好的效果。他还是同安堂发起者，为了孩子们的健康成长，他散尽家财才……”

金老师摆摆手：“你啊，总是言过其实。”

李姐争辩道：“你把房子卖了，还离了婚，就是为了这些孩子，别人不清楚，我还不知道你遭的罪吗？”

金老师不在意地笑笑，说：“跟这些饱受心理折磨的孩子比起来，我付出的这点又算什么呢，不值一提。”

马思望由衷地敬佩，在这个利益至上的年代，能有这种胸襟和爱心，真是太稀有了。

马思望当即掏出银行卡，向同安堂捐赠了他一个月工资——五千元。

与金老师聊了小子炫的情况，金老师不无忧虑，子炫这种创伤，治疗起来非常麻烦，痛苦会伴随他终身。他目睹爸爸被杀，对他的刺激更加可怕，病症可重可轻，孩子很有可能会因此封闭自我，彻底关上与这个世界交流的窗户。

这也是马思望担心的，他自己在成长过程中，有很长一段时间的自我封闭期，除了发呆，对任何事提不起兴趣。他的养父母都是特别善良的人，对他视若己出，现在回想起来，当时如果养父母放弃了他，恐怕他会永久堕入深渊。

从同安堂出来，马思望抬眼看向宿舍楼方向，无意间发现小子炫趴在窗前，呆呆地看着自己，孤单而忧郁。

他挥手与金老师和李姐道别："小子炫就拜托你们了，我有空来看他……"

11

子炫的悲惨遭遇，更加坚定了马思望逮住凶手的信念。

只要她没进入监狱，这世界上就会有更多的小子炫出现。

专案组顾不上休息，连夜召开案情分析会，根据现场痕迹对比，完全可以将这两起凶杀案并案处理，凶手是同一人无疑。

警方分析认为，这种变态杀手手里不可能留下活口，没想到凶手居然主动释放人质，这违背常理。

痕迹组对血衣和犯罪现场做了血迹对比，证实血迹源自死者刘涛，说明酒吧逃脱的女人是凶手无疑。

警方对保洁阿姨进行审讯，阿姨交代了所有情况，她协助凶手逃离是因为钱。凶手潜入酒吧，本想利用酒吧氛围善后，没想到警察来得很快，她利用保洁阿姨贪财的性格，巧妙金蝉脱壳，足见她的智商非常高。

根据保洁阿姨交代，凶手与她交谈时躲在手推车里，而且拿台布蒙面，她根本没机会看清凶手的真实面目。不过在她离开的时候，她见过凶手背影，身高体态与马思望推测的一模一样。

案情分析会变成了马思望的个人专场，事实一再印证他的推测，那些原本对他抱有怀疑的人，态度全都来了个一百八十度大转弯。最抵触马思望的小朱，简直对他奉若神明。小朱真的是被彻底震撼了，他非同凡响的推理能力，不属于人，是神。

救回人质，警方的行动相当成功，大功臣马思望却高兴不起来。小子炫孤单的身影在他脑子里定格。

首战告捷，案情分析会上干警们情绪很高，分局长希望马思望能推测出更多信息，预测凶手下一步动作，警方也好提前戒备。

马思望总是不太习惯这种场合，他保持僵硬的姿态，在会议室坐了整整三个小时，没说一句话。

分局长再忍不住，点名让马思望说，马思望想了想，说：“凶手制造血案血腥残忍，却对孩子有异常温柔的一面，我怀疑她是母亲，或者曾经是母亲。”

这一结论再次令全场震惊，热烈附和者有之，提出质疑者也有之。

变态凶手并非没有弱点，她的弱点是对孩子异样温柔，她没有伤害子炫，甚至还努力保护他的心灵。她杀害刘涛，刻意击晕孩子，到最后归还孩子的方式，都体现出母爱的温情，她的行为打破了笼罩在她身上的血腥光环，也让马思望对她有了全新的认识。

马思望抽了支烟：“或许她是个有独特故事的女人。”

从两次犯案来看，凶手心思极为缜密，她选择的犯罪现场和犯罪时间，都是最不易被人察觉的，足以完成杀人虐尸过程。

凶手与被害人之间没有任何利害关系，甚至不可能产生交集，证明凶手是随机选择目标。

身为女性，凶手能制造出这种奇特血腥的杀人现场，证明凶手心理素质很强。她还有不错的反侦查意识，从犯罪现场和逃脱过程来看，她能洞悉警方行动方向，做出有效的应对策略，从警方设下的天罗地网中逃脱。她很年轻，一个这么年轻的女孩儿，却具备同龄女孩儿没有的刑侦常识，只能说明一个问题，她曾是他们的同行。

从年龄推测，就算当过警察，也是刚入职的新人，最大可能是她曾在警校读过书，学习过系统的刑侦知识。还具有独特的刑侦天赋。

马思望越想越兴奋，他旁若无人地摊开纸笔，记录下他脑中的片刻闪念，进入浑然忘我的状态。

在全区寻找年龄在 20 岁到 25 岁之间的女性，身高 160 厘米到

165 厘米，重点搜寻区域为警校或警局派出所附近。凶手很可能在校期间或实习期出过问题，以致离开学校，退学原因可能是男女关系问题。

这一打击对她心理产生了严重影响，以至于她会从未来的人民卫士，沦落为四处躲藏的杀人凶手。

从凶手年龄推测，她在本市没有住房，应该住在出租屋内。

凶手自我控制能力偏弱，不具备干高薪工作的技能和条件，以此推断，她的居住环境不好，我市城中村是低收入群体和刚毕业大学生首选的租房选择。

城中村环境特殊，房租便宜，鱼龙混杂，非常适合凶手躲避，就算她深夜出去，也不会引起外人注意。

马思望很快将这些信息写了下来，分局长在会上指示精神，滔滔不绝，马思望在下面奋笔疾书，写满整张稿纸。

马思望通过同事把纸递交给分局长，分局长瞟了一眼，顿时嘴巴张大，半天没合拢起来，他丝毫没意识到自己的失态，喃喃自语："神……太神了……"

分局长回过神来，立刻分配任务，将全区警力按马思望提供的线索集中调用，重点排查区域为警局、警校和城中村交叉的中间地带。

散会前，马思望突然想起"魔鬼情缘"酒吧的那位风衣男子，决定派人去查他的背景，亲眼见识过马思望的破案技巧，分局长打心眼里佩服，立刻安排干警去办。

与会人员陆续离开，马思望松了口气，放松地坐在椅子上，眉头却皱得很紧，眉宇间都是难言的压抑。

会议室一下空了，只有分局长和马思望没有离开，日光灯的光芒静静地投下来，衬得马思望的背影异常孤独消瘦。

某个瞬间，分局长觉得眼前的年轻人不是凡人，他的神秘他永远无法理解。

马思望掏出手机，按下一串号码，手悬在拨出键上，想打出一个电话。

可他等了一分钟后，无奈地叹了口气，然后将号码删除干净，又将手机揣进衣兜里，冲分局长打了招呼，摇摇晃晃地出了会议室。

12

女人匍匐在黑暗中，有一丝微弱的光线从楼板缝隙透进来，她长长的头发遮挡住了面容，整个人与黑暗几乎融为一体。

外面传来脚步声，“吱呀”一声，门推开了，女人紧张起来，身体绷成一张弓。

有人进来，皮鞋的声音，他关上了门，在女人面前坐下，女人突然浑身发抖，朝角落爬去。

她手脚并用，速度很快，像只硕大的蜘蛛，仓促逃进她自认为安全的小窝。

她的速度虽快，黑暗中那只手更快，他老鹰抓小鸡似的擒住了她的头发，粗鲁地将她拖了回去。

“不……不要……”她颤抖着祈求。

“跪下来求我啊。”男人狞笑，女人跪下不停磕头，男人笑得更加疯狂，突然将女人提起来，撕开她的衣服，露出大片雪白。

女人颤抖，嘴里含混不清:“求求你……放过我……放过我吧……”

她嗓子早哑了，在这暗无天日的地下室里，她已经度过整整三个日夜。

在绝境中，对一个女人来说，除了哭泣，还能通过什么方式来缓解压力呢?

裂缝的光线穿透阻碍，射进暗室，将她凹凸有致的身段，凝脂般的皮肤，修长的双腿，一一呈现在亮光下。男人双眼泛着狼一样的光，他粗糙的双手滑向她的肌肤，他高大的身形和丑陋的面容，在她眼前定格。

女人本能地躲避，男人再次扑向她，她缩在暗室角落，哭着求饶，气若游丝。

他可没耐心怜香惜玉，抓她的双手变成了一对铁拳，硕大的拳头打在女人身上，按着她的头撞向墙壁，女人头破血流，疼得满地打滚，他打累了才停下来，女人摊开四肢躺在地上，再没挣扎的力气。

“这才乖嘛。”男人喘着粗气。他扶起女人的身体，剥光了她的衣服，她雪白的肌肤上满是伤痕，没有一块是完好的。

男人准备进一步动作，女人突然惊叫道：“不……我……我怀孕了……求求你……”

男人笑了：“我是这么好骗的吗？”他继续着自己的动作，“就算真怀孕了，跟我有什么关系呢？”

鲜血，从她身下缓缓淌下来，染红了用来栖身的破旧棉被。

她没再挣扎，也没再痛哭，连求饶都忘了，她唯一能感知到的是痛苦，身体和心里的痛苦将她撕得粉碎。

她眼前定格着男人粗犷而丑陋的面容，她一动不动地盯着他的脸，在心里对自己说，一定要记住他，记住他的模样，终身不忘。

因为，他毁了她的一切。

怀表在眼前摆动，她睁开眼睛，眼神茫然而痛苦，脸颊有湿湿的泪痕。

这是周医生的诊室。

周医生露出笑容：“刚才做了个梦？”

“那是梦吗？”她皱紧了眉头，面部因为痛苦而扭曲，怎么都难舒展开来。

“不是吗？”

女人凄然一笑："是梦还是现实，我已经分不清楚了，就当它是梦吧，一个永远都不想再做的梦。"

周医生："你留下那个孩子，是因为你曾经失去过，所以你珍惜所有的孩子？"

女人不置可否："无论大人的世界怎么样，孩子永远是无辜的，他们是照亮黑暗的天使……"

"也许吧……"周医生笑笑，"说说你最近的情况，还有人际交往障碍吗？比如说，无意中与强健的男性邂逅，或者是再见到那样的人？"

女人双手抓头，把脸埋在膝盖上，过了片刻，她抬起头来："好很多了，现在遇到谁都不会怕，再凶恶的人，我会比他们更凶。只有比强者还要强，你才能勇敢地去面对他，对吗？"

周医生忍不住鼓掌："太棒了，你比我过去的所有病人都要勇敢，我相信你一定会征服他，征服自己，取得彻底的自由和解脱。"

"他？"

周医生张开手掌，露出握在手心的怀表："你只有去面对他，才能征服他，你把他囚禁在心里，你也将永远被他囚禁。"

"我什么都不记得了，除了他那张脸。"

"他毁了你一辈子，你可以毁他的脸，你只有勇敢地面对他，才能真正征服他，你说对吗？"周医生温柔地看着她，他的眼神柔情似水，如果他能做她的情人，一定是世界上最温柔的情人。

女人站起来："对，我应该去找他，他害我失去孩子的时候，我就说过，一定不会放过他。"

周医生鼓起掌来："我为你的新生感到高兴，人就是要活得恩怨分明，这样才有价值。"

"所以，他们都该死。"

女人走出去，有风吹来，拂乱她的长发，她脸颊的伤口在风中若隐若现。

周医生目送着她离去，直到她的身影彻底不见，他才回过神来。

“可惜弱点太明显，否则，你会这么轻易找到她吗？”周医生唇角微翘，面上现出一丝邪恶的笑容。

他摊开一本书，从书页中间翻出一张照片，轻轻捏在手里端详。

照片上是个异常清纯漂亮的女孩儿，女孩儿站在阳光下，笑脸洋溢着青春的光泽，她怀里抱着一本厚厚的《犯罪心理学》。

“欠下的债，总有还的那一天。我回来了，你准备好了吗？”

他捡起一张写满马思望名字的纸，撕得粉碎，从窗口扔了出去，纸片雪花一般落了满地。

“接招吧，神探！”

13

尖锐的手机铃声打破沉静的黑暗，一只苍白的手从被子里伸出来，摸索半天按下接听键，手机听筒传来分局长的声音，听得出来，他很激动：“小马，按照你推测出来的搜索范围，线索找到了。”

马思望一个鲤鱼打挺坐起来，直奔卫生间，他用最快的速度完成洗漱，直奔分局。

赶到局里，已经是上午十点半，外面阳光刺目，天气异常炎热，会议室里人满为患。这儿的空调坏了很久，一直没修好，这么多人挤在里面，全靠两台旧风扇驱热，可想而知效果有多差，人人一头臭汗，人群弥漫着一股馊臭味儿，可在场的人好像谁都没在乎这个，注意力全集中在分局长身上。

见马思望进来，有同事主动给他挪位置，分局长扔了一摞资料给他，马思望屁股沾座就开始翻阅，分局长的讲话也戛然而止，大伙儿的目光都落在马思望身上，会议室里异常安静，只有马思望翻阅资料的声音。

在警务系统内部查消息，对分局长来说不算难事，特别是桃色新闻，随便找位中年妇女，她能把她们单位的那些破烂事儿给你翻上好儿遍，一件不落。

分局长从各单位找了一群中年妇女，再派人把她们知道的桃色新闻全记录下来，再逐条核实，很快捋顺了线索。

有两起事件的女主角，与马思望推测的凶手特征相似度非常高，作为可疑人员记录在案，分局长已经做了相关部署，进行核查。

这两人资料被提了出来，马思望扫了两眼，立刻否定了分局长的判断，说：“我想你们弄错了，我们要找的人，不可能是她们。你们排查的时候，是否遗漏了什么？”

有个资历老的警察拍胸脯保证：“这是咱们警务系统内部的事，就算上不来台面，大家私底下心里都门儿清，错不了。”

老警察的话提醒了马思望，他们这些老资历都是坐地户，像这种桃色新闻，真打听起来，没有不透风的墙。这样都找不到那人，只能说明一个问题，系统里根本没有她。

马思望想了想，说：“咱们忽略了一个问题，她可能根本不在系统里。”

大家纷纷议论，凶手特征是马思望画出来的，她曾在警务系统内待过，也是马思望给出的线索，现在又弄错了？

“警校排查过吗？”马思望看向分局长。

“警校范围太广，跟咱们又没有直接关系，我先从系统内查起，一查就查出特征相似的，也就没顾得上警校了。”

“那就先查警校，警务系统先放下，我认为警校生的可能性更大一些，重点排查近五年内休学的。”

分局长飞快地记录下马思望的话，会议室里都是钢笔书写的声音，同事们对马思望的态度重新回归信任。他给过他们太多希望，他创造过太多奇迹，所以这暂时的小插曲，他们毫不在乎。

“本市有几所警校？”

“两所，还都在咱们区。”小朱负责过警校生实习生安置工作，有发言权，他抢先回答说。

马思望点了点头：“这就好办了，查近五年内警校辍学女生档案，重点查因为感情纠纷辍学的。筛选范围不要太过苛刻，只要可疑，立刻把档案调出来详细调查。”

只要画出范围，一帮警察就有了用武之地，众人开始摩拳擦掌，他们顾不上休息，立刻在分局长的安排下，投入查找资料的工作当中。

分警局是警校生实训和实习基地，局里不少警察还是从这两所警校毕业，因为过去良好的合作关系，警校给予他们很多工作上的配合。

校方很快统计出数据，两所警校五年内辍学、退学的学生多达两百余人，女生退学人数高达一百二十人。

警校女生普遍身体素质很好，身高比一般女性出众太多，警察经过仔细对比核查，发现符合凶手特征的，居然多达 50 人。再加上这些辍学的女生，都已经进入社会，有的甚至离开祖国，要跟她们取得联系，调查近 5 年的详细资料，成了一项极其复杂的工作。

马思望让人把这 50 人的照片贴在小黑板上，做成一张完整比对表，分局长和小朱看到密密麻麻的档案资料，头都大了，每个人都长得异常相似，很难辨出差别。在这 50 个人里面找出符合特征的凶手，无异于大海捞针。

马思望抱臂在黑板前走来走去，陷入沉思，他目光专注地扫过女生们的照片和档案，眉头越皱越紧，脑子却在高速运转，每个人的照片，都在他脑子里过滤了很多遍。

他知道，这个人一定跟她们所有人都不一样，他虽然没见过她，但他跟她交手多次，他能感受到她不一样的气息。

分局长和小朱去校档案室门外抽烟，不敢打扰马思望，小朱缩缩脖子，压低嗓门说：“马队真是越来越邪了，光看照片，能把凶手揪出来？”

分局长白他一眼：“你还别不服气，你要懂这个，你就不会跟我在这儿抽烟了。”

小朱一点不生气，他对马思望早就心服口服，谁要怀疑马队，他一定第一个跳出去跟他理论。

两人正聊着，马思望喊小朱，小朱和分局长急忙进去。

马思望的注意力停留一堆照片上，小朱注意到，几张照片被画上红色的圈，可他却没看出照片上的人有什么奇怪的地方。马思望头也不抬地说：“我要见档案管理人……”

马思望见小朱站着不动，奇怪道：“有问题？”

小朱摇头，马思望更奇怪了，小朱挠着头发实话实说：“他们可能已经在去火车站的路上，据说是配合咱们工作，错过了单位同事一起旅行的机会，他们要自己补上。主要是我早上通知他们，工作已经做完了。”

分局长瞪了他一眼，吼道：“旅游重要还是破案重要？赶紧去追啊！”

半个多小时，小朱领着两人回到档案处，两人一胖一瘦，典型的事业单位工作人员打扮。

马思望直接问他们：“办理退学，需要有相应的程序，是否所有的退学手续，都需要学生本人来办？”

胖子是省警官学院的学籍管理人，他说：“其实很多手续，都是家长或直系亲属代办的。辍学有很多原因，比较直接的就是学生不能亲自来学校，找人代办是件很正常的事。”

马思望若有所思：“能否快速区分开代办还是自己亲自办的辍学？”

“当然可以核实，不过需要花费时间，毕竟长达五年的时间跨度。再加上学籍管理工作不是教学重点，都是临时抽调学生来做的，再找到当年办事的人比较困难。”

马思望摸着下巴：“我只需要核实这50个人就行，需要多长时间？”

“这可说不好，咱们学校的学籍管理混乱，退学手续很多都是走过场，说的是需要直系亲属代办，同学也能来处理。所以要想查出这五年来的档案，不是说绝对不可能，但需要找到当时办理的工作人员核实，所以工作量还是非常大的。”

马思望想出了个简单的方法，通过签字笔迹对比来判断，只要签名与入学签名一致的，就是自己亲自办退学的学生。

方法虽简单，不过要调取这50份不同年限的完整档案，需要费一番工夫，在两位档案负责人的配合下，他们几次往返学校，忙碌了一整个晚上，第二天一大早，马思望揉着充血的眼珠子，放下最后一份资料。

根据他们仔细核查，非自己办理退学的人多达一半，马思望在这一半人当中找到几位被他标记的照片。

马思望翻了翻女生们的资料，对小朱说：“把这些女生的医疗档案给我找出来。”

小朱急忙记录。

“再调查她们以前的室友，了解她们在别人眼里是怎样的人。”马思望头也不抬地补充，小朱一一记录。

经过缜密调查，小朱取得了第一手资料，根据调查医学档案和走访了解到，这些匿名辍学的女孩儿中，有几个是意外怀孕。

两个女孩儿选择了回家结婚，还有一位南下打工，据说家里得知消息，跟她断绝了关系，再难打听到她的下落。

马思望在小黑板上圈出来的一位女孩儿也在匿名辍学名单中，她面貌清秀，不过眉骨凸出，眉目有些不太自然，他指着女孩儿照片问小朱：“她呢？”

小朱给的答复是很正常，在校期间，她没留下任何就诊记录，档案干净。而且，她读书刻苦，虽然长得比较漂亮，也有男同学追求，她都跟他们保持距离，没有谈过恋爱。

“家庭条件呢？”

“很穷，父母兄弟都在沿海打工供她读书。她性格沉默，喜欢独来独往，与同宿舍女孩儿关系淡漠，她的室友也不太喜欢她。”

马思望长眉紧锁：“奇怪，像她这种背负读书改变命运的女孩儿，怎么会突然辍学？还是没有原因的辍学？”

分局长停下翻阅资料的手，脸色微变，他也觉得不太对劲儿。

小朱道：“这种学生我见过，可能家庭实在难负担高额的学费，或者家庭发生变故，还可能是女孩儿压力太大，想早日帮家庭减轻负担……”

小朱滔滔不绝，马思望陷入沉思，是这样吗？

马思望略一思索，就意识到不对劲，女孩儿辍学的时候，大学生涯即将结束，她品学兼优，再加上就读的警官学校还是名校，未来会有不错的前途。就算真是经济上的问题，学校奖学金很容易申请到，还有助学贷款，她顺利毕业不成问题。

她有张清秀漂亮的脸蛋儿，只是眉骨略显怪异，眼神里透着深深的忧郁，不像是个才 20 岁出头的女孩儿。她叫郑彤。

郑彤是个低调到近乎透明的女孩儿，连老师都对她没什么印象，只记得她沉默寡言，不善与人交流，没什么朋友。

她读书倒是非常刻苦，成绩算不上特别拔尖，中上的样子。

她长得挺漂亮，却穿着朴素简单，不喜打扮，那会儿男生喜欢的都是时髦的女生，她并不引人注目。

马思望走访了郑彤的所有老师，大家对她印象大致相同，她没有知心朋友，找不到真正了解她的人。

一番走访下来，调查毫无进展，夏日的天气格外闷热，两人一身臭汗，从学校出来，小朱走向停车场。

“等等……”

马思望笑道：“别急着吹空调，再陪我转转。”

两人在学校周围转了几圈，小朱满腹狐疑，马思望不说，他也不问。在小朱看来，马思望做任何违背常理的事情，都有他的理由，他是神探，普通人当然没办法猜透他，他对马思望的要求，一定会无条件服从，更不会多嘴去问。

他们逛了老鼠街，去了卖女生小玩意儿的精品店，还转了网吧和理发店。夜幕降临，学校周围的马路边上，到处都是摆摊的小贩，将学校周边紧紧包围，形成繁华的夜市。

这些都是郑彤当年经过的地方，她会流连在此吗？

肯定不会，她很穷，每次交学费对她来说都是一场灾难，哪有钱花在这上面？

那她平常会上哪儿呢？

自习室和图书馆是她常待的地方，可是仅限于此吗？

她是个年轻的女孩子，又长得漂亮，女孩儿总会有自己的天性，特别是漂亮女孩儿，所以这些地方，她偶尔也会光顾吧？

距老鼠街几百米远的地方，有条陈旧的巷子，马思望走到巷口，抬眼看到里面有家小诊所，诊所虽小，却有张硕大的招牌，“专治各类疑难杂症，妙手回春”。

大招牌下面写着诊治范围，其中大多数是性病一类的疾病。

马思望对小朱说：“走，过去看看……”

小朱挠了挠头：“这种小诊所满大街都是，你不会怀疑它有问题吧？”

马思望走进巷子，朝小诊所走去。

诊所门上挂着肮脏的帘了，掀开门帘，里面与门脸儿格调一致，摆设布置异常陈旧肮脏。

诊台前坐着一位上了年纪的老头儿，穿一件褪色发黄的白大褂，戴着老花眼镜，翻着隔天的日报，他手边放了一只大容量的茶杯，能看见里面浓稠的茶水。

他背后的药柜上，稀稀拉拉摆了一些药品。

见马思望和小朱进来，老头儿的慵懒一扫而空，他推了推眼镜，热情迎上来："两位看病？"

马思望放下公文包，淡淡笑道："要不然呢？"

老头儿是老江湖，听出马思望语气不对，脸色拉了下来："瞧病我欢迎，如果找事儿，你们可来错地方了，我胡大夫……"

小朱瞪他一眼，吼道："我们不找事，找人，好好配合我们工作。"他亮出证件。

老头儿软了，急忙说："警官您有什么问题尽管问，不过我只是个医生，行医救人我懂，别的我恐怕就……"他顿了顿，意思不言自明。

马思望掏出郑彤的照片递给他："见过这姑娘吗？两三年前，她来过你们诊所。"

老头儿瞥了一眼，摇头："没印象。"

小朱道："真没印象？再仔细想想！"

老头儿把照片反复看了看，还是茫然，说："年纪大了，忘性也大，你看我这儿这么多病人，哪儿记得清楚？"他指了指破帘子门口，空无一人。

老头儿尴尬地咳嗽，马思望注视着他眼睛，缓缓道："你再仔细想想，两年前的初秋，这姑娘走进你们诊所，她说她怀孕了……"

老头儿的目光凝住了，眼前一亮，道："难怪有些眼熟，警官您这么一说，我就想起来了。她怀孕后体虚，找我给她开中药调理，找过我两次，我们约好了第三次时间，她钱都付了，人却没来，我这人实诚，还惦记怎么把钱退给她呢！"

他压低嗓门悄声说："这姑娘莫不是出事了？"

小朱喝道："问你的就回答，不该问的别问，警察办案呢！"

老头儿缩回了脖子，马思望说："你把具体过程如实告诉我们，她第一次来是什么时候？怀孕多久了？她是一个人来的，还是有人陪着？"

老头儿陷入沉思。

“刚过十一，下了场小雨，她一个人撑着伞在雨里徘徊了很久，这才下定决心走进来。我以为她要堕胎，她却是保胎，她长期营养不良，身体很虚。我给她免费做了检查，她怀孕两个月了。”

小朱快速地记录，马思望皱眉道：“第二次呢，她也是一个人来的？”

老头儿道：“都是一个人，要是有男人，也不会来我这儿对付吧？每次来眼圈都是红的，肯定大哭过，我还问过怎么总是她一个人，她说她男人忙。其实我早看出来了，她是学生。”

14

这天下午马思望接到李姐电话，小子炫在同安堂出事了。具体什么事没说，只让马思望务必来同安堂一趟面谈。

刘子炫的事马思望特别重视，他向分局长请了假，晚饭都没吃，驱车直奔同安堂。

他到的时候，孩子们在食堂吃饭，小子炫坐在最角落，面对着一大盘饭菜发呆，其他孩子则在大快朵颐。

他能看出他的忧郁和孤独，不禁黯然，他太小了，还不到 11 岁，这样的年纪，让他承担这可怕的痛苦，真是太难了。

工作人员通知李姐，马思望在子炫对面坐下，他意识到有人过来，抬头看了一眼，又把头埋了下去。

"不合胃口？"

他轻轻摇了摇头，马思望瞟了眼饭菜，有鸡腿、火腿肠、蔬菜，还有一杯牛奶，非常丰盛，比他们单位食堂的伙食好太多。

"那是有心事？"

小子炫打断他："你们抓到凶手了吗？"

马思望无言以对，面对子炫逼视的目光，他居然心虚了："还没，不过我们已经取得突破性进展……"

"那就是没抓到！"

"凶手很狡猾，我们需要时间。"马思望不知道该怎么安慰这个孩子，他的单纯和直接，有些咄咄逼人。

小子炫低头扒饭，没再理会马思望，他吃完了一碗米饭，转身朝娱乐区走去，在一台电子游戏机面前玩得入迷，那是一款格斗游戏。

李姐从他身后走过来，马思望尴尬地打招呼，他担心子炫做出什么出格的事来，他在警局的一些行为，已经惹得有些同事反感了。马思望理解他的痛苦，可其他人未必，同安堂是他的新家，才来就惹麻烦，他担心会影响他的未来。

毕竟，在本市再找一家同安堂可没那么容易。

两人走向休息区，工作人员给他们端来咖啡，马思望先开口："李姐，子炫惹事了？"

"他打了一个年纪比他大的孩子。"

马思望知道，刘子炫并不是一个喜欢打架的孩子，他才来同安堂就打架，难道是……

"被打的孩子一贯很乖，对子炫也很热情，还经常照顾他。这已经不是子炫第一次揍他了，每次都是鼻青脸肿，我们商量过有必要给子炫一些体罚，来矫正他的不良行为。"

"我了解子炫，他不是一个爱打架的孩子，这中间是不是有什么误会？"

"被打的孩子叫周新语，人很老实，是脾气最好的孩子，在同安堂生活几年，从来没跟人发生过冲突。两人都不肯说起矛盾的原因，我们怀疑子炫需要释放痛苦才选择了脾气最软弱的周新语。子炫正处在危险时期，任由他发泄下去，恐怕……"李姐长叹了口气，欲言又止。

马思望明白她的意思，孩子是他送来的，在矫正行为前，需要得到马思望的同意，否则有体罚之嫌。

这所孤儿院收养的都是问题孩子，为了矫正孩子的行为，班杜拉的行为主义正负强化术是行之有效的手段。使用这一技术在法律上有风险，会被社会人士怀疑院方体罚孩子，所以李姐才会这么慎重。

“我们只是矫正他的行为，让他学会克制暴力冲动，身心健康发展，马警官不必太过担心。”李姐明白马思望的心思，对这样一个可怜的孩子用手段，谁心里都不好受。

“你们会怎么对他？”

“激励和惩罚措施并用，与其他孩子相处融洽，会赠送小礼物；如果再打架，可能会关禁闭，限制饮食，扣发礼物，不会真的体罚孩子。”

马思望松了口气，他觉得自己在情感上太代入子炫了，他甚至觉得现在的子炫就是当年的自己，听说子炫要被罚，心里难免难受。

李姐给了他一份文件，是免责声明，马思望在文件上签了字。

金老师拿着资料路过休息区，马思望起身打招呼，见到马思望，他先是愣了下神，很快反应过来，朝他们走来。

“你们谈好了？”金老师给人很儒雅的感觉，任何时候都是笑眯眯的，孩子们都很喜欢他。

马思望扬了扬手里的文件：“给您添麻烦了，子炫可能还不能接受失去爸爸的事实。”

金老师点点头，说：“孩子的心理，我能理解，他的情绪需要发泄，不过方式不对。我最近在查资料，打算为他专门做套方案，一边释压一边矫正，相信会有效果。”

马思望向金老师道了谢，金老师摆手说：“大老远把你叫过来，肯定耽误你吃晚饭，就在我们这儿对付一顿吧？”

马思望不太擅长交际，特别难应付饭局，刚想推辞，被金老师热情拉进食堂，他不好推辞，只好僵硬地与金老师坐在一起。

“粗茶淡饭，马警官别介意。”金老师乐呵呵地说。

食堂阿姨给他们端上饭菜，是一些清淡的食物，金老师说：“院里经费紧张，我们吃好了，孩子就吃不好。他们正是长身体的时候，不比我们，马警官可别介意哦。”

马思望心里一热，看来送小子炫来这儿没错。

吃过饭，李姐带领孩子们搞院区清洁，马思望看时间还早，也参与到他们的劳动当中。孩子们干得起劲，只有子炫闷闷不乐躲在后面，马思望陪着他扫了一片地，问他说：“子炫，你告诉叔叔，为什么打架？”

刘子炫快步走开了，马思望很有些担心，他这样自我封闭下去，恐怕以后会出大问题。

马思望给孩子们买了玩具，劳动结束后，他招呼孩子们去他车上搬东西，子炫也夹在人群当中，他塞给他一件包装精致的不倒翁。不倒翁看起来很对子炫胃口，他反复把玩着，脸上漾起笑容。

子炫悄声说：“谢谢。”

马思望摸着他的小脑袋，心里满是心疼，温和地对他说：“以后乖点，别打架，叔叔常来看你，给你带礼物。”

子炫沉默着，突然没头没脑地说：“他虐猫。”

“什么？”

“周新语虐猫，我让他别欺负小猫，他不听，还把小猫摔死了。”子炫虎着脸，冲马思望大声道。

马思望吃了一惊，子炫拿着玩具跑了回去，穿过同安堂的大门很快消失不见。

马思望驱车离去，一路上脑子里都是子炫的话，他是因为周新语虐猫才揍他，同安堂最乖的孩子居然有虐猫癖，马思望心里很不舒服。

他又想，同安堂本就是问题儿童矫正中心，有虐猫癖的周新语出现在同安堂，好像也不奇怪。

看来把子炫送去同安堂只是开始，未来的路还很长，作为同样失去父母的过来人，要一直陪伴守护着他，才能保证他健康成长。

马思望抓了抓乱糟糟的头发，肩上的担子，又重了啊。

15

小朱异常好奇马思望为什么会选择这家小诊所，他更好奇，马思望怎么知道承担读书改变命运的乖女孩儿郑彤会在两年前怀孕？

他太神了，两年前的事，他亲眼见过似的。

马思望的解释很简单。

顺利毕业，走上工作岗位对郑彤来说，是她人生最重要的事，如无意外她不可能辍学，她一个人的前途承载的是整个家庭的命运，她输不起。

她背负的使命在她心里铸成了铜墙铁壁，唯一能击碎她的只有情变。

她在外人眼里冷若冰霜不与异性接触，可她再冷漠，毕竟还是个情窦初开的女孩子，这是人的天性。

她将自己紧紧包裹在求学改变命运的硬壳中，一旦有人能砸碎她的伪装，闯进她的世界，她压抑的情感得到释放，必将石破天惊。读书期间怀孕，并不是什么奇怪的事。

这种小诊所隐蔽，治疗又便宜，是最合适的选择。

马思望推断凶手曾失去过孩子，如果凶手真是学生，她怀孕后最早接触的医疗机构，最可能的就是这种小诊所，他才会想到进诊所打听情况。

综合老医生的说法，郑彤怀了孩子，不想打掉，还想去保胎，说明她一定是在爱情里迷失了自我。

她一个人孤独地来处理这事，还情绪不稳，可能是爱上了不该爱的人，他们的爱情不能摊到明面上，才导致她异常痛苦。

小朱这次不是吃惊，而是彻底震惊，他的这些不合理的行为全被他解释通了："全被你料中了。失去孩子，不正当男女关系，全对……"

马思望眉头紧锁："郑彤跟一般女孩不同，她的枷锁太重，就算会因为爱情生下孩子，还是不会辍学，除非……"

"可她的确辍了学。"

马思望眼神突然变得极为锐利："她辍学可能并非因为怀孕，而是遭到别的变故，出了意外。"

"意外让她失去孩子，她才性情大变，成了变态杀手？"

马思望烦躁地走来走去，地上都是他扔的烟蒂，一包烟都抽空了，他想起死者张九德和刘涛的模样。这两人都生得魁梧健硕，满脸横肉，一副恶人的样子。她一个女人，却选择了这样的目标……

警方研究过被害人的特点，从社会关系到职业特点，没能找出共性，却唯独忽略了脸——他们都有一张恶人的脸，所以他们失去了脸。

马思望狠狠将烟摁灭，冲小朱挥挥手："走，有眉目了，抓紧帮我联系本市日报。"

两天后，江城晚报头条刊发一条新闻，本市警官学院附近，发生多起歹徒猥亵试图强奸夜行女大学生事件，学校女生人心惶惶，同时抨击警方破案无能。

这个城市的夏天异常难熬，作为七大火炉城市的排头兵，它不只炎热，还异常闷，整座城市像只巨大的蒸笼，将人裹在笼里上下蒸烤，闷得人喘不过气来。

晚上九点下了一场大雨，雨后的街道人烟稀少，偶尔几个骑自行车的学生疾驰而过。

长街上路灯昏暗，有很长的一段连灯都没有，街道对面有片荒地，荒地旁边是工厂区。

街道走到头，是附近最大的一处城中村，村里房租便宜，聚合了三教九流各行各业的人，警官学院的学生也有不少在这儿租房。

那条荒芜黑暗的长街，是在外租房的学生从学校到城中村的必经之路。

昨天的晚报新闻在警官学院引起轰动，他们不知谁遭遇色狼猥亵，但事关自身安全，在外租房的同学都选择提前回住宿地，或是结伴而行。

大雨过后，长街显得更加空寂，长长的街道一眼看上去空无一人，又漆黑一片，沉寂如鬼城。

马思望和小朱藏在一堵断墙后，他们身后是条浑浊的河流，旁边是马路，马路对面是工厂区。

他们已经蹲了两个晚上，靠近水的缘故，周围蚊子很多，嗡嗡嗡地轰炸机一样在他们头顶乱飞，喷了各种驱蚊剂都没用。在这儿多待一秒都是酷刑，小朱咬牙坚持，马思望注意力没离开过马路，没事人一样。

小朱朝马思望那边挪了挪，小声说："马队要不咱换个位置吧？这地儿风水不好，一点动静没有啊！"

马思望轻轻摆手："这里视野开阔，又是中心地带，支援方便，没比这儿更好的位置了。"

小朱无奈地把头压低，远处响起一串自行车铃铛的声音，小朱急忙抬头，一个穿牛仔裙的女孩儿骑车从远处过来。

她的速度很慢，戴着耳机在听音乐，身体随着音乐的节奏轻轻晃动，她显然太过陶醉，没注意到危险的逼近。

小朱无奈地摇头，这姑娘身段不错，穿着清凉，一个人出现在这样的地方，流氓不劫她劫谁？现在的女孩儿啊，不知道该怪她们安全意识差还是怪她们头脑简单。

黑暗中，一道黑影一闪而过，奇快无比，马路上光线幽暗，只有淡淡的一丝月光投下来，女孩儿慢悠悠地朝前驶去，丝毫没注意到危险的逼近。

黑影壮硕的身体扑向女孩儿，女孩儿随着自行车摔倒在地上。黑影捂住她的嘴巴，将她朝路边拖去，女孩儿的尖叫变成呜咽。

自行车躺在路中间，一头翘起来的车轮在虚空中空转，女孩儿的背包散落在地上,里面手机、笔记本、化妆品、钱包等东西甩得到处都是。

小朱刚想跳出去，被马思望给摁住了，马思望看了眼手表，指针指向九点四十分，他眉头拧了起来，他们计划时间是十点二十分，怎么提前这么多？

女孩儿和流氓一起消失在黑暗深处，夜风吹乱河草，带来女孩儿呜咽的挣扎，旋即消散不见。

马思望突然冲了出去："不对，这是真流氓，快追……"

他扔掉掩护装备，以百米冲刺的速度朝对面冲去，小朱紧随其后，两人的身影很快遁入黑暗。

他们才过马路，前面亮起灯光，紧接着是摩托车引擎轰鸣的声音，马思望还没赶到，摩托车已经疾驰而去，远远能看到后备箱上女孩儿痛苦挣扎的样子。

马思望心急如焚，冲小朱大吼："报告位置，快通知其他部门赶紧拦截……一定拦住了……"

他跳上女孩儿的自行车，拼命追了上去，摩托车毕竟是机动车，很快把他甩出很远，他绝望地狂踩自行车。

前面响起撞车的声音，摩托车灯突地熄灭，马思望赶到的时候，女孩儿躺在摩托车边上，腿部受了重伤，无牌摩托车翻在路边，车头撞得稀烂，而绑架女孩儿的黑影，已经不知所终，地上一摊血迹引人遐思。

马思望把女孩儿扶了起来，女孩儿陷入昏迷，腿部骨折，其他伤情暂时未知。

他打电话叫了救护车，小朱也赶了过来，他把女孩儿交给小朱，同时勘察现场，发现一串血迹离开马路，消失在废弃民居方向。

这血迹是劫持犯留下无疑。马路宽敞，摩托车摔倒位置没有障碍物，如果不是嫌犯逃跑时紧张过度操控失误，根本不可能在这儿出事。

马思望察觉到情况不对，嫌犯胆敢公然绑架女孩儿，在有警察追赶的情况下，还能带着女孩儿逃窜，足见他心理素质过人。他们已经把警察甩开，没在追逐中出事故，却在安全地带摔这么惨，明显不合逻辑。

血迹延伸到草地上消失不见，前面是污水浑浊的河流，河流后面是废弃的老旧房子，即将面临拆迁。摩托车出事故到他赶到只有一刻钟，嫌犯受伤不轻，单靠自己他不可能在这么短时间逃脱，所以……

只有一种可能，她来了。

救护车和支援队伍很快赶到，女孩儿被送往医院救治，警方大队人马在事故区域展开地毯式搜捕，一直忙碌到天亮，却一无所获。

她幽灵一般出现，又幽灵般消失，没留下一丝痕迹。

16

犯罪嫌疑人驾驶的摩托车，是盗窃赃物，失窃人报过案，在公安局留了案底。

被绑架的女孩儿第二天醒了过来，腿部骨折加轻微脑震荡，不过经过医生的精心治疗，恢复不错。

警察给女孩儿做了笔录。女孩儿被绑上摩托车一直在挣扎，犯罪嫌疑人体格强壮，他将女孩儿捆在后座上，一只手控制着她，另一只手驾驶摩托车。

至于事故原因，女孩儿印象中马路中间出现了一个人，她当时太恐惧了，没太仔细看，自然不知道具体过程。

她醒来的时候，发现自己躺在了医院。

马思望据此证明，制造车祸的人，一定是连环杀人凶手，是她抓走了犯罪嫌疑人。

不过这次，她没有杀死流氓，取他的脸。

她直接让他在这个世界上彻底消失了。

可能，他绑架女孩儿这一行为为连环杀手所不容。

马思望大胆假设，犯罪嫌疑人绑架女孩儿与两年前她自己的遭遇相似才导致了犯罪嫌疑人的彻底消失。幸运的是女孩儿被救下来了，而她自己却遭了毒手。

这就是她辍学的原因。

并非她不想承担家人的殷切期望，而是从阴暗角落跳出来的强奸犯，彻底毁掉了她的人生，她就此销声匿迹，以报复社会为生。

她四处狙杀长相凶恶身体魁梧的男人，原因只有一个，对她实施侵犯的男人拥有凶恶的外貌特征。

要解开郑彤身上的谜团，只有找到与她产生感情纠葛的男性，马思望把目光锁定在男教师身上。男教师包括任课老师，也包括没有直接关系的老师，马思望发现这样找下去也很麻烦。

小朱做了大量扎实工作，找到郑彤当年的室友。

在同学们眼里，她就是个透明人，在与不在，对他们来说没有任何区别，她大学三年，甚至没有一个真正交心的朋友。

更别说，会有暗中打她主意的老师。

郑彤辍学没带走任何东西，她的东西室友也不稀罕，都被学校收走了。

这些东西也许不值钱，可对专案组来说，无疑是了解郑彤的最有价值的东西。

小朱经过一番努力，和舍管人员一起从仓库深处找到郑彤留下的物件，一堆书籍和若干廉价生活用品，还有几件地摊买来的衣服。小朱把这些东西带回分局，马思望立刻安排警察帮忙检查，重点审查书本一类的东西，看是否会留下蛛丝马迹。

一般来说，像郑彤这种自闭的女孩儿，都有记日记的习惯，人的感情，总需要一个宣泄口，不能从社交中获得，势必会通过其他方式。

可惜他们没有找到这样的日记本。

小朱在一本书里找到一张折起来的简笔画线稿。

画上是个身材颀长的男子，他一身风衣，姿态潇洒，像是日漫中的人物，一只手高高举起来，摆出告别的姿态。

这并非一张写实的画，马思望翻过学院所有男老师的照片，他们身材环肥燕瘦，绝对没有这种比例完美的身材。

马思望陷入了沉思，这张简笔画，出现得非常不合时宜。

小朱说："这只是郑彤信笔涂鸦的东西，咱们神经过敏了点吧？"

马思望意识到问题的关键，这张线稿只画了个背影，却没有正面。

他将郑彤的所有书本翻了一遍，在一本《犯罪心理学》的扉页上，又发现了同样的简笔画，画的还是背影。

对学生来说，信笔作画是一件非常正常的事，郑彤又是个孤独的女孩儿，画画宣泄也很正常。可问题却在于，她画的这张线稿为什么只有背景，没有正面?

警方拿郑彤的画去找漫画家鉴定，证实这张线稿不是漫画作品中的人物，应该是作者自己设计出来的。

郑彤辍学后行迹成谜，小朱专程去了一趟郑彤老家。

郑彤来自大别山区，家境贫寒，家里兄妹五人出了她一个大学生，考的还是警官学校，这对没见过大世面的乡亲来说，无异于祖坟冒青烟的大事。

郑家兄妹四人在南方打工，攒钱供郑彤读大学，郑彤成了改变全家命运唯一的希望。

这样的女孩儿，除非经济问题，实在找不到辍学可能，特别是她辍学时间，还是在即将毕业的前夕。

据小朱了解，他们家打工的收入，完全可以应付郑彤的大学开支和学费，她不需要为钱的事操心。

郑彤辍学后，没再跟家里联系，家人是她辍学后很长时间后，才得知这一消息。

案情分析会上，小朱汇报了以上信息，马思望始终不发一言，轮到他做总结，马思望伏案疾书，在稿纸上写了个大大的"脸"字，然后将纸提起来，让其他同事能看清楚这个字。

"脸？！"

“郑彤在小诊所支付了三次安胎费，只去了两次就再没出现过。这笔钱对当时的学生来说，不算小数目，更何况郑彤还是个很穷的学生，说明她没来得及再去诊所，就出事了，这也是她辍学的原因。”

投影仪上出现张九德和刘涛的照片。

“两名受害者的共同点，是体形和长相，都是凶神恶煞的坏人模样，他们都被毁掉面容，由此可见，凶手对他们凶恶的面容，有特定的心理需求。”

同事的注意力全被马思望吸引，他清清嗓子，理顺了思路，继续说：“如果说以上几点，都是推测，几天前的劫持女孩儿案，证实了我的推测。根据现场痕迹分析和目击证人证言，有人掳走了嫌疑犯，救下了被害人，掳走嫌犯的人就是连环杀人案的凶手。凶手对劫持女孩儿的嫌犯反应激烈，她又是个年轻的女人，我怀疑她当年的辍学，可能与被劫失踪有关。”

“凶手畏惧黑暗，向往光明，这是一种本能的渴望。我怀疑她曾被长期拘禁在暗无天日的地方，在这段拘禁生活中，她失去了孩子。与此同时，与她崇尚光明矛盾的是，凶手喜欢夜里活动，可能是黑夜具有隐蔽性，我怀疑凶手生理上存在残疾，她必须借助夜色来隐藏自己的缺陷。”

人群哗然，说到这里，马思望紧皱的眉头舒展开来：“综合以上信息，我认为警官学院两年前辍学失踪的女学生郑彤，就是本市两起杀人案，一起失踪案的凶手，可以对郑彤实施抓捕。”

“在警官学院附近五公里的城中村或廉租房中重点找一位毁容的年轻女人，她身体清瘦，昼伏夜出，还伴有强烈的神经质倾向。同时，她不善与人交流，又渴望人流密集繁华的场所，她要靠黑暗来隐蔽自己，又强烈畏惧黑暗。她住在租金最便宜的房子里，做着收入微薄的工作，还可能收养遭人遗弃的孩子。”

分局长立刻做了布置，调动全区能调用的所有警力，还动用了特殊警种，在马思望画出的范围内做仔细搜查。根据马思望做出的详细推论，警察很快在一处等待拆迁的老旧小区里发现了凶手的踪迹。

警察撞开门的时候，嘹亮的婴儿啼哭声撕破静谧的暗夜。无月的夜空漆黑一片，远处的灯光悠忽不真实，仿佛这破烂腐朽的小区被孤独地隔绝在另一个世界。

手电光下的女人长发披散下来，看不清她面容，她怀里搂着一个只有一只手的婴儿，婴儿啼哭不止。女人轻轻拍着孩子，嘴里哼着不成调的摇篮曲，这一场面在炫目的手电光下异常诡谲。

多名警察飞扑上去，将她按住，警察夺过孩子，给她戴上手铐，她全程没有任何反抗行为。

女警拨开覆盖在她脸上的长发，她的庐山真面目露了出来，只见她半边脸溃烂不堪，极其丑陋狰狞，另半张脸却娇嫩欲滴，十足的美人胚子。

如果不是亲眼见到，很难让人相信，这么分裂的天使魔鬼组合，会出现在同一个人身上。

警察：“叫什么名字？”

女人双眼微闭，哼着轻柔的摇篮曲，任由警察摆弄，她将这帮警察视若无物。女警给她套上衣服，押了出去，她没做任何反抗，顺从地上了囚车。

这是一间一室一厅的旧房子，房间里仅有少量破旧的家具，墙面上已经破损严重，房子还有明显漏水痕迹。

警察进了房间，吃惊地发现卧室的床上还躺着两名熟睡的孩子，一个大概半岁，还有一个一岁左右。这两名孩子无一例外身体有残缺，不过能看出来，女人对他们照顾得很周到。房子虽然破旧狭小，收拾得还算整洁。

警察发现了多件带血的凶器，经过与张九德和刘涛死亡现场对比，可以做同一认定。残留在凶器上的血迹经过对比，可以与死亡现场做同一认定。

17

痕迹组出具了多项现场痕迹对比报告，证实毁容女人就是警官学院辍学女生郑彤，在其住处找到的作案凶器上的指纹，也被证实属于郑彤。

凶犯被押回分局，警方立刻对她进行了严苛的审讯，警察用尽手段，怎么都撬不开她的嘴。

审讯持续了三天三夜，审讯小组换了六拨，毫无进展。

分局长挨不住了，直接移交检察部门，就目前手上掌握的这些物证，足以证明郑彤是两起凶杀案的凶手，够判死刑的了。

马思望想在移交前，亲眼见一次郑彤，了解她不为人知的过去。他递交了申请，分局长迟迟没给他批。

分局长态度明朗，犯罪嫌疑人状态极不稳定，易被激怒，马思望要求单独与她长谈，以她的暴力血腥，马思望会有危险。神探马思望可是警局的宝贝，他要出什么事，别说他区区一个分局长，谁都担不起这责任。

郑彤被抓当晚，分局长接到赵局电话，他隐隐听出赵局话里有话，事情还跟马思望有关，他不好多问。赵局一向说一不二，这背后还有别的什么大事，马思望在他心目中的形象，无形中变得更加高大。

马思望催得很紧，分局长见他要绕道走，他去办公室找他，都被秘书给挡了回去，这天分局长下班前想提前开溜，被马思望堵在电梯间。

分局长有些心虚：“我赶去省厅开会，研究对你进行嘉奖，你耽误我的时间，就是耽误你自己。”

马思望：“签了字再走。”

他掏出文件，分局长扭头要走，被马思望拦住。

“你……”

马思望诚恳道：“我可是刑警，在警校擒拿格斗都是优还怕一个女人？你也太小看我了吧？”

分局长摆了摆手进了电梯，在电梯门即将关闭的瞬间，马思望说：“我能让她开口……”

分局长吃惊道：“当真？”

“她开不了口，你拿我是问。”马思望斩钉截铁。

审讯室，郑彤蓬头垢面，坐在特制的椅子上，手脚都上了镣铐。

头顶上的大功率灯泡射出强光，郑彤目光涣散，对马思望的到来毫无反应。

马思望在抓捕行动中晕倒，被紧急送往医院，没来得及参与审讯工作，所以他还是第一次见到对手。

马思望早就预料到郑彤遭到毁容，可真见到她那半张被毁的脸，他还是很不舒服，美丑在一张脸上的强烈对比无形中在诉说着郑彤悲惨的过去。他突然明白了，她为什么会这么残忍。

她只是将自己曾经遭遇过的伤害，报复给了别人。

他在她面前坐下，她目光涣散，丝毫没有意识到，自己面前多了个人。

马思望看着她，说：“咱们聊聊？”

她轻蔑地笑了，头扭向一边，三天三夜的审讯早让她麻木，她见识过警察太多招数，马思望对她来说，和别的警察又有什么区别呢？

他凝视着她失神的眼睛：“你爱他吗？”

她愣住了，这个细微动作被他看在眼里，他凑近她面前，说：“两年来，你一定很想他吧？那些暗无天日的日子里，你是怎么撑过来的？你失去了美貌，失去了你们爱的结晶，你一定想过自杀，可是你没死，是他支撑你活下来的，对吗？”

她的眼神变了，先是震惊，继而恐惧，她被捆缚住的身体，在手铐脚镣中挣扎，她那张美丑分明的脸，也在挣扎中扭曲。

“他真有像他说的那样爱你吗？你失踪两年，他有找过你吗？我相信这个问题你一定纠结了无数个日日夜夜，可是你不敢找他。”

泪水无声地流了满脸，她在努力控制自己，不哭出声，可她却无法控制自己的泪水。

“你是谁？”

“我是谁不重要，重要的是，我知道他是谁。”

郑彤第一次正视马思望，她的眼睛是那么漂亮，马思望能够想象得到，没毁容之前她有多漂亮。貌美如花，名校毕业，可以看见的前途，她本来可以拥有美好的人生，可惜……

“你熟知法律，你很清楚自己没活路了，难道你不想再见他一次？”

马思望清楚她的心理，被抓之后，她只有求死的心，要她开口，只有抓住她的软肋，也就是她的爱人。

以前她虽然穷，可她年轻漂亮，有含苞待放的身体。可现在，她只剩枯萎和腐烂，她怎么敢再出现，去破坏她在他心中的美好形象？

“你可以不见他，可你打算放过害你的凶手吗？”

郑彤很吃惊，空荡荡的审讯室里，大功率灯光下，郑彤抽搐着用她沙哑的嗓子，向马思望讲述了过去两年里她悲惨而绝望的人生。

初秋的晚上，整座城市刚刚被一场暴雨洗刷过，路面上还淌着没来得及排出去的积水，身材高挑的女孩儿小心翼翼地跨过水坑，朝街道深处走去。已经过了晚上十点，路上行人寥寥，女孩儿婀娜的背影在冷寂的街道上，更显得鲜活。

这是一条隐藏在老城区的街道，路灯下的建筑显露出一股陈腐的味道，大雨过后的街面上，积水坑里漂满了生活垃圾，散发出某种怪异的味道。女孩儿的背影在这样的大背景衬托下，就更别有一番味道。

从女孩儿连蹦带跳的走路姿势可以看出来，她一定是去干一件让她特别开心的事，或者是去见一位令她心动的人，所以即使是在这样的路上，她还能雀跃得起来。

在老街拐角处，有一棵老树，女孩儿快速走过老树，突然身影一滞，那是一团路灯光照射不到的视觉死角，接着传来女孩儿挣扎呜咽的声音，她嘴巴像是被捂住了，以至于费尽力气，都没办法发出任何声音。

雨后的老街上荒无人迹，女孩儿的挣扎呜咽很快被风吹散，她被打晕过去，然后塞进一辆破旧的面包车里，汽车穿过老街的阴影和黑暗，很快消失在城市的夜色之中，化为无痕。

女孩儿在黑暗中苏醒过来，发现自己浑身赤裸，头疼欲裂，更可怕的是，下身的疼痛让她几乎要再次昏死过去。

她不知道自己身处何地，更不知道时间，即使身处险境，她更担心的是能否按时赴约。

她的手脚都被捆住，身为警校生，她很快冷静下来，同时明白自己遭遇了什么。她试图挪动身体，剧痛针扎一样刺激着她，她摸到满手鲜血，意识到孩子没了。

接下来的日子，是她一生中最痛苦的时光。她被困在暗无天日的密室，一天只能吃一顿发馊的饭菜，手脚长期被绑缚，隔几个小时才有短暂的放松时间，同时一天多次被强奸。

在黑暗中，她不知道时间，除了漫无边际的恐惧和寂寞，就是身体遭受的百般折磨。她不知道凶手长相，不过这么长时间的接触，她在触摸中已经清楚了凶手的身体轮廓。

身体和精神上的痛苦，时刻吞噬着她的内心，眼泪流干了，她的心一点点变硬，她放弃了逃跑，而是选择了报复——是他夺走了她的一切。

她故意摔碎了饭碗，偷偷藏了一块瓷片。满地瓷片碴，他没注意到少了一块，她成功地将瓷片藏在床垫下面，在他再次蹂躏她的时候，她抓紧了瓷片，铆足了劲儿割向他的喉咙。

不知因为身体太过虚弱还是黑暗难拿捏准位置，她没割中喉咙，瓷片刺进他肩膀，疼得他翻滚下来。她捡起跌落的瓷片，听他粗重的喘息，判断他的位置，没想到他从黑暗中蹿出来将她扑倒，夺走了她的瓷片，然后用曾经割伤过自己的利器，在她脸上一片片戳下去，毁了她的面容。

她毕竟是警校生，生死关头，她不怕死的精神吓坏了凶手，终于逃了出去，得以重获自由。

这是一间破旧的老房子，位于城乡接合部中间，地下室在厨房下面，设计目的是用来存放粮食。

她不敢停留，在屋子里找到一件破旧外套套在身上逃跑，外面是空无一人的深夜，她给自己找到一处容身所在，与乞丐为伍。

搏斗中她容貌被毁，她知道自己这辈子完了，迫切想见爱人的冲动，也在她照过镜子后，生生掐灭。

她活了下来，不过持续几个月的囚禁生涯和一连串的打击，导致她精神出现问题。她有人群恐惧症，时常做噩梦，不能与人正常交流，觉得所有人都要害她，她躲在城市的角落，过着最底层的生活。

她记住了囚禁自己的地址，又回去找过，可惜那间屋子早已废弃，屋主不知去向。

从此以后，每当夜深人静，她便在城市的角落游荡，寻找着那个毁掉她整个人生的凶手，找寻着属于她的猎物。

马思望拿出那张只有背影的漫画问她：“这是谁？”

郑彤仔细看了很久，摇了摇头。

他又拿出那本扉页涂鸦过的《犯罪心理学》，指着同样的画，追问：“不记得了吗？”

郑彤报以苦笑，她似乎真的不记得了。

连环杀人案告破，整个分局一派喜气洋洋，马思望却怎么都高兴不起来。

郑彤的悲惨命运，在他心里留下不可磨灭的痕迹，他知道，等待郑彤的，将是法律的严惩。

可是，她也是受害者，如果没有被囚禁，她的命运将会是另一个方向。

马思望在宿舍收拾东西，案子已经结了，他也该撤离黄港分局回队。

分局长请专案组民警去大吃一顿庆功，其他民警积极响应，马思望没什么兴致，一个人悄悄溜回宿舍，准备回市区。

小朱给他打包了一堆好吃的拿回来，马思望也差不多收拾妥当了，正坐床板上发呆，小朱敲门他才反应过来。

“都是你爱吃的，快趁热……”小朱拿来几张椅子，把饭盒逐一摆开，一股浓郁的饭菜香味弥漫开来。

马思望的确饿了，小朱摊开饭盒，他肚子就开始唱空城计，小朱直笑：“这些都是我们这儿的特色菜，局长好不容易大方一次您还跟他客气？”

马思望也笑了，小朱说：“我查过了，那间民房位置偏僻，在城乡接合部附近，鱼龙混杂。房东租房子也没个正经手续，谁给钱都租，中间房客还转租过几次，已经过了七八回手了，要找到凶手可没那么容易。”

马思望早料到这个结果，无奈地摇了摇头，低头吃饭。

“不过，我觉得一件事特奇怪，郑彤出事后，再没去过学校，她家人也是很久后才知道她辍学了，你说她辍学的手续，谁给她办的？”

马思望的表情突然凝住了。

18

一场大雨过后，城市的闷热喧嚣一扫而空，酒吧街上，难得安静，街面上干净清爽，行人寥寥。

街尾的心理咨询所，罕见地还亮着灯，大门敞开着，显示还在营业。

周医生伏案书写着什么，他时而皱眉，时而怒目，时而又有些茫然，终于他停止了书写，将写满文字的纸揉成团，扔在地上。

他仰面靠在椅子上，揉搓双眼，好像疲乏得不行，他此刻的模样，也与之前温文儒雅的周医生判若两人。

“马——思——望——”他咬牙切齿地吐出这三个字。

然后，他打开身后的保险柜，从中拿出一只精致的木头盒子，盒上设了密码锁，他输入数字，盒子自动弹开。

里面是一堆扑克牌。

他翻找了一会儿，取出一张翻到正面，正面居然贴着郑彤的照片。

周医生长叹了口气，拿打火机点燃了扑克牌，郑彤的面容被火光映红，而后化为灰烬。

周医生盯着盒中的扑克发呆：“我真的注定会输给你吗？”他咧嘴笑了，不屑道，“他们都这么说，可我不相信。”

“我还有这么多棋子呢，而你马思望，永远都只能孤军作战……”他抓起一把扑克牌再松开，纸牌从他指缝中纷纷掉落，他面上浮出冷笑。

书桌上摆了两本心理学书籍，还有一张相框，相框中的女孩儿站在漫天枫叶中神情忧郁，她的模样，居然跟马思望拥有的照片中的女孩儿一模一样。

“你在那边还好吗？”

“一定很孤单吧，我做了我该做的事，就来找你。”

他轻轻抚摸着女孩儿那清秀的脸，眼里泛出泪光：“我发誓，不会让你等太久，一定……”

外面传来敲门声。

周医生急忙擦干脸上泪水，将相框塞进抽屉里，整理好面部表情：“请进。”

推门进来的，是个穿着普通的中年人，他皮肤黝黑，衬衣皱巴巴地贴在身上，显然刚淋过雨。

他一进门，冲周医生鞠了个躬，周医生慌忙站起来“你这是干什么？”

他做了个请的姿势，中年人卑微地在他对面坐下，周医生微笑道：“这么晚来，是有什么急事？”

中年人无奈道：“我也是被逼的没办法，但凡有点活路，我也不会来找医生您了。”

“有什么能帮忙的，你尽管说出来，我一定帮你。”

中年人哭诉：“他们都说我不是人……我不是人……”

“不是人？”周医生皱了皱眉。

“医生您别误会，他们不是说我人品不好，事实上，我是大伙儿公认的好人，他们说我不是人，是指那个……”中年人朝黑暗中指了指。

“哪个？”周医生更奇怪了。

“就是鬼的意思。”中年人的脸色变了，外面起了大风，暴雨突然降临，噼里啪啦地砸在窗户上。一阵冷风穿窗而入，吹乱办公桌上的文件，飞得满屋子都是。

周医生起身捡起散落的文件，重新叠放整齐，说：“你接着说。”

中年人道：“他们说……我是鬼……”

周医生抬眼看向他，脸色变得凝重了。

19

小朱开车送马思望回市区。

侦破连环杀人案，小朱对马思望佩服得五体投地，他已经彻底成为马思望的粉丝了，看他的眼神都不对了，同事们都嘲笑他对马队有意思。送马思望回队，也是他主动请缨，否则马思望要坐很远一段公交车。

车内的安静被一阵电话铃声打破，马思望和小朱的手机同时响起来，两人对视一眼都意识到出事了，因为两个电话都是分局打来的。

小朱按下接听键，话筒传来黄港分局长的声音："马队跟你一起吧？"

"是！"

"让他赶紧给市局打电话，赵局被杀了，让他立刻去一趟凶案现场。"

手机并不隔音，分局长的话真切地传进马思望耳朵，他心里咯噔一下，回家的喜悦荡然无存。

小朱一个急刹车，汽车左转，向三环线方向疾驰而去。

二十分钟前，本市城东分局局长赵楚雄被发现死在自己家里，死亡方式认定为他杀，孙旭带队已经赶赴凶案现场。

赵局将马思望调出专案组，马思望一门心思地扑在黄港凶杀案上，没再回过刑警队。赵局带队的案子没有任何进展，专案组陷入僵局，专案组的同事跟着受连累，一天天累得跟狗似的，还得被骂。

马思望赶到赵局家，孙旭已经带队开始工作，痕迹组忙上忙下。赵局家的三室一厅塞满了人，卧室房门锁上了，孙旭愁眉不展地站在阳台上，望着楼下的车水马龙。

马思望进了门，大伙儿都跟他打招呼，他问了孙旭在哪儿，直奔阳台而来。见了孙旭，他叫了一声孙队，孙旭扭过头来眼圈红了。

他心里也是一阵发酸。进警队以来，他们都是跟着赵局，赵局对他们来说，既是领导，又是老师，起着引路人的角色。他们对赵局的感情，自然也超越了普通的领导和下级的关系，现在赵局意外惨死，对他们来说，无疑是当头一记闷棍。

“有线索吗？”他顾不上寒暄，劈头就问。

孙旭定定地看着马思望，说：“跟我来吧！”

她回到客厅，朝紧闭的卧室方向走去，马思望狐疑。推开卧室的门，马思望吃了一惊。房间里一片狼藉，全是焚烧过的痕迹，沙发家具都还泡在水里，显然是救火现场还没清理干净。

床上被子棉絮都烧煳了，黑乎乎的一大团，孙旭朝被子里指了指，马思望顿时一头冷汗，他明白怎么回事了。

尽管这些年他办过不少奇案，再残忍的场面都见识过，可真让自己碰上这样的案子，受害者又是自己的恩师和老领导，他心里还是很不是滋味儿。

孙旭帮他掀开覆盖在尸体上的东西，一具漆黑的躯干暴露出来，正是一具烧焦的尸体，看体形，是赵局无疑。

孙旭这样的巾帼英雄，打断骨头眼睛都不眨的女警，在目睹赵局尸体的瞬间，眼泪止不住地流了下来。

“一个小时前，有人发现赵局家着火，立刻拨打了报警电话，小区物业也赶来救火。撞开门发现火源在卧室，好在火势不大，三五分钟就浇灭了，不过他们在烧毁的床上发现了一具男性尸体。我们已经对现场进行了勘察，救火时场面太过混乱，已经对第一案发现场造成不可磨灭的破坏，收集到的有用线索非常有限。赵局是否他杀，还需要进一步的证据支持，相信解剖后会有答案，我找你来，是想让你看一看案发现场。”

马思望清楚，孙旭如果不是有所怀疑，不可能急匆匆找他来这儿，以他们多年来的从警经验来看，赵局死于凶杀无疑，只不过从证据学角度，还需要法医的验尸报告。

这天他们忙到很晚，尽管现场不需要他们再做什么，两人还是不舍得离开。他们似乎有种默契，留在这儿，能离老赵更近一些，他的魂还飘荡在这套老房子里，在他们出神的瞬间，似乎能感觉到他的存在。

警队忙到午夜才收工，孙旭先将马思望送回去，然后才驱车离开，马思望看着她的白色别克消失在夜色里，一股寒意浸透骨髓。

在案发现场，他的确看出了一些门道，不过人多嘴杂，他没说出来。同时，他的推测还需要一些证据提供佐证，这件案子毕竟事关重大，不允许有丝毫纰漏。

赵局的死亡现场，让马思望产生一个大胆的设想，他想起宏瑞华府小区凶杀案，死者被凌迟，他当时断言这种仪式感与“十八层地狱”中的“铁树地狱”很像，遭到赵局的批评，还被调出了专案组。

而赵局的死亡方式让他想到更可怕的仪式感，那就是“火山地狱”。据说入得“火山地狱”者，会遭烈火焚而不死，尝尽火毒之苦，让人求生不得求死不能，极其残忍。

马思望问过孙旭，赵局这段时间只负责了宏瑞华府小区凶杀案这一件案子，所以他的被杀与这起案子有关联也说得过去。

他在楼下站了很久才上楼。

这是一套旧房子，马思望工作几年，攒了点钱刚够首付，便在单位附近买了套七十六平方米的两居室，也方便他爸妈过来住。自从进了警队，他一头扎进工作，除了工资收入没别的钱，这套房子是他唯一的资产。

这段时间扎根郊区，快一个月没回家，家具上落了厚厚的灰尘，他也懒得收拾，开了电脑查了半天关于十八层地狱的信息，一无所获。

他有些心烦意乱，去洗漱了躺下，翻来覆去又睡不着，索性给家里打了个电话。

电话才通，他瞟了眼挂钟，已经午夜三点，这时候打扰爸妈休息有些不太合适，他匆忙想挂掉电话，话筒里却传来爸爸的声音。

“还没睡？”

“刚办案回来，有些失眠了。”

老头儿咳嗽起来，马思望听得揪心，爸爸宽慰他说：“老毛病了，总会咳两声，你别瞎担心。”

他关心了几句二老身体，爸爸安慰他一切都好，他那堵在心里的憋闷感才舒缓了不少。

“小望，你不会遇到什么事了吧？”老头儿到底精明。

马思望想了想，还是决定告诉爸爸，赵局被杀这样的大新闻，很快会登上各大媒体头条，老头儿通过媒体得知消息，一定会怪自己。

他深吸了口气，说：“爸，赵局出事了，他被烧死在家里，我刚从现场回来。”

电话那头静了下来，他简单说明了情况，电话那头是长久的沉默。过了很久，爸爸才哑着嗓子说：“你早些睡吧。”

电话挂掉了，马思望心里却久久难以平静。

爸爸的反应太平静了，平静得有些反常，以爸爸与赵局的关系，怎么也不至于这样吧？

20

赵局的尸检结果出来了，尸体大面积烧伤，解剖发现体内酒精含量很高，怀疑火灾时死者正处于醉酒状态所以未能逃出。案发现场发现两个二锅头酒瓶，经检测死者所饮正是这种高浓度白酒。死者致死原因为家具燃烧所致的一氧化碳中毒，解剖未发现死者有外伤等其他外力所致的痕迹。

起火原因已经给出明确结论，赵局家所在的小区是一座长达二十多年历史的老小区，电线线路严重老化，起火原因为赵局用电热水壶烧水致电线短路。

根据现有证据，基本可以排除他杀，上级领导基于痕迹组结论和验尸报告，做出了结案定论。

马思望在会议上一言不发，会后，他特意去找了法医老徐。

老徐是个秃头的老头儿，已经过五十岁了，是市局最权威的法医专家，得过公安部多次表彰，他下的结论，基本上没有错的可能。

已经到了吃午饭的点儿，老徐把从家里带来的饭盒拿去热了，就着腐乳咸菜对付，办公桌上还摆了一大堆尸体照片。

马思望干了几年刑警，对凶案尸体他倒是已经习惯了，可总没法像法医这样能就着凶案照片吃饭，老徐的架势让他直皱眉头。

老徐见到他，有些意外：“哟，什么风把您给吹来了？”

马思望直接问老徐：“赵局的解剖是你一个人做的？”

老徐放下饭盒，有些奇怪地说：“有什么问题吗？”

马思望沉默片刻，说：“你真相信赵局是死于意外？”

老徐叹了口气：“我理解你很难接受这个事实。可人已经死了，解剖报告和痕迹鉴定都证明是意外。他的解剖全程都是我做的，最开始我也怀疑，所以特别仔细，没有问题的，就是一氧化碳中毒。”

老徐无奈地摇了摇头，又低头扒饭去了，马思望只好离开。

下楼的时候遇到孙旭，孙旭从楼上痕迹科下来，两人都明白彼此出现在这儿的目的，只能相视苦笑。

马思望说：“你也不相信这一结论？”

“他是谁？他可是老赵啊，打死我都不信他就这么怂地死掉了。”

马思望非常赞同，说：“你我都了解赵局的为人，他生活严谨，没有酗酒的爱好，咱们共事这几年，连庆功会他都没喝醉过，更何况一个人。再说宏瑞华府的案子还没进展，以他敢啃硬骨头的性格，时间扑在破案上都不够，哪儿有空酗酒？”

孙旭道：“我跟你想法一样，可现在没有任何证据，没办法立案。”

马思望早想过这个问题，赵局不能白死，不能借助公安系统的力量，他也要替赵局申冤，他决定暗中调查。

孙旭跟他一拍即合，这几天她已经开始调查了，可惜没有任何线索，只能先将基本程序过一遍。

马思望想了想，说：“队里这么忙，再加上宏瑞华府的案子又没进展，你我都把精力落在赵局身上也不合适。不如你继续你的工作，我暗中调查，我有需要再找你帮忙？”

两人达成一致意见，马思望回到自己办公室，把赵局一案的所有卷宗都调了过来逐一翻阅，桌面上摊开一堆赵局的死亡现场照片，他将照片排列整齐，那具烧焦的尸体毫不掩饰地呈现在他面前，他忍不住叹了口气。

走廊外是赵局的办公室，探头出去，透过虚掩的窗户，能看见办公室里空荡荡的，门上还上了锁。很多次，他一个人的时候，似乎能听见赵局骂人的声音传来，可眼前只有那具焦尸的照片，他好一阵唏嘘……

“火山地狱？”

马思望在草稿纸上重重地写下这几个大字。

他推测得没错，赵局的死亡现场看似正常，在证据链上完全符合意外身亡的特征，可透过表象，制造凶杀案的人留下的仪式感非常明显。

他不是在杀人，他是在示威。

没有比杀死一个警察更有成就感了，还是用这么完美的手段完成谋杀，不留任何痕迹，甚至不会引起任何怀疑。

凶手一定是极端高傲的人吧？

制造出完美掩盖的表象后，他又留下了普通人绝没办法理解的奇特仪式感，以此炫耀自己的成果，他太傲慢了！

马思望找来一本《辞海》。

《辞海》上说，损公肥私，行贿受贿，偷鸡摸狗，抢劫钱财，放火之人，死后将打入火山地狱。被赶入火山之中活烧而不死。

马思望觉得赵局的死，跟他正调查的宏瑞华府谋杀案有关。同样的变态杀人方式，凶案现场刻意布置出的仪式感，只是赵局被杀现场显然比之宏瑞华府谋杀案更加高明，如果是同一人所为的话，只能说明，凶手杀人手段已经进化。

当然，这些推测都只是他的个人怀疑，没有证据，所有的怀疑都是空谈。

他调取了宏瑞华府谋杀案的卷宗，被赵局调离专案组，案子的资料自然对他保密。好在还有孙旭，只要他提要求，孙旭都会无条件满足。

专案组做了大量工作，将死者周晓莹的社会关系做了详细排查，还包括这栋公寓里的所有住户，不过没有发现有价值的线索。

根据马思望的推测，如果赵局的死跟此案有关，一定是他掌握了对凶手不利的线索，才逼迫凶手对他痛下杀手。毕竟杀死一个警察，还是本市中心城区的局长，是一件非常冒险的事，付出这么大代价，应该有与之匹配的目的才说得过去。

案卷上没有得到有价值的信息。有两种可能，第一是赵局出于保密起见，或是没来得及通知专案组其他同事，就被凶手发现，凶手用最快时间解决了他；第二种可能是他想错了，赵局的死与周晓莹案没有任何关系。

马思望思来想去，排除了第二种可能，认定赵局一定是有所发现才遭人灭口，而至于他到底发现了什么，秘密恐怕已经随着他的死亡永远封存了起来。

马思望的办公桌上堆满了周晓莹案有关的卷宗。她是个长相普通的女人，符合这个年龄段女人的所有特征，唯一能说有特点的，应该是她的眼睛。她的眼睛非常明亮，睫毛很长，在她笑的时候，眼神中透着一股魅惑的感觉，似乎隐隐有种勾人的意思。

周晓莹长相一般，不过身材看起来还不错，身高在一米六四左右，前凸后翘，这样的女人就算离婚了，应该也不至于没有追求者吧。

马思望翻出她的生活作风情况调查，根据走访亲属、同事、同学朋友的记录显示，她干净得有些不太正常，离婚后，除了工作需要，她根本不与异性有任何接触。

马思望陷入沉思，离婚后的女人再找对象很正常，可这个周晓莹为什么要过苦行僧一般的生活，除了工作，几乎不跟外人来往？

她的生活，真像别人印象中的那么简单吗？

如果真是这样，她又为什么会招来杀身之祸？

21

马思望从电梯出来，大老远听到孙旭骂人的声音，他早就习惯了，没习惯他不会跟她搭档这么久。

孙旭火气上来，连他都骂，一口唾沫能毒死人，可他知道，她嘴毒心善，说再难听的话都是为了工作。

当马思望向她提出调查周晓莹开房记录的时候，孙旭皱眉道："你查她开房记录干吗？"

"当然是查案。"

他跟孙旭多年搭档，两人在枪林弹雨中培养出兄弟般的感情，虽然孙旭是他领导，还是个女领导，他还是拿她当哥们儿，在她面前没避讳，孙旭更没当他外人。

孙旭一贯风风火火的行事风格，在警队没少得罪人，吃了几次亏后，外人面前她多少有所收敛，可唯独在马思望面前，她从没藏着掖着。

孙旭给马思望扔了一支烟，自己也抽上一根，房间里弥漫着一股浓郁的烟草味道。孙旭说："我们一开始就否定了这个方向，她没有作风问题，这一点得到所有人的证实，包括她的邻居。"

"你不觉得她私人生活简单过头了吗？"

他把几张周晓莹的照片摆在孙旭面前，这些照片是他通过别的渠道弄到的，与案卷中刻板的工作照不同，都是她自然的生活照，任谁都能看出来，正常生活中的周晓莹身上，有股独特的风姿。

“这样的女人，离异两年，我不相信没有追求者。”

孙旭狠吸了一口烟，将烟蒂掐灭，然后将周晓莹的照片收起来，给网警部门负责人打了个电话。

第二天网警部门拿来了周晓莹的住宿记录，数据库显示最近三年她一共住过三次酒店，两次跟父母旅行，一次是出差去上海，没有发现可疑记录。

网警介绍完情况，孙旭抱臂而立，显得有些无奈：“这下你总该死心了吧？”

马思望详细研究了这三条开房记录，确证没有问题，才说：“三年不行，就查近五年的，肯定会有漏网之鱼。”

网警有些为难地说：“全国酒店系统数据每天都在更新，能查到三年已经很不容易了，查五年的很难。”

马思望盯着周晓莹照片陷入了沉思，网警想再说什么，孙旭做了个噤声的动作，网警同志只好默默在他身边坐下，等着马思望再张嘴。

“别查她了，查她姐妹的记录，我要尽可能全的数据。”

网警把马思望的要求记录下来，然后告辞，孙旭送他出门，马思望看着窗外沉思着。

孙旭道：“你真的怀疑，她死于情杀？”

马思望点燃一根烟，抽了一口，烟雾围绕着他身体缓缓散开，他的面容在烟雾中显得不太真实。

“未必一定是情杀，不过我总觉得，她干净得有点过头了。”

下班的时候，马思望接到妈妈打来的电话，他已经几个月没回家了，妈妈担心他工作太忙，会毁了身体，要他这个周末一定回家吃顿饭。

想到告知赵局死讯时爸爸的异常反应，他还是有些担心，决定回家一趟，好好安慰爸爸，也可以陪陪爸妈。

他爸妈住在相邻的另一座城市，距江城三百公里的路程，开车大概三个多小时。

马思望开单位一辆丰田越野车，晚上八点半的时候，车已经停在院子门口了，他从车上下来，抬眼看见妈妈在厨房忙活的身影，顿时一股幸福感涌遍全身。

毕业工作后，他回家很少，可只要迈进这座破旧的院落，看到周围写满记忆的陈设，他满身的疲倦和劳累，都会烟消云散。

这座院落，记载了他与父母生活的所有温馨细节，正是这些美好的过去，支撑他走出孤独的阴霾，彻底融入了全新的生活。

他家住三楼，这套两室一厅是他爸单位分配的老房子，在国企改制的大潮下，他爸单位早已不复存在，倒是这几栋职工宿舍给保留了下来。

像往常一样，妈妈准备好了一大桌子好菜，都是他爱吃的，他爸也给他备好了家乡的老黄酒。

这顿饭，他们一家三口吃得其乐融融。

其间，他妈暗示他，有没有找女朋友。

马思望笑着说："我还想多陪你和爸爸几年呢。"

妈妈笑嗔："我是儿子娶媳妇儿，又不是嫁女儿，你结婚了还不能陪爸妈了？"

他爸替他打圆场："儿子好不容易回来一趟，你这样他以后可不敢回家吃饭了。"

妈妈假装生气："他敢！"

马思望给妈妈盛了一碗米饭，自己则跟爸爸喝着黄酒聊着家常，爸爸冷不防地说："老赵到底是怎么回事？"

马思望一直悬着的心总算落地了，他爸既然想找他谈，说明他已经恢复理智，至少已经接受了赵局离开的事实。

他爸和赵局是很多年的好朋友，两人是过命的交情，特别是赵局离婚后，一个人闷得慌，时常从省城驱车几百公里来找他爸喝两杯，胡乱聊几句。说来也挺怪的，赵局有名的暴脾气，可他爸宽慰他几句，他啥火气都没了，两人一番推心置腹，赵局第二天回去上班，又恢复了昂扬斗志。

马思望高考填志愿的时候有几个选择，他犹豫不决，还是赵局给拿的主意，就填警校，将来跟老子一样干警察，为人民服务光荣。

照赵局的要求，马思望填了省公安大学，不过专业他没听赵局的报刑侦专业，他选了最偏门的犯罪心理学。他当时的想法，就算进了公安大学将来也不一定干警察，可以留校做学术。没想到事与愿违，从拿到大学录取通知书那天起，他所做的一切，都被赵局安排好了，直到走进警队穿上警服。

面对爸爸疑惑的眼神，马思望如实回答："尸检结果证实赵局死于醉酒后失火，不过我怀疑事情没那么简单。"

爸爸吃惊道："你是说老赵让人害了？"

马思望苦笑："这是我的怀疑，所有证据都证明，赵局的死就是意外。"

爸爸脸上的落寞让马思望不忍，赵局的死对爸爸来说，不只是失去一位挚友那么简单。

马思望宽慰爸爸："想开点吧，也许真的只是意外，谁说得清楚呢？"

爸爸颤巍巍地站起来，去了自己房间，某个瞬间马思望才发现，爸爸真老了，他头上的白发比上次回来，又多了不少。

爸爸出来的时候手里多了两瓶白酒，他对马思望说："半个月前老赵来找我喝过一顿酒，这是他上次留下来的，说下次来接着喝。可惜酒还在，人没了。你陪爸爸把这酒喝了，也算了了老赵一桩心愿。"

这两瓶酒是度数极高的烧酒，马思望酒量一般，跟队里同事只敢喝啤酒，还常落下风。可今天日子特殊，他不忍心拂了爸爸的意，两人有一句没一句地聊着，居然真喝完了这两瓶白酒。

这天晚上，马思望酩酊大醉，半夜起来吐了两三次才昏睡过去。

第二天睡到中午才起床，队里还有一堆麻烦事儿，马思望吃了午饭要回江城，爸妈知道他工作辛苦，也没挽留，给他包里塞了一堆家乡小吃。

驱车离去，后视镜里爸妈挥手的影子越来越小，他心里的不舍也愈发浓烈。

22

回到省城，他决定去看一次刘子炫，已经有些日子没见过他了，不知道这小子是否适应了同安堂的生活。

他去童装店给他买了几套衣服，又买了些补充营养的食品，在去往同安堂的路上路过一座寺庙，他无意中发现李姐从庙里出来。

他急忙停好车，下来跟李姐打招呼。

李姐见到他也很高兴，他对同安堂的支持，给李姐留下很好的印象。

李姐来寺庙烧香，正准备坐公交回去，马思望刚好可以捎她回去。

路上，马思望打听小子炫的情况，李姐说：“他已经融入同安堂的生活了，也没见他跟谁闹矛盾，整天跟这帮孩子玩儿在一起，人也开朗多了。”

他这才放心下来。

见李姐手上提了两个大袋子，看来过来烧香，没少做准备，马思望笑道：“您经常来这儿烧香吗？”

“平常没事，总爱来这儿转转，烧香礼佛，佛祖是会保佑的。你们干警察的，在刀尖儿上过日子，要多烧烧香，佛祖才会保佑你们平安。”

马思望笑道：“我是无神论者，相信唯物主义。”

李姐道：“你们这些年轻人啊，没遇上事儿，总是不相信这个，不相信那个，等有一天出事了，可就晚了，哎……”

马思望听出她话里有话，道：“难道你……”

李姐长叹了口气，说：“这已经是几年前的事了，我在同安堂收养了个孩子，这孩子聪明伶俐，又长得漂亮，我一辈子没结过婚，对这孩子宠得不行，把他当亲儿子一样对待。没想到他在9岁那年，自己跳楼死了，当时差点儿哭瞎我的眼，哎……”

马思望有些后悔自己多嘴，揭人家的伤心事，李姐絮絮叨叨地说着：“以前有老人跟我说，这天上掉下来的儿子，不容易守住，让我去寺庙给孩子求个平安符,请菩萨他老人家帮我看着。当时我跟你一样，根本不相信这玩意儿，没想到真报应在我儿子身上了。”

马思望慌了，李姐擦了把泪水说：“不怪你，是我自己太想孩子了。孩子都走好几年了，我却觉得他像还在我身边似的，老梦见他，去庙里找大师给我开释。师父说，儿子是我上辈子的缘，他舍不得走……”

到同安堂，孩子们刚下课，除了金老师教他们的课程，同安堂还在外面聘请了讲授其他课程的老师，保证孩子们的教育不落下。

小子炫从教室里出来，见到马思望，他停了下来。

马思望冲他招了招手，他这才走了过来，见到李姐，叫了声李阿姨，李姐说：“怎么不喊叔叔？”

小子炫皱了皱眉，喊了声马叔叔，马思望摸着他的头，他也没抗拒。

子炫融入了他们的生活，马思望由衷替他高兴，只要走出这一步，他的未来，一定会越来越好。

马思望把衣服和吃的都拿给了他，小子炫抱在怀里。他对子炫说：“以后还有什么需要的，你跟李阿姨说，我给你送过来。”

李姐道：“你可别惯着孩子，吃的用的，咱们这儿都有。你给他买好的，他就学会攀比了，别的孩子心里也不舒服。”

马思望连连说是。

李姐和金老师留他在同安堂吃了午饭，其间金老师说：“我看了日报，说前段时间闹得很凶的连环杀人命案破了，还是一位年轻神探破的，神探是你吧？”

马思望推辞说媒体就喜欢夸大其词，是警局同事一起携手侦破的案子。

金老师笑了笑，没多说什么。

走的时候，子炫单独来送他，还给马思望鞠了个躬，这突兀的行为吓了他一跳。

“你这是？”

“新闻我都看了，你帮我爸抓住了凶手，你是我们家大恩人，虽然我们家没了，可我还是要感激你。”小子炫仰着脸，一本正经地说。

马思望摸了摸他脑袋，说：“我只是做了我应该做的，过去的终究已经过去了，未来的路还很长，你要学会重新开始。”

小子炫不置可否。

马思望上了车，子炫冲他挥挥手，他发动汽车离去，小子炫突然追了上来，他急忙刹车，回头道：“有事吗？”

小子炫像是鼓足了勇气说：“马叔叔，有件事我想告诉你。”

他手机突然响了，是孙旭打来的，按下接听键，孙旭说：“你要的资料已经拿到了，网警在我这儿等你，你快过来一趟。”

马思望向小子炫告别，说下次再听他说。小子炫低下头，情绪有些低落，声音小了很多，说：“算了，也不是什么要紧的事。”

马思望又叮嘱他几句，一脚油门，汽车上了马路，疾驰而去。

23

回到警队，他直奔孙旭办公室，网警已经等在那儿了，孙旭在查资料。

见马思望进来，孙旭把周晓莹和她妹妹的开房记录推了过来，马思望研究起来，网警说："从记录上看，没什么问题。"

周晓莹近五年的开房记录非常干净，没有任何可疑的地方，不过她妹妹周晓景的住宿记录就比较复杂，一年居然有多达数十条信息。

孙旭扫了一眼，说："周晓莹的妹妹周晓景大学毕业三年，目前未婚，交了个男朋友，据说感情很好。"

"是这个？"马思望指了指与周晓景同时出现在住宿登记上的人名，"顾冉，显示此人年纪三十五岁，是本市人。"

孙旭给了肯定答案，专案组已经对死者周晓莹的家属做过详细调查，周晓景男友的资料，孙旭掌握得非常全。

这位顾冉是位博士研究生，在一家计算机公司工作，周晓景是该公司文员，两人交往长达两年有余，据说感情不错，打算年底结婚。

马思望指着一大排只登记了周晓景一个人的住宿记录，说："为什么只登记她一个人？"

孙旭笑道："咱们马队长应该也不是没带女朋友出去过的人吧？虽说制度上规定，酒店住宿必须登记，可有很多酒店没有严格执行这一登记制度，只需要登记一个人，就可以留宿他人了。"

马思望沉吟半晌，突然对网警同志说：“把这些资料留给我吧？”

网警表示没问题，他大概听过马思望的威名，跟他说话的时候，有种崇拜的意味，一再提醒马思望，需要他帮忙的地方，尽管跟他说，他一定竭尽所能提供帮助。

马思望让孙旭留网警同志吃晚饭，自己回办公室研究数据去了。

第二天，马思望驱车去了汉思科技公司。

这家公司是本省最大的电脑公司，据说能进这家公司的，都是重点大学毕业的高才生。马思望读书那会儿，但凡听说谁的学长学姐进了这家公司，都是要被大家羡慕很久的。

马思望亮出身份，见到了汉思科技公司的执行总裁乔总。

顾冉是被乔总看好的青年技术骨干，乔总担任总裁以来，已经给顾冉升职涨薪多次，顾冉是他的心腹干臣。

听说马思望是为顾冉而来，乔总很吃惊：“小顾人特别老实，他不可能涉案，你们是不是弄错了？”

马思望解释了两句，说他没问题，他的亲属跟一件案子有关，所以例行程序做个调查。

乔总听说过周晓莹的事，这才放了心。

乔总说，顾冉无论工作生活都特别老实本分。他博士毕业来了汉思科技公司，几乎把所有的时间都投入到工作中，干完了公司的工作，他还研发新项目，给公司带来巨大的经济效益。

马思望一打听就明白了，自己的怀疑不是没道理，这么一个工作狂人，哪儿来的这么多时间跟女朋友满世界去开房？

乔总给马思望递来一支烟，抽了一口，脑子一片澄明，思路也更加清晰起来。

“顾冉和周晓景感情怎么样？”

乔总笑道：“就知道你们是为周晓景姐姐的事来的，顾冉跟这事儿沾边，可真冤枉他了。据我所知，他两人感情挺不错的，要不是周晓景家出了事，他们现在该在忙活婚事了吧。顾冉是个书呆子，不太懂得讨女孩儿欢心，他以前大学交了个女朋友，女孩儿挺活泼，听说后来劈腿了，为这事顾冉伤心了好长一段时间。我们做领导的也替他担心，凑巧晓景新进公司，又是单身，经过我牵线，他俩开始正式交往。要说顾冉这小子交女朋友，还真不能找外面的，他一投入工作就不分昼夜，别的女孩儿谁受得了这个？”

“你是说，他俩很少约会？”

“除了情人节、圣诞节这样的日子，他们能单独出去吃顿饭就不错了，大多数时间是周晓景陪他在公司加班。”

马思望明白，周晓莹谋杀案有转机了，所谓干净得不可思议的周晓莹背后，一定另有玄机。

马思望又想到另一种可能，追问说：“周晓景是你直管的员工吗？”

乔总道：“她做管理合同档案一类的工作，就在外面办公，跟我打交道比较多，我对她还是非常了解的。这姑娘大学毕业来了我们公司，稳重踏实，交给她的工作一般都能按时做好。”

“我是指生活上！”马思望打断他。

“我把小周介绍给顾冉，就是看中她作风好，从来不跟那些疯疯癫癫的女孩儿混在一起，人也上进。跟顾冉在一起后，这姑娘成了顾冉的尾巴，几乎每天晚上都陪他加班到很晚，顾冉再开车送她回家。说来你可能不信，在这个年代，他们都交往这么久了，都没住在一起。”

他心里有了谱，乔总把周晓景叫进来，听说马思望是警察，周晓景没太大反应，想必是姐姐被杀以来，她已经见过太多警察。

这是学生气很浓的女孩儿，个子跟周晓莹一般高，鼻子有些塌，嘴唇很薄，长相算不上很漂亮，不过比她姐要秀气一些。

“你是周晓景？”

周晓景点了点头，马思望道：“我要看你的身份证。”

周晓景抖了一下，尽管她在极力压制，还是没逃过马思望的眼睛，马思望重申：“给我你的身份证……”

乔总看出情况不对，打圆场说：“她的确就是周晓景，我手底下的员工，错不了的。”

马思望打断乔总：“例行程序，麻烦周小姐配合。”

周晓景到底是没见过大场面的女孩子，一吓就给吓出来了，马思望故意说：“掉家里了吗？我可以陪你回家去取！”

周晓景摇了摇头：“我在补办身份证，还有一周就批下来了。”

“怎么丢的？”

周晓景更慌了：“用的时候发现不见了，就去办了。”

马思望的脸色变得冷峻起来，他厉声道：“我没猜错的话，你把身份证借给了你姐姐周晓莹，你们姐妹俩长相很像，所以从来没穿帮过，对吧？”

周晓景浑身颤抖起来。

据周晓景交代，她的身份证的确在周晓莹手上，周晓莹的理由是，自己在做一些投资的事情，需要拿周晓景身份证去办理一堆信用卡和别的东西以方便周转。尽管这个理由周晓景并不相信，基于对姐姐的信任，她还是将身份证交给了她，只是向姐姐提出，在她需要的时候，姐姐一定要将身份证给她送过来。

周晓莹同时要求妹妹一定要替自己保密，免得爸妈知道了会担心她。

周晓景以前见到的警察，都是直接询问她姐的情况，没想到马思望开门见山就问身份证，回想起姐姐要身份证鬼祟的样子，她意识到姐姐拿她的身份证是为了干别的事，甚至还跟她的死有关系。

马思望推测，周晓莹拿着妹妹的身份证开房，多半是跟情人约会。她一个离婚的女人，从法律和道德上来说，开房是自己的自由，不至于要费那么大劲。她隐藏身份只有一种可能，是有人在查她，而查她的人，恐怕跟她的情人有关。

周晓莹刻意打造自己单身甚至深居简出的形象，又隐藏开房住宿记录，只有一种可能，她的这位情人身份非常特殊。

马思望交给孙旭的案情资料对陷入死胡同的周晓莹谋杀案来说，是黑暗中的一线曙光，给茫然无措的专案组找到了新的突破口。

孙旭借机向上级领导汇报，案情有突破得益于马思望的从旁协助，请求马思望加入周晓莹案的侦破。局里领导正有此意，马思望刚破了黄港区连环杀人案，在江城警界简直红透半边天，专案组止步不前，有领导就想到了马思望。只是之前马思望被踢出专案组，再调他进去有些不好开口，孙旭给他们找好了台阶。

领导很快批示下来，同意马思望加入宏瑞华府凶杀案侦破专案组，协助侦查周晓莹被杀案。

孙旭高高兴兴拿着领导批示去找马思望，马思望却不在办公室，同事也不知道他跑哪儿去了。他刚立功回队里，又没碰上什么大案子，时间相对比较自由，他又是个闲不住的人，整天在外面瞎跑也不知道在干吗。

孙旭给他打电话，电话响半天没人接，结果发现他的手机掉办公室了。

她郁闷地往回走，上楼撞见法医老徐，老徐抱怨："马队折腾我一上午了都，食堂都没吃的了，你以后可得管着点儿他，我毕竟是老同志了，不像他大小伙子体力好。"

"他去哪儿了？"

老徐朝楼上一指："档案室呢，翻卷宗去了。"

孙旭撇下老徐，直奔档案室。

马思望思来想去，觉得周晓莹的尸检报告还不够详细，如果周晓莹真的是死于情杀，情杀不可能用这种方式。报仇泄愤的人通常情绪比较激动，作案过程匆忙混乱，绝不可能像这样有条不紊，艺术品一般地完成谋杀。

他找老徐问了一上午尸检情况，变换了多种谋杀动机，都不能合理地推演出这一谋杀过程。

老徐一向敬业，还没见过这么吹毛求疵天马行空的主儿，丢下手上一堆重要工作不说，还饿了个半死。

马思望是个不善交际的人，麻烦了老徐半天，客套话都没说两句，扭头又去了档案室，气得老徐直翻白眼。

要不是马思望是领导，他早开骂了。

马思望认为，周晓莹的情人再神秘，肯定不会断了联系，手机通话记录、电子邮件和即时通信工具上都会留下痕迹。这些问题赵局早检查过，却一无所获，可见周晓莹做事非常小心。

还有一种可能，凶手杀人后，带走了这些东西。

马思望凭着脸熟，找到管理员拿到封存的东西，不过他没合法手续，又不在专案组，只能看着眼热，正琢磨怎么弄出来，孙旭风风火火地闯了进来。

见到孙旭，他眼前一亮，正准备找她批手续呢，她自己送上门来了。

24

空荡荡的健身房回荡着有节奏的音乐，镶嵌在整面墙壁的镜子前，一个壮硕的男人光着膀子，正踩着音乐的节拍，一上一下举着硕大的哑铃。他浑身热汗，肌肉充盈得仿佛要爆开，铁塔一般的身体在镜子前上下颤动，显得有些诡异。

大堂响起细微的脚步声，脚步声被音乐盖住，一个干瘦的影子出现在落地镜中，他缓缓走向铁塔一般的壮汉。

壮汉沉浸在节奏中，丝毫没察觉到，空寂的房子里，又多了一个人。

当他意识到气氛不对时，一条绳子已经勒紧了他脖子，沉重的哑铃掉了下来，发出轰然巨响，绳子在他脖子上拴紧，拉成了死扣，他壮硕的身体被拖着朝前狂奔，围着健身房一圈又一圈地跑着。

他的皮肤，因为缺血，变成了青紫色。

他的脸，在窒息的极度痛苦下，扭曲得不像样子。他双目圆睁，因为太过痛苦，他在挣扎中咬断了自己的舌头，血水从嘴里渗出来。

“真是没意思，这么快就死了，我还觉得像你这样的大块头，一定会很好玩儿呢，高估你了。”他自言自语，有些垂头丧气。

他盘膝在壮汉面前坐下，无限同情地望着他，说：“听说人在死亡的瞬间，特别渴望看清自己的样子，你想不想？”

他将壮汉扶起来，逼他屈膝跪下，跪不稳，他又搬了一堆椅子过来，将他的尸体撑了起来。镜子里的壮汉面目狰狞。

他歪着头看着镜子里的人，有些不满意地说：“你这种人，死了都要吓唬人，真是讨人厌。不如我给你帮个忙，帮你修饰一下，至少要漂亮一点吧？”

他掏出一把锋利的手术刀，切在壮汉脉搏上，血涌了出来，瞬间浸透了新铺的蓝色地毯。

他拿死者的衣服擦拭干净了双手，有些无奈：“你现在看清楚了吧？”

他仰天大笑，走出了健身房。

音乐还在震天地响着，沉重的玻璃门合拢的声音响起，他的脚步声消失在走廊深处。健身房的灯光依旧明亮，崭新的器材整齐地陈列着，透过玻璃门，能看到对墙的镜子里，一个男人歪着头面朝镜子跪着，像是在忏悔。

他踩着最后几分钟挤出拥挤的电梯，然后飞奔向最里间的写字楼，公司考勤制度严格，迟到五分钟，他这一天可就白干了，迟到十分钟，要扣三天工资。

他没命地跑，还没忘抱怨公司真会选地点，居然挤进最角落那一间，不知哪个没脑子选的位置。

他又抱怨老板抠门，心狠手辣，整天巴不得有人迟到，一迟到他就能少发工资，可员工该干的工作，一样不会少。

他就是加班赶昨天的设计稿，才导致起晚，一路狂追猛赶，掐着时间点儿赶上末班车。

公司大门遥遥在望，他看看时间，还有两分钟，足以打卡。

于是，他放慢脚步，朝隔壁健身房瞟了一眼。健身房有个漂亮的女前台，他早到的时候，总能碰到她吃早餐，不知道是不是他多心，他总觉得女前台对他有意思，她都对他笑过几次了。

他习惯性地朝对面瞟了一眼，前台是空的，他有些失望，健身房还在放着震天响的音乐，平常只有下午才会这样。

今天，好像有些不太正常啊……

他冷不防看到镜子里有个人，是个光膀子的壮汉跪在地上。

这人他认识，健身房的教练，整天穿着背心顶着一身健硕的肌肉招摇过市，浑身散发出浓烈的荷尔蒙气息，引得周围办公室的女孩子没心思工作，惹人讨厌。

他有些奇怪，大早上的，开这么吵的音乐也就罢了，还光着膀子跪地上做什么？他仔细看了一眼，顿时浑身打哆嗦，他看到了血……

健身教练死了。

25

孙旭通报了领导批示，马思望阴沉的脸色才好起来。重新进入专案组对他意义重大，他能够调配更多的资源来查案，又能放开手脚，破案效率自然更高了。

马思望知道，他能这么快归队，孙旭肯定替他说了不少好话，他决定请孙旭喝一顿。

孙旭也不推辞，马思望被调离专案组，他们已经很久没一起吃饭了。

马思望点好了菜，一份炭锅鱼，再加上若干小菜，啤酒八瓶，在老板上菜的工夫，孙旭接了个电话。

她是黑着脸回来的，还告诉他新街口一座写字楼发生命案，死者是位健身教练，现场有些奇怪……

两人饭也顾不上吃直奔现场，马思望的头皮都是麻的，又是一起……又是一起……

辖区派出所的民警，已经率先赶到现场，拉起了警戒线，外面围满了人。

马思望进来，派出所所长迎了上来，马思望劈头就问："现场保护起来了吗？有没有遭人破坏？"

所长陪着他们进去，边走边说："这里就是第一案发现场，不过……”他顿了顿，马思望皱起眉头：“什么意思？”

快50岁的所长顿了一顿，说：“我干了这么多年警察，还没见过这么变态的凶杀案，凶手割开死者大动脉，逼死者跪在镜子前，看着自己流血致死，这是有多大的仇恨啊？”

三个人进去，警察关上门，将围观人群隔在外面。马思望这才注意到，死者被一块瑜伽垫盖着，他让人掀开。尽管做好了心理准备，见到尸体，马思望还是震了一下，特别是死者的表情，那是种从骨子里散发出来的恐惧。

法医证实被害人死于失血过多，割破大动脉之前，死者脖颈遭绳索勒住拖行数十米，导致窒息昏迷。割破被害人动脉血管后，凶手还将他摆出跪姿，逼迫他看着镜子里的自己流血而亡。

所长认为被害人必定死于仇杀，还不是一般的仇恨，是深仇大恨，凶手才将被害人折磨致死。

所长发表完看法，问马思望说：“马队您怎么看？”

马思望的目光落在镜子上，反观死者的眼睛，那里一片灰白，充满了恐惧，看着让人心悸。

刑警队接管了案子，孙旭做了安排，对死者马文涛的社会关系展开调查，同时调取楼道内的监控录像，走访群众。

这家健身房刚装修好，开业不到半个月，马文涛通过网上招聘入职。他干了近十年健身教练，专业素质和为人都得到学员称赞。虽说他块头很大，不过工作期间，他从没与人发生过冲突，是个温和的人。

从新街口写字楼出来，天色已经黑了，孙旭才想起来午饭还没吃。

孙旭邀请马思望继续他们的午餐，马思望也没推辞，两人在附近找了家餐厅，上菜的时间，孙旭忍不住问马思望：“你怎么看？”

在凶案现场，马思望的表现很奇怪，他不像以前，会做很多基础工作，亲自询问相关人员。这次他什么都没做，对别人的推测，他没有做评价，更没给出任何意见。

马思望苦笑着说："资料不足，我不好定方向。"

这顿饭两人吃得都很沉闷，草草吃完了，马思望要送孙旭回去，孙旭问他："你晚上还有事儿吗？"

"回队里一趟。"马思望驾车汇进车流，城市的夜色灯火如织，一派繁华景象，它不会因为一个人的死去，而减弱它哪怕一丝光华。一个人的消亡对一座城市来说，犹如一滴水之如大海，太微不足道了。

"案子没眉目，我也没心思回去，陪你一起回队里吧。"

马思望想起来，上午听同事说，领导给孙队介绍了一位相亲对象，男方家世不错，都这么晚了她还惦记着加班？

孙旭没事人一样说着最近几起案子，根本没要去相亲的意思，他只好打断她："我听说……那个……你今晚有事儿？！"

孙旭愣了一下："什么事？我怎么不知道？"

马思望只好提醒她："同事们都在议论，领导给你介绍相亲对象，今晚见面呢。"

孙旭俏脸飞红，嗔骂起来："这帮碎嘴的，不好好工作精力全放在八卦上。是有人给我介绍了，还约在今天晚上去看话剧，被我推掉了，一堆案子没破，哪有精力啊？"

马思望忍不住劝她说："可是，终身大事也很重要啊。"

孙旭白了他一眼："连你也笑话我是吧？我嫁不出去吃你们家粮食了？还是挡你们家 Wi-Fi 信号了？"

马思望可不敢撞她枪口上，急忙闭嘴，认真开车，孙旭望着他的侧颜，眼神黯然。

他的所有心思全在破案上，除了案件，他对任何事都没什么兴趣。

同事都说马思望和孙旭是警队工作狂，他们为了工作，可以不吃不喝不睡，可以忽略掉所有工作之外的事情。

可他们不知道的是，他疯狂工作，是对罪犯太过痴迷。

而她，是因为对他太痴迷。

马思望回单位就不见了踪影，孙旭也投入紧张的工作当中，接二连三地出命案，整个警队都快疯了，所有人都进入待命状态。

马思望的办公室来了位奇怪的客人。

她看起来五十岁左右，有些肥胖，脸上涂了厚厚的粉底，画了夸张的眉毛和眼线，口红又艳又俗气，再配上她一双黑丝袜和十厘米高的高跟鞋，任谁都能猜出她的职业。

胖女人在沙发上坐下，见到马思望，立刻摆出油腻的笑脸，巴结地说："您就神探马警官吧？跟你说，姐姐我可是仰慕你很久了，这一看啊，果然不是一般人，姐姐我看人那可是真准。"

马思望皱了皱眉，警察瞪了胖女人一眼，告诫她不要乱讲话。

警察说："我调查了她住过的酒店，这位大姐对她有印象，我就把她给带来了。"

这几天，他正为周晓莹的案子焦头烂额，查出来周晓莹用她妹妹的身份证隐藏身份，他立刻派人去查跟这张身份证有关的信息。

可惜查出来的记录因为间隔太久，已经无法求证具体信息。可以肯定的是，周晓莹一定有她刻意隐瞒的情人。

这一发现，对陷入僵局的案情来说，无异于是个巨大突破，干警们都很兴奋，马思望却陷入新的忧虑。过去那么久，就算找到他们入住的酒店，监控记录早就被覆盖掉了，酒店工作人员也忘了他们的长相，找不到周晓莹的情人，一切都是白搭。

他将所有周晓莹可能约会过的地方，都标记了出来，派出得力干警逐一调查。

而这个胖女人，是一家酒店按摩部门的经理，她曾经接待过周晓莹和她的情人，她情人给她留下了深刻印象。

26

胖女人说了周晓莹住店的事儿。

她们这种酒店，都有一套灰色业务链，这位叫刘姐的胖女人，就把控着其中一环，她手底下有不少姑娘。

有单身男客住店，酒店会将客人的消息提供给刘姐，刘姐再给单身男客打电话，周晓莹他们属于情侣入住，自然在他们的名单范围之外。没想到他们自己打来了电话，打电话的还是周晓莹，刘姐劈头盖脸骂了她一顿，却没扛住周晓莹开出的天价。

没辙，她只好派姑娘过去，那姑娘半个小时就灰头土脸地回来了，还把自己锁在房间哭了半天。干她们这行的，什么样的客人都会遇到，刘姐也没再过问。

正是因为这事，警察去调查，刘姐一眼认出了周晓莹，联想到那件事，她怀疑周晓莹的情人是个变态。

一般来说，男人去那种地方，最需要避开的肯定是情人。周晓莹居然陪他去，还帮他找姑娘，这种做法很奇怪。

刘姐跟周晓莹的情人在大堂打过照面，他外形普通，个子中等，略有些肥胖，穿的是西装，看不出身份。

干警带刘姐出去了，马思望陷入了沉思。这一发现，比证明周晓莹刻意隐瞒自己的私生活更加诡异，她们俩的关系，一定非同寻常，否则，他们的行为，也不会这么奇怪。

马思望决定去见一个人。

他从刘姐那儿打听了接待周晓莹情人的姑娘，不过那姑娘已经离开刘姐，两人再没联系过，她已经更换了联系方式。不过在这座城市，找一个各项特征都很明显，又混固定圈子的人，对警察来说并不算难事。

一个小时后，马思望接到同事电话，被他派去查那个夜店小姐的警察，打听到她在一家酒吧上班，而那家酒吧，就在酒吧一条街上，毗邻“魔鬼情缘”。

马思望跳上汽车，驱车直奔酒吧，这个时间，城市夜生活刚刚开始，酒吧街上异常热闹。

马思望走进了那家酒吧。

这间酒吧与“魔鬼情缘”截然不同，马思望才跨进门，就被喧闹震撼的音乐吵得捂住耳朵。过安检后，他掀开门帘，有两个打扮性感清凉的女生过来迎接，马思望冲她们摆摆手，她们识趣地退到一边。

一个打扮娘炮的胖子在扭着并不柔软的腰肢唱歌，在他身后，有个烟熏妆妹子一身皮衣比基尼，正狂野地喊着麦。

周围闪烁着五彩缤纷的灯光，刺得马思望眼睛疼，他拿手挡住光线，从人群中间走过。

一个留爆炸头的女人正跟人吵得不可开交，她翘着十厘米高的高跟鞋，重重地踩在桌子上，然后提起一瓶啤酒一饮而尽。

马思望从她身边走过，女人突然叫他，他只当没听见朝前走去，两个小伙子蹿到他面前，拦住他的去路。

马思望抬手分开他们，被他们推了回去，一个染黄毛的小子凶巴巴地嚷：“聋了是吧？我们枫姐叫你呢，很拽吗？”

马思望淡淡地说：“让开……”

小黄毛挥拳打来，马思望拨开拳头，抓着他手腕反向一折，小黄毛矮了半截，疼得龇牙咧嘴，一头冷汗。

小黄毛的伙伴儿们见识了马思望的神威，都不敢上来找揍，也许是他们的行为影响了喧闹的人群，人群渐渐平静了下去，一群保安朝他们涌过来，分别将马思望、小黄毛和胖子他们拿住。

马思望没反抗，他知道再跟保安打起来，这群人肯定乱。

他们被押进经理办公室，经理是位留着小胡子的中年人，他先给了小黄毛他们两个耳光，怒道“在我坤哥地盘上闹事，活得不耐烦了？”

坤哥走到马思望面前，马思望冷冷道：“你是经理？”

坤哥有些意外，道：“是！”

马思望掏出证件摆在坤哥面前，坤哥的脸都绿了，他将那帮属下全赶了出去，小心翼翼地给马思望敬上茶水。

马思望掏出姑娘的照片交给坤哥，沉声道：“我找她！”

坤哥瞟了眼照片，让人去喊一个叫小枫的姑娘，过了片刻，有人推门进来，马思望认出正是他在走道上遇到的爆炸头女人。

坤哥对小枫说：“这位是刑警队马副队长，他有话要问你，机灵点！”

小枫在坤哥面前老实了很多，马思望掏出周晓莹的照片给她：“见过吗？”

小枫瞟了一眼，摇头，坤哥气不打一处来：“看仔细了，见没见过？”

马思望提醒她：“去年7月，有个女人带着一个男的住店，是你作陪，那男的有特殊癖好，你忘了吗？”

小枫脸色变了变，她仔细看了两眼照片，认真地说：“是他！”

马思望招呼小枫坐下：“聊聊那男人吧？”

小枫犹豫起来，坤哥急了，冲小枫劈头盖脸打来，被马思望拦住。

小枫最终决定把整件事说出来，她离开刘姐也跟那件事有关。

27

“别看那人仪表堂堂，打扮得像那么回事儿，其实他是个假男人，而且还有变态嗜好。”小枫结结巴巴地说。

“具体点……”马思望兴奋了。

“他那里缺了一段，根本用不了。他找姑娘，是为了满足他的变态需求，你知道他有多恶心吗？”说到关键处，小枫停了下来。

在坤哥逼人的目光下，小枫说出了实情：“他喜欢……手……”

马思望了然于胸，可这些并不足以解释为什么周晓莹会为了他隐瞒自己的身份。更难解释，周晓莹居然会替他牵线，来满足他的变态嗜好。

小枫哭得雨带梨花，马思望道：“他长什么样子？”

小枫对这个人似乎厌恶到了极点，哪怕是回忆他的长相都是一件难以接受的事，可在坤哥的威逼利诱下，她还是忍着痛苦，将这个人的特征说了出来。

他的长相非常普通，普通到过目即忘，如果不是小枫特殊的经历，她一定不会记住他。他最大的特点是手臂上有块特殊的疤痕，像块独特的标记。

雨悄无声息地下着。

等红绿灯的时候，突然大雨滂沱，这座城市瞬间浸泡在水里。

空荡荡的街道上，零星几辆汽车疾驰而过，路边一对年轻的男女在雨中奔跑，男孩儿脱下外套罩在女孩儿头顶上，女孩儿缩在他怀里，这么大的雨，小小的一件衣服起不到任何作用，可女孩儿一路都在笑。

他们顶着大雨不疾不徐地走着，路边车辆和行人飞驰而过，无论雨水还是车流都无法打扰属于他们的世界。

一道倩影在他眼前闪过，那时候的他们，单纯而美好，正如眼前的这对小情侣一般，眼里只有对方，一个眼神对他们来说就是全世界。

打开钱包，她的笑脸映入眼帘。她笑起来的样子恬淡安静。

小倩，你在那边还好吗？

这天晚上，他失眠了，睁着眼睛到天亮。

他想起小倩临走前的那个晚上，她给他打电话："你爱我吗？"

他笑了，宠溺地告诉她，他爱她超过任何人。

她很满意，又问他："你会原谅我吗？"

"什么？"他有些摸不着头脑。

她笑了笑，挂了电话，他也没往深处想，毕业论文占据了他所有的精力，没想到电话之后，从此两人阴阳两隔。

他女朋友小倩这天清晨去了江边，毫无征兆地纵身跳了下去。

她的尸体是在三天后找到的。

尸体被冲到长江下游，码头港务局捞起尸体，她漂亮的身体已经不成人形。

马思望在她的告别仪式上，第一次见到了她，她躺在棺材里，穿着宽大的衣服，头部被遮挡了起来，看起来非常诡异。

她妈妈说："小倩平常那么爱美，她现在变成了这样，肯定不希望让别人看到，特别是你，你明白吗？"

这时，告别的亲友中，突然走出来一个人，他身材消瘦，弱不禁风，那天的他一身黑色西装，白色衬衣，还打了领结。他揪着马思望大骂："小倩是被你害死的，你这个杀人凶手，你会有报应的……"

同学和老师拉开了他们，他那么瘦弱的身子，三个人高马大的同学居然拖不住他，他挣扎着扑过来，威胁马思望："从今以后，你记住我的名字，我将是你永远的噩梦，我以对小倩忠贞不渝的爱情起誓，我一定要杀了你！"

这个人他很熟悉，还曾是非常好的哥们儿，叫丁一，一个被称为天才的人物。

他在犯罪心理学领域，有超出常人的领悟能力，他们的专业课教授曾这样评价丁一，如果他走上歧途，成为犯罪者，那他将是世界上所有警察的噩梦。如果他当上警察，那他将是所有罪犯的终结者。

他对犯罪拥有天赋一般敏锐的洞察力。

在他们整个学校，能跟他匹敌的，只有马思望。

他们既是无话不谈的好哥们儿，在课业上，又是针锋相对的较量对象，更诡异的是，他们还同时爱上了同一个女孩儿。

可惜这个女孩儿，后来成为马思望的女朋友，她就是号称警校第一美人的刘小倩，无数男生的梦中情人。

丁一的话在耳边萦绕："我一定会杀了你，替小倩报仇！"

送走小倩之后，丁一就消失了，他提前完成论文答辩，顺利毕业。

听说他去了美国，考上了美国最著名的学府攻读犯罪心理学，他的天赋同样令美国老教授叹为观止，像在国内警校一样，丁一再次成为他们学院的风云人物。

这些事，还是他们一位从美国留学回来的同学讲的，丁一性格傲慢，不屑于跟不如他的人来往，这也是大学四年，丁一只有马思望这一个朋友的原因。

虽然这位同学与丁一是国内的同学，又在国外同一个城市读书，他们却从不来往，只是因为丁一在国外太出风头，那同学才获知了关于他的一些消息。

再然后，就没有他的消息了。

28

勉强睡了一个多小时，闹钟响了，马思望疲惫地爬起来，洗漱之后，在楼下吃了早点，便驱车去警队上班。

他早就习惯了这样的工作状态，持续一周不睡觉，他都熬了过来，所以这一个晚上，对他来说并不算什么。

在走廊偶遇孙旭，她眼里布满血丝，脸色苍白，看来孙队又一宿没睡。

他冲孙旭点点头，两人会心一笑，这样的工作状态对他们来说已经习以为常。

孙旭："听说周晓莹的案子有进展？"

马思望笑道："你的消息还挺灵通。"

孙旭白他一眼："别卖关子了，到底怎么样？"

马思望把昨晚的事说了一遍，孙旭咋舌不已，没想到私生活干净到令人不可思议的周晓莹，还有不为人知的一面。

马思望回了办公室，着手细化周晓莹情人的人物画像，根据小枫口述的特征，这份画像已经有八分像，不过价值不太大，因为这人外形过于普通。

小枫提到过他手臂上有块疑似烫伤的伤疤，形状奇特，难以具体描述。

他找来下属，将这份画像复印下发下去，集中从周晓莹的社会关系上找，他隐隐觉得，此人来头非同小可。

结果反馈回来，周晓莹生前的社会关系中没找到这个人。

她过去的同事、同学、亲友等人，也没见过这个人。

孙旭忙着侦查健身教练被杀案，她发现马文涛的社会关系正常，不存在仇杀可能。他是个善于经营朋友关系的人，很会做人，口碑不错。

虽然他一身肌肉，又是个大块头，可与人打交道中，他一贯温和谦让，很有礼貌。无论是健身房学员，还是附近企业员工，或者是楼下店铺老板，都对他赞赏有加。

孙旭还派人调查过马文涛过去的工作单位，他曾在多家健身房或健身机构供职，虽然已经辞职多年，老板和同事对他印象都很深刻，他是个少有的古道热肠的人，过去的同事都对他的死感到震惊。

马文涛结婚五年，他老婆是位护士，平常工作很忙，不过小两口感情很好，还生了个活泼可爱的男孩儿。

在经济上，马文涛私教做得有声有色，才来这家健身房不久，业绩已经非常棒了，收入不菲。再加上他老婆在一家大医院工作，辛苦一年下来，收入也很不错。

马文涛没有不良嗜好，除去生活基本开支，他们还能攒下不少收入，不存在因财被杀的可能。

这天中午，孙旭趁中午休息时间把马思望叫了过去，将这段时间侦查的情况和各项报告，都交给了他。

马思望看完报告，点上一支烟，陷入沉思。

“监控设备都查过了吗？”

孙旭像想起什么似的，说：“那天挺奇怪的，我们去调取监控记录，物业说凑巧这三天监控设备升级，过去的旧系统全被拆了，新系统还没架设好，所以没有任何监控资料。”

马思望有些惊异：“这么巧？”

“我们怀疑物业作假，还特意将他们负责人带到警队做过调查，负责人提供了两个月前与设备公司签订的合同，合同上明确写出了设备安装调试时间，并不是临时定的时间。”

孙旭翻出合同复印件，马思望草草翻了两下，对孙旭说：“合同我先带回去。”

回到办公室，他屁股还没坐热，接了个电话，电话是李姐打来的，听筒里却传来小子炫的声音。

马思望有些意外，平常都是李姐亲自打电话，这次怎么让小子炫说话了？

小子炫说：“你最近是不是特别忙？”

马思望温和地说：“有事儿吗？还是想叔叔了？”

小子炫说：“你如果不太忙的话，能来看我一次吗？”

他猜子炫在同安堂不习惯，或又跟谁起冲突了，子炫的年龄正是叛逆的时候。加上家庭惨遭巨变，失去了仅有的亲人，在这个世界上，他再没有任何依靠，李姐和金老师固然善良亲切，可孩子太多，他们也照顾不过来所有人的情绪。

子炫现在只有他一个朋友，有了心事和委屈，当然第一个找他。

马思望最近工作太忙，一个案子接一个案子，分身乏术，他问子炫是不挨批评了。

小子炫沉默了。

马思望笑着说：“叔叔最近工作太忙了，你要是有什么需要的东西，跟李阿姨说，让她帮你买，叔叔下次去给她钱。”

子炫“啪”地挂了电话。

听筒传来忙音，马思望苦笑，这小子跟小时候的自己太像了，一样的敏感多疑混不吝。

看来是子炫偷了李姐的手机给他打的电话，马思望跟李姐说过，小子炫想他了，可以给他打电话。

他自己反倒不客气地偷偷打过来了，还躲着李姐。

马思望想要不要下次给子炫买个手机，也方便联系。

他很快忘了小子炫的事，继续把精力放在合同上。这份合同看不出有什么问题，是物业公司与设备公司签订的合同范本，所有手续都是齐全的。

可他总觉得，凶手选在这个时间点作案，绝不是巧合。

这栋写字楼比较高档，物业严格，监控设施完备，安保配备齐全，从进写字楼到健身房，监控拍摄角度几乎没死角，正常情况下，绝对可以拍到凶手。可偏偏在这个节骨眼上，物业需要升级设备。

马思望决定亲自见一见物业公司和设备公司负责人，有的时候，在正常的问题上查出不正常的地方，并不需要靠逻辑推理，只是一种直觉，直觉对了，答案自然浮出水面。

物业公司办公点在写字楼一楼的客户服务大厅，装修高档，在物业经理的陪同下，马思望去了监控大厅，满屏幕都是监视器，他很快找到凶手从上楼到潜入健身房的路线。

这条路线上，监控摄像头的分布非常合理，如果监控不出问题，凶手肯定会被拍到。

经理是位戴眼镜的中年人，个子不高，透着精明，马思望记得他姓周。

“更新监控设备的时间，你定的？”

周经理很谨慎，说更新时间是多方协商出来的，他们的设备量大，规格也高，需要从工厂预定，这个时间不是哪个人单方面做主的。

周经理找来了设备公司老板，一个黑瘦的年轻人，他干这行有五年，做事踏实，服务态度好，在业内口碑不错，跟这家物业公司合作了很多年。

马思望看过值班记录，马文涛那天正当值。他是狂热的健身爱好者，对自己要求苛刻，为了静下心来健身，每次值班他都会留到很晚，一个人畅快淋漓地挥洒汗水。

要无声无息杀死马文涛，必须同时掌握这两个时间点，凶手必定早有预谋。

马思望打量着年轻人，说："设备是你安装的？"

年轻人在警察面前有些紧张，支支吾吾地说："是小辛，他是我表弟，我们老家河南的，一起出来打工讨生活。他做事靠谱，人又老实，肯定没问题的。"

"你接单到安装的过程中，有没有觉得有什么不对劲的？"

年轻人闷头抽了支烟，又打了个电话，用方言聊了几句，挂了电话对马思望说："我们预计三天前开工，后来物流公司给我们打电话，说暴雨影响了他们的货物，收货时间要推后三天。本来我们给自己预留了三天缓冲，正好被物流耽误，我们收到货物马上就安装了。"

马思望掐了烟站起来，对年轻人说："哪家物流公司？"

他们立刻赶往快递点，找到了当值的人，是位大姐，大姐一再否认她没打过电话，他们的物流专线也没受影响，发货时间都是正常的。

配送点负责人证明设备三天前就到了，快递员遇了车祸，一辆套牌车撞坏了货车，耽搁了配送。

从交警事故中心调取记录证实了这一说法，早上七点半，一辆套牌雪铁龙轿车追尾撞上快递车，快递员在车祸中受轻伤，雪铁龙轿车驾驶员逃逸。

事实明显不过，这是一场精心设计的谋杀。

29

一场大雨过后，街道被冲洗得异常干净，地面上还是湿漉漉的，路灯散发出昏黄的光芒，一个身材消瘦的老头儿缓慢地走在街上，他手里拎着一只购物袋。

他在一间陈旧的小铺面前停下，这是一间只有一个门脸儿的副食店，卷帘门边上立着一块灯箱广告，写着“林家副食”几个大字，下面又列了一大排经营门类，什么生鲜茶点，避孕套有售之类。

他拉开卷闸门，屋子里传来细细碎碎的声音，老头儿干瘪的脸上露出笑容。

他将购物袋搁在货柜上，朝阁楼上喊：“睡了吗？”

“咚咚咚……”的声音过后，阁楼上一片寂静。

老头儿绕到杂货铺后面，踩着木制的楼梯上楼，楼梯咯吱作响，仿佛随时会散掉。

阁楼上有张双人床，还有一张桌子，桌子上摆了一台陈旧的电脑，显示器还是老式的纯平。

一个小女孩儿歪着身子躺在床上，被子盖在腿上，老头儿慈爱地摸了摸她的额头，柔声道：“小淘气，爷爷知道你没睡着。”

他看了电脑一眼，显示器的电源键虽然熄灭了，可主机还亮着灯，显然是她只来得及关显示器。

女孩儿睁开眼，她穿了一条碎花裙，五六岁的样子，扎着两条小辫，她瞪着大大的眼睛对老头儿说："我明明在睡觉，你怎么知道我是装的？"

老头儿抱她起来，又踩着咯吱作响的楼梯下楼，他拿了个高凳子，将女孩儿轻轻放上去，打开购物袋，拿出两只方便盒，一盒是新鲜的鱼，还有一盒炒肉，都是小女孩儿爱吃的菜。

屋子角落摆了一个电饭锅，还插着电源，这是他出门前蒸的，他给女孩儿盛了一碗米饭，女孩儿兴奋地叫了一声，就着鱼肉吃得津津有味。

老头儿又去给她添饭，小姑娘歪着头："爷爷你怎么不吃？"

老头儿笑眯眯地说："爷爷等唱唱吃饱了再吃，爷爷看着唱唱吃。"

唱唱想了想，把碗里的鱼又夹给了老头儿，奶声奶气地说："唱唱也要看着爷爷吃。"

老头儿怔住了，感动得泪水都流下来了，含混不清地说："好，爷爷也吃，爷爷吃给唱唱看。"

唱唱开心地笑了起来："爷爷哭了，爷爷好傻。"

唱唱吃完了饭，老头儿给她洗了澡，换上干净衣服，把她抱到床上，又变魔法似的从背后拿出一只小黄鸭，女孩儿兴奋地叫了起来，这可是她念叨了好几天的玩具。

女孩儿在楼上玩，老头儿收拾好了碗筷，一个人在黑暗里坐了半天，然后上了阁楼，唱唱滚到床角落里睡着了，他小心地帮她盖好被子。

忙完这一切，他才坐在电脑前，打开网页，看今天的新闻。

本市新闻网站，充斥着这段时间接连发生的凶杀案，老头儿逐一点开，看网友的评论。

这些凶杀案的新闻热度之高，到了匪夷所思的程度，一条新闻评论高达五六万条，有的在谴责凶手，有的幸灾乐祸，还有的摆出一副悲天悯人的样子。

总的来说，支持的声音还是占据了大多数，宏瑞华府女租户离奇被上千刀凌迟而死，警察局局长被大火活活烧死，还有健身教练跪在落地镜前，看着自己流干鲜血而死。每一件看似平常的凶杀案背后，都像是另有深意，网友纷纷发表意见。

有说宏瑞华府女租户死于情杀；

有说警察局局长涉嫌贪腐渎职，死于权力斗争；

有说健身教练骚扰女学员，被女学员的男朋友怒杀而死；

还有一些更离谱的。

老头儿无奈地摇了摇头，关掉了网页，他躺在床上，两眼瞪着屋顶，发了半天呆，没有半点睡意，决定起床干点什么。

他在衣柜里翻找了半天，找出一件小孩儿衣服，在唱唱身上比画了两下，衣服明显短了一截儿。

他苦笑着摇了摇头，决定明天去商店给唱唱买几件换洗的衣服，这孩子可怜，既然是他捡到的，他就得让她过上好日子。

唱唱翻了个身，滚到了被子外面，她半边身子暴露在灯光下，老头儿目光落在她身体上，她右边居然只有半截手臂。

唱唱皱着眉头，心事重重的样子，老头儿帮她抹平眉头盖好被子。

一阵倦意袭来，老头儿在唱唱身边躺下，像是怕唱唱着凉，他拿被角盖在自己身上。

这时，电脑响起邮件提示音，他翻身起来，是他发来的邮件。

我明天要见你一面。

他一贯的语气，简洁、有力、冰冷。

他没回邮件，关上电脑睡去了。

他的邮件不需要回复，他只需要执行就行。

第二天夜幕降临，他哄睡了小唱唱，关了店铺拉上卷闸门，背着手出了门。

距学校大门几百米，有处地下老鼠街，卖的都是衣服和一些日用品，是专门为学生开的市场，价格便宜，样式很多。

老头儿在里面转了一圈出来，一番讨价还价，给小唱唱买了两条裙子，上面都画了可爱的图案，唱唱应该会高兴。

他还买了一只口琴。想想唱唱吹口琴的样子，老头儿眼睛眯成了一条缝，他小心翼翼地将口琴揣进兜。

他坐上公交车，在第四站下车，又在巷子附近转了几圈，沿着一条路一直朝前走，前面吹来清爽的风，他知道马上就要到了。

这条路的尽头，是片湖，湖面上吹来的风甘甜清爽，沾染着湿润的水汽，吹在人脸上，令人心旷神怡。

湖边有片林子，林子并不茂密，里面摆了一些社区居民的健身设施，早上和晚上，会有附近居民过来散步锻炼。

老头儿背着手走进林子，里面人太多，没人注意到他，他的打扮实在是太普通了。

他转了一圈，找了块无人的地方，打起了太极。

有个年轻人在他身边停下，望着不远处波光粼粼的湖面，有打鱼船从湖上经过，发动机吭哧吭哧地响。

“最近谨慎点儿。”

老头儿没说话，他相信自己的实力，这毋庸置疑。

“警察可能有所发现。”他扔下这句话很快消失无踪。

老头儿有些震惊，他深知自己手段有多高明，再加上他很谨慎，把可能留下的痕迹全都抹掉了，警察不可能找到什么。

他有些意兴阑珊，太极拳都懒得打了，脑子很乱：“能让他紧张的警察会是怎样的人呢？”

他有些跃跃欲试，想会会这位高人。

年纪虽说已经不小，可他好斗的特质一点没变，还是这么冲动。

天色渐晚，锻炼散步的人纷纷离开，他也跟着人群出了林子，朝家的方向走去。

要是能会会他就好了。

30

马思望面前摊开了一摞照片，都是马文涛的死亡现场，马思望翻出那张马文涛跪在镜子前的照片，盯着镜子里面的尸体，出了好半天神。

关于死者尸体被人刻意摆成这样，刑警们开会做过集中讨论，很多人认为通过侮辱尸体达到泄愤目的，此案是仇杀无疑。

马思望却不这么认为，他从尸体的摆放中，感受到了极强的仪式感，这种仪式感很难用一两句话说清楚，却暴露了凶手杀人的目的，并不是报仇雪恨那么简单。

他明显感觉到此案背后有股神秘的力量在跟他较量，查到车祸的时候，就没办法再查下去了。

那辆套牌车开去了郊区，路上没有监控设备，肇事车辆像早就调查过附近交通情况，选择了这么一条路逃逸。

马思望把物业公司从物业经理到可能接触到合同的办事员等人，全部控制起来，安排人逐一问讯，如果说有外人渗透进来，获取合同资料，根本没有可能。物业公司有一套完整的信息保存体系。

马思望经过缜密调查，怀疑问题出在物业公司的信息系统上，这家物业是全国数一数二的大物业公司，所有业务，有一套完整的审批系统，这次更换监控设备，也需要在网络上完成审批。

马思望当即给网警部门打电话，网络监控中心的副主任程仕嘉匆忙赶来，他跟马思望并不是第一次见面，周晓莹一案，他们打过多次交道，马思望对他的业务能力和效率，赞赏有加。

马思望简单向他交代了基本情况，程仕嘉是个聪明人，他立刻明白怎么回事，要求去机房一趟。

物业公司在大楼里，建设了内部服务器中心，这些服务器承载着物业公司内部所有业务，是物业公司最核心部门之一。

程仕嘉找来服务器管理员，问了他几个简单问题，将笔记本电脑接入物业公司网络进入服务器，一番操作后，电脑屏幕上出现了半个月时间内服务器人为删除掉的痕迹。

程仕嘉很肯定地告诉马思望，服务器半个月前遭人入侵过，他还找到黑客下载合同的记录。

马思望道："他们服务器是独立内网，通过公网不可能侵入，也就是说，他们内网在物理范围内，遭到人为入侵。"

程仕嘉道："没错，我们要查出内网入侵节点在哪里。"

程仕嘉从网监部门抽调了精锐力量，对物业公司的网络设备和计算机展开排查，几个小时就找到了入侵计算机。

原来物业公司业主服务大厅的电脑可以同时登录内外网，黑客入侵其中一台计算机，将计算机变成肉鸽，他再操纵这台计算机，完成了窃取合同的任务，知道了物业公司升级监控设备的消息。

当晚马思望没回家，他留在物业大厦，程仕嘉在电脑前忙活，他独自在空荡荡的写字楼里晃荡，一层楼一层楼地爬上去，揣测着凶手作案时的心理。

随着夜色渐深，还零星亮着灯光的办公室，一间间地熄灭下去，马思望恍如幽灵一般在各个楼层中出现，他走过的路，也曾是杀人凶手小心翼翼走过的地方。

同样的过道和走廊，同样的灯光，还有窗外穿堂风呼啸而过，马路对面商场的巨大液晶显示屏上，闪烁变幻的光影。

楼下的马路上，一天二十四小时车水马龙，这里是本市最热闹的商业街区，地标性建筑，它向人们展示了物质社会最光鲜的一面，可是光鲜背后的阴影里，一桩血腥谋杀案却在悄悄进行。

当壮硕的身躯跪在硕大的落地镜前的时候，这巍巍铁塔一般的汉子，除了看到镜子中正在渐渐流逝的生命，他是否意识到，自己的脚下，正踩着这座城市跳动的脉搏？

不知不觉中，马思望走到健身房前，透过电动玻璃门，能看见健身房摆设整齐的各类健身设备，马文涛死前跪着的地方，是力量区，哑铃架上摆满了不同重量的哑铃，史密斯架上，空空的杠铃杆泛着寒光，仿佛一柄锋利的长矛立在那里。

长矛所指的方向，正是马文涛毙命的位置，马思望抬眼看向镜子，仿佛在某个瞬间，他还能看见马文涛壮硕的身躯留下的影子。

看着自己的生命，一点点从身体里流逝，感受着死亡降临的瞬间，自己曾经强壮无比的躯体，在黑暗中抽离生命，连挣扎都不能，这该是一种怎样的侮辱？

隔着玻璃门，马思望面对着镜子的方向跪了下去，然后他看到镜子里那个有些茫然的自己。

走廊拐角传来脚步声，他还没来得及爬起来，程仕嘉走了过来，一脸愕然地望着马思望，马思望双腿抽筋，无法爬起来，他朝程仕嘉招了招手，程仕嘉将他扶了起来。

程仕嘉道：“已经查到黑客的IP地址了，不过我们在IP库里查到，那IP地址是一家网吧。”

“网吧？”

程仕嘉苦笑道：“黑客真是狡诈。现在网吧上网虽然实名制了，可一家网吧有几百台电脑，他们公用外网IP，这几百台电脑的内网IP地址，多半应该是路由器自动分配的，随时都会变动，黑客还会自己手动设置IP。一般来说，网吧的监管软件，并没有这种监控内网IP的功能，所以，再查下去，恐怕也是一场空。”

马思望摸了摸鼻子，抽筋的感觉很快消失，他拼命地甩了甩腿，他僵硬的身体，这才恢复了柔软和弹性。

马思望看了看时间，已经是晚上十一点了，程仕嘉带着几名网监警察，已经在收拾设备，准备撤离了。

程仕嘉递给他一张纸条，上面写着该网吧的具体地址和名称。

马思望冲他挥挥手，跳上越野车，汽车掉头很快汇入车流当中。

网吧的名字叫“金蝉网咖”，位于十公里外一座大学城附近，半个小时后，马思望的车停在网吧对面的广场上，看得出来，这家网吧门脸儿很陈旧。

马思望掀开门帘进去，里面弥漫着一股汗水夹杂着烟味的臭味，他皱了皱眉，扫了一眼网吧布局，宽大的大厅里，见缝插针地摆满了电脑，闪烁的显示屏前，耸立着一张张疲惫却兴奋的脸。

马思望在网吧转了一圈，走到前台面前，前台一个小黄毛警惕地瞥了他一眼，说：“上网吗？”

马思望摇了摇头，小黄毛立刻炸了，怒道：“不上网进来干吗？滚……”

马思望瞥了他一眼，淡淡地说：“把上个月 20 日下午三点到四点之间，所有上网人的信息调出来。”

小黄毛气乐了，狠狠道：“你知道你现在跟谁在说话吗？”

马思望掏出警官证放在吧台上，说：“我没兴趣知道，你还是赶紧把数据调取出来，浪费大家时间，就不太好了。”

小黄毛见是警察，态度立刻来了个一百八十度大转弯，点头哈腰地去系统查数据。

这网吧生意非常好，这一个小时里，来上网的人，竟然多达三百多人，从这三百多人里，查到那位神龙见首不见尾的黑客，可不是件容易的事。

马思望将这些数据全部拷贝带回了警队。

回到警队，马思望急忙将这些人的资料信息拷贝出来，然后交给专案组的同事逐一排查。

这些上网人员中，大部分都是学生，成分相对比较单纯，不过还是掺杂了一些社会上的人。

专案组花了三天时间，对这三百多人的资料做了详细排查，没有发现他们有问题。黑客跟普通人不同，因为这一犯罪者，专业性要求相对来说比较高，他们要拥有计算机或相关专业知识。

专案组经过分析认为，这些上网人员中，有六名是在读计算机专业的学生，他们对这六人做过详细调查，他们目前的专业知识，还不具备这一能力。再者，他们还提供了当时所玩游戏的账号，经过比对登录时间，证明了他们当时的确在玩游戏。

马思望又把程仕嘉找来，他把审查报告扔给他，说："你查出来的资料，有没有弄错的可能？"

程仕嘉翻了翻资料，很自信地告诉马思望，这些资料绝对没问题，他能以脑袋保证。

马思望站起来："问题应该出在网吧。"

马思望和程仕嘉走进网吧，小黄毛正吹着口哨，跟一个学生模样的女孩儿说着笑话，笑得前仰后合。

马思望冲他点点头，说："我又来了。"

大笑着的小黄毛，一口气没喘过来，憋得咳嗽不止，女孩儿悻悻离去。

马思望盯着小黄毛，道："来你们这儿上网的，都是拿自己身份证实名的吗？"

小黄毛急了，辩解说："当然是实名，我们可都是守法市民，严格按照要求来做的。"

程仕嘉检查过网管系统，证实网管系统没有问题，不存在上网人员资料登记不完全，或是漏登记的可能。

程仕嘉道：“你们网吧有无线网吗？”

小黄毛朝前台侧面一指，只见一块小贴纸上写着 Wi-Fi 账号和密码。程仕嘉瞟了一眼网吧的大功率无线路由器，对马思望说：“不用查了，黑客一定是盗用网吧无线网完成入侵的，这种大功率发射器，覆盖范围很广，恐怕网吧外面都能接收到。”

31

汽车喇叭在空寂的马路上拖出长长的尾音，老头儿由梦中惊醒，他满头大汗地坐起来，胸膛剧烈起伏，大口喘着粗气，仿佛才从溺水中挣脱出来。

他在黑暗中呆坐良久，阁楼的窗外，路灯光漏进来，将狭小的空间切割出一块块光斑。

他起了床，小唱唱缩进床角落，小小的身体蜷缩成一团，仿佛一只蚕茧，他轻轻地帮她盖好被子。

他抬眼望着对面的墙壁，墙上挂着一块不大的蓝绒布帘子，他的目光，定格在布帘子上。

过了片刻，他站起身，小心翼翼地掀开布帘，帘子后露出一块相框，相框上是位年轻的女孩儿，留着学生头，十七八岁的样子。她说不上漂亮，不过眼睛很亮，目光干净澄澈。

老头儿干裂的手，轻轻抚摸着女孩儿白皙的面容，相框下的照片微微泛黄，女孩儿的笑容，有了岁月的味道。

“一晃五年过去了，你在那边过得还好吗？”

泪水不知不觉涌了出来，老头儿喉咙哽咽，声音发涩，小唱唱翻了个身，老头儿顿时捂住嘴巴，哭泣声化为呜咽，他痛苦地蹲在地上，以免惊醒酣睡中的小女孩儿。

过了很久他才缓过来，他再次抬眼看向头顶，有汽车从楼下经过，车灯射进来的光芒掠过相框，女孩儿的眸子异常明亮，她微笑的样子，也更加迷人。

“有些债，是要用血来偿的！！！”

他就这样盯着墙上的相框，孤独地坐了一整夜，天亮他才下楼，开始一天的劳作。

他将货物摆进柜子，邻居进来买烟，瞟了他一眼：“这么憔悴，一晚上没睡哦？”

老头儿笑了笑：“年纪大了，晚上老睡不着。”

邻居是位跟他年纪差不多的老头儿，他同情地拍了拍他，拿着烟出去了。

老头儿坐在货柜后面，货柜上摆了一台老式黑白电视机，这就是他打发时间唯一的工具。这台电视机一共只能播放六个台，他就挨个儿看，几圈轮下来，一整天就过去了。

老头儿很有礼貌，无论谁进来买东西或是问路，出门的时候，他总会给人鞠躬。

他因此得了一个外号，街坊邻居都喜欢叫他小日本，他也不介意。

只是有背着书包的女学生进来，他会有瞬间的恍惚，仿佛女孩儿随时会张口喊他阿爹。

女孩儿说的却是：“老板，给我拿一盒避孕套。”

老头儿气恼地扭过头去，在货柜底下摸索半天，扔给了女孩儿，女孩儿揣着东西快速离去。

街上人多起来，他估摸时间差不多了，去对面包子铺买上三个包子，一杯热豆浆，然后将这些吃的拿上楼。

小唱唱刚好睡醒，他帮她穿好衣服，刷牙洗漱，小唱唱坐在电脑桌前吃早餐，他继续忙活自己的生意。

这就是他一天的开始。

他不允许小唱唱下楼，小唱唱也听话，一个人藏在阁楼上玩玩具，不会发出任何声响，老头儿很放心。

唱唱是他在三个月前的一个晚上在垃圾堆捡到的。他有深夜散步的习惯，睡不着觉的时候，他会在黑暗中乱走，一直走到天亮，他总觉得姑娘还没走远，这么一直走下去，他总有一天，会在某条路的尽头见到她。

他在没有路灯的街道上，看到垃圾堆旁有个东西在缓缓移动。

他以为是条小狗，走近了才发现是具小小的躯体，她在垃圾桶里找吃的，身上散发出难闻的臭味。

他走近她，她如受惊的小兽一般躲进纸箱子里，老头儿注意到，她并没有翻出什么吃的，他看着心疼，让她等他。

他走了一里地，第一次进 24 小时营业的麦当劳，买了一个热汉堡包。

他不确定她是否听懂了他的话，他还是用最快的速度跑了回来，小女孩儿还躲在箱子里面，他把汉堡包递到她手上，他这才发现，小女孩儿一只手是残疾。

女孩儿很快吃了个干干净净，又冲他伸出手，小声说："我还要……"

老头儿又跑了一里地，这次他买了两个汉堡，全被女孩儿吃完。

女孩儿从纸箱子里钻出来，老头儿牵着她脏兮兮的小手说："爷爷带你回家好吗？"

女孩儿眼神中透着畏惧，不过没拒绝，老头儿轻轻抱起她，将她带回了鸽子笼一般的小门脸儿。

女孩儿很乖巧，基本上他说什么，她都能听明白，也不给他捣乱。

不过，她语言能力有些问题，只能说简单的几句话，他曾想过送女孩儿去医院治疗，可像他这种非法收养儿童，没办法办理门诊手续，他只好放弃了。

女孩儿还有梦魇的毛病，半夜突然全身发抖口吐白沫，像抽羊癫风。

老头儿担心她咬断自己舌头，他要往她嘴里塞东西，阻止她乱咬。

这孩子命苦，既然是他捡了，他有责任对她好。

几个月来，两人相安无事地栖居在这狭小破旧的小门脸儿里，小女孩儿渐渐对他放松戒备，他打听过她的情况，她什么都不记得。

只是偶尔在她梦魇发作的时候，他间断听到她含混不清地喊着：

“唱唱害怕……唱唱怕……”

原来她叫唱唱。

32

马思望在深夜的街头，驱车回家，不知不觉中，他竟然又经过这座城市最繁华的街区，他扭头朝窗外望去，右侧面高耸的写字楼孤零零地立在那里，大有一览众山小的感觉。

这是附近楼群中最高的一栋楼，楼下是高档精致的商场，他的目光自然瞟向上面，定格在一排窗户上。

窗户的窗贴纸上，打出健身房的名字，穿过窗户，他似乎能看见，马文涛壮硕的身体跪在血泊里，他绝望灰白的面容，在对面巨大的液晶显示屏的光影里，扭曲成狰狞的姿态。

他猛地刹车，汽车在路边停下，蹲在马路牙子上捡垃圾的流浪汉吓了一大跳，骂骂咧咧地走远了。

马思望的目光，始终没从健身房的窗口挪开过。

这扇窗户，正是镜子所在的那面墙，马文涛只要一抬眼，他的目光便能越过窗户，看见对面的巨幕液晶广告屏。

空寂无人的街道上，广告屏里来回切换着奢侈品广告，各色光影闪动，在黑暗的街头，渲染出一派光怪陆离的光彩。

马思望想，也许马文涛临死前，看到的也正是这样的画面吧？

凶手让他死在整个城市最繁华的中心，临死前眼里都是大城市特有的风景，脚下是最高档的商场，对面的大屏广告上，永不停息地播放着国际名品广告。

马思望在车里坐了很久，在这座钢铁森林一般的城市，人们不会因为一个人的死亡，而停止前进的步伐。

人类遗忘的速度，快到令人发指。

健身房关停一周后开张营业，照样人满为患，他们刻意不去提马文涛，就好像这里并没有发生过凶杀案。

马思望驱车离去，在他背后的高楼上，健身房的窗户还开着，里面黑洞洞的一片。

雪白的镜子里，广告屏投射进来的光影匆匆闪过，拖出一片黑影，仿佛一个巨大的人，立在镜子里。

马思望见到了马文涛的妻子，她很憔悴，脸色苍白如纸，头发已经斑白，本来不过三十岁的年纪，却仿佛已然四十岁。

她是来打听侦查情况的，孙队长不在办公室，经人指点，她进了马思望的办公室。

马思望只能告诉她，案件还在侦破当中，有最新进展，会通知家属的。

马文涛的妻子失落地转身离去，她突然站住，扭头对马思望说："我有条线索，不过是几年前的事了，不知道是否跟文涛被杀有关。"

马思望抬眼望着她，道："跟案件侦破有关的，都可以提供给我们。"

马文涛妻子又坐回来，向马思望详细讲述了这件事，他们当时都以为只是无聊的恶作剧，没放在心上，这件事也就不了了之了。

五年前的一个深夜，马文涛夫妇租住在一套一居室的老房子里，当时手机还没流行，普通家庭装的都是座机固定电话。

深夜，整座小区都沉浸在黑暗之中，夫妻两人正在酣睡，突然被一阵急促的电话铃声吵醒。

马文涛睡眼惺忪地按亮电灯，挂钟上时针指向凌晨三点。

他骂了句神经病，把头缩进被子里，继续睡觉，没想到电话铃声没完没了地响着。

马文涛穿上拖鞋去接电话，有严重起床气的他，骂骂咧咧地接听了电话，不知道有意无意，他按下了免提键，然后阴沉沉的声音从客厅传来。

“你会付出代价的，我要你血债血偿……”

马文涛一个激灵，整个人全清醒了过来，他愣了愣神，他妻子也起床来到客厅。

马文涛道：“你是谁？”

电话却突然挂断了，他再打过去，一直提示忙音。

马文涛夫妇一向与人为善，在工作生活中，都没怎么跟人红过脸，更别说结大仇的，这奇怪的电话，他们商量了一夜。

总结出来的结果是，要么是有人在作恶作剧，要么就是电话打错了。

他们没干过亏心事，自然不怕这些幺蛾子，更何况马文涛拥有一身健硕的肌肉，身体的力量带来心理上的自信。

这件事他们并没有放在心上，自然也就不了了之了。

事情已经过去了五年，马文涛被离奇杀死，凶案已经过去好几天了，马文涛妻子才偶然想起那个诡异的电话。

这件事引起马思望很大的兴趣，时间过去那么久，再加上他们当时也没记录那个号码，打电话的人当然无从找起，不过这件事却透露出新的线索。

马思望详细问马文涛妻子，当时他们身边是否发生过什么大事，马文涛妻子答不上来，对他们普通小市民来说，安安稳稳过日子才是最重要的，他们除了正常工作生活，没有与任何人结怨。

而两人的工作，也谈不上与人结仇的可能。

马思望对马文涛五年前的工作和社会关系展开调查，警察对他当时所在单位的老板、同事以及租住房所在地的街坊邻居进行走访，证实了马文涛妻子的说法，从当时马文涛的状况来看，他的确不可能遭人死亡威胁。

这天马思望从外面匆匆回来，经过办公间的时候，听到同事正在小声议论着什么，他有些奇怪，问一位女同事怎么回事。

那同事翻出一网页指给他看，原来是网上一特别火的帖子，写的是一女人骑自行车剐蹭了一辆捷豹跑车，司机是位时尚女士，两人理论起来，骑自行车的女人突然倒地不起，女司机认为她是故意碰瓷，不但没有及时救治女人，还阻止围观群众救她。

女人倒下去后，再没能爬起来。

半个小时后，意识到问题严重的女司机拨打了急救电话，女人被紧急送进医院，因为耽误最佳抢救时间，死在了急救台上。

就在同一天，距离事故不远的一处小区，只有五岁大的小孩儿从十二楼坠落，当场殒命，现场十分惨烈。

小孩儿的死亡时间，距女人死亡只隔了三个小时。

真相揭晓，坠楼的小孩儿，竟然是骑自行车女人的女儿。

她是位单亲妈妈，靠在快餐店打工供养孩子，她出门前，给孩子准备了充足的食物，并锁上了房门。没想到妈妈一直没回来，小孩儿在饥寒交迫下，想办法弄开了扣上的房门来到阳台，坠楼身亡。

这两起命案，起因居然是一件因小摩擦而起的纠纷，事情被发到网上，引起了网民的巨大反响，短短几个小时，浏览量竟然高达数百万次，评论多达数万条，十分吓人。

马思望略微翻了翻评论，网友十分愤慨，扬言要捷豹女血债血偿，要她为两条人命负责。

仇富加上对这对母女的同情，使得网友们陷入疯狂，评论里喊打喊杀的声音不绝于耳，马思望翻了几处市民意见集中的贴吧论坛，所有人都在议论这件事，关于这件事的帖子阅读和评论量，远远超过其他。

有人要求法律严惩捷豹女，是她杀死了这对可怜的母女，她才是真正的杀人凶手。

有人提醒持这种意见的人，捷豹女并没有直接与单亲妈妈有肢体接触，在这件事中，她可能会逃脱法律制裁。

人群再次哗然，有人扬言，法律收拾不了捷豹女，正义的百姓也要替可怜的母女讨回公道。

后面节奏就有些乱了，有人要捐款，有人要捐物，捷豹女犯了众怒，很多网民留言要亲自替这对母女复仇。

马思望看完了内容，径直回了自己办公室。

他现在手上几个案子同时调查，忙得饭都没空吃，更别说评价社会新闻了，一日不抓到杀人凶手，他就如坐针毡。

他很快投入工作，同情心涌过之后，他神经又紧绷了起来，对一个警察来说，抓住杀人凶手，还这个社会以安宁才是最重要的。

他办公桌上摆满了三件案子的卷宗，文件资料、现场照片还有现场痕迹，他隐隐觉得，这三件案子表面上看，没有任何联系，可仔细对比，又能感觉到，它们有某种说不出来的联系。

这时，有人敲门进来，是刚才给他看帖子的女警察，女警察进门就说："马队，你看贴吧人气最高的帖子。"

那条热门帖子已经退居第二了，在它头顶上的帖子是："调查有多少市民同意杀死捷豹女，如果同意高于反对票，我本人将亲自去替那对可怜的母女复仇。"

这一帖子，等于是给狂热分子注射了兴奋剂，怒不可遏的市民们纷纷响应，要求立刻杀死捷豹女，她应该为自己的行为付出血的代价。帖子的评论居然在短短半个小时，冲破了十几万条，大伙儿踊跃发言，出主意该怎样完成虐杀，让捷豹女用最痛苦的方式死去。

马思望皱起了眉头，发帖子的人蓄意挑起市民仇恨的情绪，再这样发展下去，恐怕会出大事情。

总有一些愣头青，会模糊掉法律和热血之间的界限，他们习惯于用热血和本能去判断事情。

马思望处理完手头工作，又打开了网帖，才短短一个小时，网帖的点击已经翻了一倍，评论数又翻了一倍。

网友热情高涨，以审判者的姿态叫嚣，一定要对恶毒的杀人凶手捷豹女处以极刑，让嚣张跋扈的有钱人知道厉害，穷人不是这么好欺负的。

发帖者煽风点火，不断刷新网友的愤怒，还有网友在跟帖里扒出来，捷豹女出身显赫，她本名冯颖儿，妈妈是本市上市公司捷讯科技的老板，爸爸是政府部门领导，位高权重，官商勾结，这就更引起网友的仇恨。

除了这个帖子，跟捷豹女有关的网帖，竟然多达数百条之多，每条浏览和评论次数都非常高。

这本来只是件普通的网络舆情事件，也不属于马思望管辖范围，没想到这天晚上，他收到消息，真有人密谋暗杀捷豹女。

告诉他这一消息的人是孙旭。

尽管网络群情激愤，捷豹女却并没有放在心上，她家世显赫，从小到大身边所有人都对她卑躬屈膝，养成了她性格上的高傲和自信。

这天晚上，她正常乘坐电梯去地库取车，刚发动汽车出车位，在地库走廊里突然蹿出一辆车拦在她面前。她按喇叭，那车没离开的意思，居然还熄了火，捷豹女刚要下车跟人理论，突然瞟见后视镜里，有几名壮汉正朝她走来。

她心再大也明白怎么回事了，急忙将车锁死，对方逼她下车，砸碎了车窗玻璃，正欲强行拖她出来，有人目睹了这一幕，偷偷通知了保安。

劫持捷豹女的人一哄而散，捷豹女侥幸逃脱，吓了个半死，立刻向警方报警。

马思望没想到在网上喊打喊杀的网民还真敢在现实中动手，很是吃惊。

孙旭说：“这案子本来不用咱们刑警队处理，不过捷豹女她爸爸身居高位，还给咱们上级领导下了死命令，一定要揪出绑架案的幕后主使者，还点名由你牵头负责侦破此案。”

马思望撇撇嘴，对孙旭说：“我的精力都在凶杀案上，哪有时间管这事，你还是另找别人吧。”

孙旭一副了然于胸的样子，很仗义地拍了拍马思望，说：“我就知道你对保护大小姐的事儿不感冒，我已经帮你找好人，你说你该怎么谢我？”

马思望挠挠头道：“这还用谢啊？”

孙旭瞪了他一眼，马思望笑着说：“要不我晚上请你吃饭吧，还是老地方。”

孙旭有种想掐死他的冲动，在马思望眼里，请人吃饭，永远只会选单位对面的那家烤鱼馆，一份炭烤鱼，再加上一扎啤酒，就是他的菜单。

“这周末有个明星演唱会，是我最喜欢的歌手，从小喜欢到大的，要不你陪我一起去？”

如孙旭所料，马思望的回答是：“案子还没进展，哪有那心情？你还是自己去吧！”

孙旭气呼呼地出了办公室，迎面走来一位同事，同事跟她打招呼，孙旭白他一眼，怒道：“好个屁，别一整天没事四处瞎转悠，昨天让你写的报告写好没？”

那警察摇了摇头，支吾着说：“您不是说下周交就可以吗？”

孙旭怒道：“今天下班前没写出来，你卷铺盖走人吧。”

33

鉴于网络舆论汹涌，喊打喊杀声一片，论坛贴吧管理员删除了跟捷豹女有关的所有帖子，可这些帖子，却总会以各种变种的方式出现。

上层保护捷豹女的做法，激起更大民愤，据不完全统计，深扒捷豹女黑历史的帖子，在一天之间，就翻了一倍还不止。包括她中学早恋堕胎，大学在多门功课挂科的情况下，居然还能从本市最好的名牌大学顺利毕业，考研笔试未达到面试分数线，却顺利成为某学科带头人博导的门生，全被人挖了出来。

孙旭亲自带队对捷豹女的人身安全提供保护。

她早晨出门，警方的车队尾随在后，跟她的车保持几十米的距离。

为了安全起见，她暂时换了一辆宝马车，抵达公司后，警方派人守在她办公室外面，地下车库也派人驻守。

同时，写字楼的安保级别提升，整栋写字楼员工，都要通过安检才能出入写字楼。

捷豹女的公司，更提高了规格，陌生人不能入内。

孙旭自认为布置得天衣无缝，别说绑架者，连只苍蝇都难飞进警方的保护网中，没想到一周后的周一，还是出事了。

这天早上，警察将捷豹女安全送进公司，在孙旭的安排下，十多名警察在公司、大楼、地库等几个点分开布置。这一周风平浪静，警察都有些疲倦，他们也本能地放松了警惕，在他们看来，绑架者第一次失手，已经意识到绑人的难度。再加上捷豹女身份特殊，她一旦戒备，恐怕就更难绑了，所以他们应该是放弃了绑架。

那些绑架者，只是一时出于气愤，在热血和冲动刺激下跑来作案，作案失败，再加上警方介入，他们肯定感受到了压力。热血散去，这事也就不了了之了。

十三楼，捷豹女将公司副总的办公室腾出来让给了孙旭，巨大的落地窗前，孙旭喝着上等龙井，感叹有钱人的生活真是太奢侈了。

透过落地窗能看到远处若隐若现的江面，一道巨龙横跨长江，江面上车船如织，这块位置是本市地标性建筑，可以说是寸土寸金。捷豹女的公司，占据了这栋楼整整三层楼的面积，她在不到三十岁的年纪，便坐拥这么大一家公司，实力可窥一斑。

写字楼对面的广场上，扯起了彩旗，升起了热气球，架着喇叭在做大型日用品促销活动，才过早上上班高峰，广场上人满为患。

孙旭皱了皱眉，她急忙找人来问，一周前她就打过招呼，附近一公里范围内，近期都不允许举行大型活动。

属下很快打探得知，这场活动是早就定下来的，物业提起通知过商家，商家以合同挟持，要求必须今天举办，否则要向物业索赔。

鉴于这段时间的风平浪静，孙旭也不想惹麻烦，只是提醒各个岗位上的同事小心戒备，防止绑架者乘虚而入。

这时，总裁办公室传来女人的尖叫，孙旭以快到不可思议的速度踹开办公室门，只见捷豹女瘫坐在高档真皮座椅上，脸色煞白，盯着苹果电脑显示屏出神。

孙旭走了过去："怎么回事？"

捷豹女指了指屏幕，屏幕上弹出一封邮件，邮件发送者匿名，写的是："你必须为自己的所作所为付出代价，以为有警察保护就能平安无事？你太天真了！"

短短几十个字，效果却是石破天惊的。

孙旭扫了一眼窗外，天空碧蓝如洗，楼下广场热闹非凡，马路上车流滚滚，一切都是正常如故。

孙旭是见过大风大浪的人，别说区区一封威胁邮件，再恐怖的对手她都见识过。她没有慌张，而是有条不紊地调动各个部门展开工作。

她给网警中心程仕嘉副主任打了电话，请他帮忙查邮件发出的源头，物业公司封闭了写字楼的所有出入口，不让人混进来。

孙旭亲自守在捷豹女的办公室，捷豹女从刚才的惊惶中回过神来，恢复了她女强人的气势，责怪警方查案不力，孙旭没心情跟她较真，坐沙发上翻阅杂志。

突然，孙旭看到广场上大规模的人正横跨马路，朝写字楼这边走来，她意识到不好，通知楼下同事过去查看。

这些人与一楼安检保安起了冲突，双方闹得不可开交，保安毕竟人数有限，那些人很快突破防线，冲进了写字楼。孙旭得到回复，这些人都是在广场上购物的人，活动举办方为了促销，给出了购物满一百元参与抽奖的活动，奖品据说非常丰厚，这些人就是过来抽奖的。

抽奖的地方，就在写字楼五楼。

孙旭大怒，他们这儿正防着绑架者呢，商家这不是捣乱吗？她派了一名警察去这家公司协商，暂停抽奖活动，同时觉得不对劲，她多年的职业敏锐性让她嗅到不一样的味道。

参与抽奖的人太多，在大奖的诱惑下，保安和警察哪里能拦住这些人，他们有些买日用品的，就是奔奖品而来的。

举办方开出了一等奖小轿车，二等奖中央空调的巨大诱惑，在利益面前，这些人无不趋之若鹜。

孙旭严阵以待，突然捷豹女的苹果电脑上，又传来新邮件进入的提示音，上面写了几个字：“我来了，你准备好了吗？”

捷豹女妆容精致的脸，刷地白了……

孙旭立刻将所有警力调回公司，同时将大楼保安抽调过来，作为第一道防御措施。

同时，物业在警方要求下，暂时锁定了五楼以上的电梯，安全楼梯也被封死，这样就能将捷豹女与混乱的人潮隔离开来。

孙旭做完这些工作松了口气，捷豹女亲自给她泡了茶，一反刚才大小姐的模样。

孙旭气还没喘匀，大楼突然响起防火警报的声音，孙旭冲了出去，迎面遇到一同事，她吃惊道："怎么回事？"

"防火警报响了……"那警察喘着粗气。

孙旭怒道："哪儿的火？"

那警察说物业去调查了，很快能查到起火点。

片刻，能看到十二楼一扇窗户冒出滚滚浓烟，火舌也跟着吐了出来，火势很快蔓延到十三楼，浓烟飞冲上十八楼，捷豹女捂着嘴巴咳嗽，催问孙旭接下来该怎么办。

物业给他们打来电话，十二楼、十三楼发生重大火情，目前起火原因不明，整栋楼都在做撤离工作，他们也要跟着撤下来。照这个速度烧下去，要不了多久，火势便会蔓延到他们十八楼。

火情孙旭全看到了，大火已经侵入十四楼，楼下人山人海，写字楼里的人争先恐后地往下冲，马路上都站满了人。

火势不等人，孙旭立刻要求全公司撤离，捷豹女被安排混进人群，在一众警察的保护下，出了公司大门。

电梯被锁死，只能走安全楼梯，这么多人蜂拥出去，现场局面可想而知，尖叫声、怒骂声、痛哭声等乱七八糟的声音糅杂在一起，人们在狭小的过道里互相推搡拥挤着，十分吓人。

孙旭出了一头热汗，她心里清楚，这场火灾绝不会是偶然。

她指挥警察布置成前后左右的方位，将捷豹女保护在中间，拥挤着朝楼下走去，捷豹女身边有两位钢铁般的壮汉护着，不让任何人靠近，同时孙旭亲自提枪跟在他们后面，目光敏锐地在人群中扫过。

这栋楼有三十多层，楼道里除了捷豹女公司的人，还有从楼上跑下来的其他公司职员，他们好不容易下到五楼，孙旭累了个半死。

好在躲在暗中的绑架者还没出现，只要捷豹女还在她手里，她就没输。

下到一楼，警察带着捷豹女往外走，突然一个女人惊叫道："你们是什么人？要带我去哪里？救命啊……绑架啊……"

孙旭吃了一惊，拼命哭喊的女人，正是两名警察保护的那位，可她的声音，竟然不是捷豹女。

孙旭急忙赶过去，将捷豹女扭过来一看，差点儿背过气去，她面前是另一个女人，不过是穿着打扮跟捷豹女一模一样。这种职业装非常常见，再加上两人身高很相似，要从背影看，很难区分出她俩谁是谁。

孙旭将她提起来，怒道："你是谁？"

那女人挣扎着说："我是二十二楼环艺公司的前台张莉莉，你们……你们是什么人，我可从来没得罪过你们。"

孙旭立刻带队折返回去救人，人群黑压压地将他们堵在楼梯口，根本挤不上去，孙旭派人守在楼梯口，却始终没见到捷豹女。

事实很清楚，捷豹女落入了他们手里，她自认为布置妥当，绑匪竟然还是在她眼皮底下把人劫走。

孙旭调动附近警局和派出所警力展开搜查。

大楼外面数十辆消防车并排在一起，在高压水炮的围歼下，火势很快得到控制，马路上车流如织，人满为患。

孙旭有些头晕目眩。

捷豹女人间蒸发了一般，在刑警队孙队长面前彻底消失了。

这天晚上，领导陪着孙旭见到捷豹女的高官爸爸，这位她只在电视上见过的大人物一改温文儒雅的模样，骂了孙旭足足一个小时，领导也没能幸免，被连带骂得狗血喷头。

高官对孙旭说："三天，我给你们三天时间！"

当晚，全市所有的警察全都投入工作，整个城市几乎被翻了个遍，都没找到捷豹女的下落。

这是孙旭队长从警生涯以来，遭受过的最大打击。孙旭从基层干到刑警队长，靠的不是谁的提携，是她真刀真枪干出来的成绩。她的名字让犯罪分子闻风丧胆，她破过的轰动全国的大案要案数不胜数。

可这样的孙旭，居然栽在一位没名没姓，她连见都没见过的人手上，她很不甘心。

从哪儿跌倒，就从哪儿爬起来，孙旭从高官家里出来，直接回了警队，只有马思望办公室的灯还亮着，她推门进去，马思望在伏案写着什么，她重重咳嗽两声，马思望抬头见是她，急忙迎了上去。

34

马思望了解了案情全部经过不禁皱眉。

这案子，肯定不是普通网友因为出于一时义愤，而做出的替天行道为民除害的行为。

孙旭来见马思望前，已经调动所有她能动的资源，全城封锁，查探劫走捷豹女的到底是哪方势力。

马思望认为，这样的绑匪，你不找他们，他们也会来找你。

马思望联系了程仕嘉，让他派专人留意网络上的动向，他隐隐觉得，这帮人肯定还会有大动作。

程仕嘉是个极其靠谱的人，他对马思望崇拜有加，就想着跟他一起破大案，拍着胸脯保证，一定帮他揪出在网上耍阴谋的人。他派了三名网警监控网络舆情，并收集整理做成报告，每天定时向马思望汇报。

第三天一大早，马思望还被堵在半路上就接到程仕嘉火急火燎的电话。贴吧出现了一张诡异的帖子，据说要在早上八点三十分准时直播捷豹女忏悔过程。

马思望心急如焚，时间不多了，他必须尽快回到队里坐镇指挥，他从马路上拐进小巷子，抄小路疾驰而去。

距离八点三十分只有十五分钟，按照这种速度，根本没可能赶到单位。

他一路狂踩油门，在人群和车流中穿梭，接连擦了几辆车，在人群的骂声中绝尘而去。

赶到办公室，打开电脑联网，刚好八点三十分。

他马不停蹄地进入贴吧，那条网帖的点击量，已经破了八十多万，回复突破了一万多条，看来在上班高峰期，网民对捷豹女的关注热度丝毫不减。

回帖全都在猜测，捷豹女会以什么方式忏悔，大多数人都对发帖者表示不屑，因为捷豹女的显赫出身，像她这样的人，怎么会向公众妥协？

捷豹女被绑架的消息，警方采取了严格保密措施，外界并不知道，所以他们还以为捷豹女这种行为，是迫于舆论压力，或是良心发现呢。

马思望不停地刷新网页，时间滚到三十一分，主帖里突然出现一个大黑块，那是视频没有加载成功的标记。

马思望再瞟一眼阅读量，已经冲破一百万大关，视频很难加载成功就不难理解了。

马思望多次刷新，才将视频刷出来，短暂的黑暗后，视频里出现一方狭小的空间，光线微弱，一张蓬头垢面的脸暴露了出来，马思望凝神细看，认出此人正是前几天还刷屏各大媒体头条的捷豹女。

马思望立刻给程仕嘉打电话，程仕嘉已经联合贴吧运营方，在追踪发布者 IP 地址了，发布者巧妙地利用境外服务器做了一道中转，隐藏了自己的 IP。

捷豹女非常狼狈，跟她从捷豹车上下来时的光鲜靓丽判若两人，网友的评论大多是幸灾乐祸，有一些理智网民对捷豹女现状表达的担忧，立刻被铺天盖地的骂声淹没。

所有网民都一边倒支持视频发布者，捷豹女声泪俱下地哭诉自己的罪行，她承认因为自己的过失，害死骑自行车的女人和她幼小的女儿，她罪不可恕，祈求审判者判决她有罪，让她从灵魂上得到解脱。

很明显，她说的这些话，是遭到绑架她的人胁迫说出来的，从她恐惧的眼神里能看出来，被绑期间，她没少遭罪。以前的她，恨不能在脑门上刻上“高傲”俩字，全身上下都透着优越感，现在的她，神志早已崩溃，只有绝望地屈服。

她一头秀丽的挑染长发，被剪成了乱糟糟的短发，脸上被人恶意涂上煤炭渣滓，嘴巴抹了墨汁一般黑，修长的眉毛，被墨水抹得短而粗，看起来像是个小丑。

视频只有短短三分钟，马思望看了很多遍，帖子的浏览量和评论呈指数级上升，很快翻了好几倍。长期处于压抑状态和对权贵充满憎恨的网民，在这条视频上满足了复仇的快感，疯狂地表达着对发布者的崇拜，马思望翻了十几页评论，关闭了帖子。

他能感受到，绑架者对捷豹女在发泄仇恨，赤裸裸地仇恨，他从精神上击垮了她曾引以为傲的所有东西。

她以美貌自傲，在与女工发生纠纷的时候，她至少五次提到对方又老又丑，像她这样的女人，能有男人看上，肯定是对方瞎了眼。

侮辱女工的时候，她还不忘面对网友的偷拍，搔首弄姿地摆出最佳拍摄角度，将自己的美貌展示在公众面前。

她是如此在意自己的容貌，就连吵架的时候，也要让观众看到自己最漂亮的模样。

这些举动，无疑也是在羞辱女工，两人呈鲜明对比，她要让女工看到，女人要活就该活成她这样，像女工这样的女人，活该去死。

绑架者对捷豹女容貌的修整，必定是为了对付她当时恶心女工的行为，漂亮又能怎样？剪掉你引以为傲的长发，给你画上丑陋的粗眉毛，雪白的皮肤上，抹上黑炭，性感的樱桃小口，也抹上墨汁。

他们想这样羞辱捷豹女，来彻底释放普通平民对权贵的仇恨，捷豹女成了一杆标志，羞辱的是捷豹女，其实是狠狠抽了社会一记耳光。

几天前还盛气凌人的她，一身国际大牌从百万豪车上下来，用她眼高于顶的目光扫过寒酸的女工。

女工强忍着羞辱，祈求放过她，她要回家照顾孩子，赔偿她一定一分不少。

捷豹女却认为她是借故想溜，拽着她不放手，还出言不逊，辱骂女工和她的男人。男人这个话题，想必是女工的死穴，她在捷豹女的连番侮辱下，晕倒在地，捷豹女认为女工是在碰瓷，还阻止围观的人救她，最终导致耽误最佳救治时机，女工死亡。

程仕嘉那边进展缓慢，视频发布者非常鸡贼，他环环相扣地做了很多手脚，网警一再陷入他布置的圈套，浪费了很多时间，他却趁机溜掉了。

视频网帖的传播速度越发疯狂，到了中午，几乎全市市民都在议论捷豹女忏悔的视频，人们这才知道，捷豹女被人绑架了。

马思望出门，在路边多次听到聊天的人对发布者的评价，英雄、有胆色、大侠、传奇人物……

马思望皱着眉头从他们身边走开。

绑架者绝不是英雄，他是非法拘禁者，是犯罪分子，这种人不过善于投机取巧，踩中了民众的脉搏而已。

捷豹女被绑架视频在网上公布，被认为是对警方的公开挑衅，市委和警局领导十分震惊，严令公安部门必须立刻破案，马思望再次被领导亲口点将。

马思望吃了午饭回来，程仕嘉已经将办公室搬了过来，他带了十多名网警，携带大量先进网络设备住进了刑警队，他自告奋勇地将自己的办公地点，设在了马思望的办公室里。

程仕嘉笑着拍马思望的马屁，说："我没经马队同意，自作主张地搬进来，马队不会对我有意见吧？"

马思望挠着头："你来正好，给我增加点人气。"

两人相视一笑，程仕嘉在办公室里摆了很多大型设备，这些东西，都是要求保密的高规格先进网络侦测设备。

马思望的活动空间自然受到很大限制，他被挤到办公桌前的一小块位置，在他眼里，并没有办公室大小概念。

程仕嘉有些过意不去，他本来是被安排到储物间的，他嫌味儿大，主动要求与马思望一起办公，拗了半天孙旭说要问马队意见，马思望没任何意见，这事就这么定了。

这天下午，马思望在警队撞见一位老熟人，是曾协助他破获无脸女尸案的小朱。上级领导从各个分局抽调精英进入刑警队组建专案组，视频发布者的行为是挑战整个警界，这次上级调拨的资源前所未有。

小朱见到马思望很高兴，马思望带他吃自己最爱吃的炭锅烤鱼，点了一扎啤酒。

两人就着冰镇啤酒闲聊起来，小朱很有信心地说："我觉得这绑架案咱一定能破。"

马思望有些意外："你凭什么这么自信？"

小朱笑嘻嘻地说："凭马队你啊。我可是亲眼见你神乎其技的破案手段，区区一个劫匪，有什么好担心的？"

马思望笑了笑，与小朱碰杯，他现在还没一点底呢。

小朱说："你在上面听不到，我们基层的，听到的风儿可多了，还越传越邪乎。"

马思望默默喝酒，小朱说："我胡说八道您别批评我，我转达的都是坊间流言，都是市民嘴里的话……"马思望打断他说："他们都怎么传的？"

"他们说是阎王在做地狱审判……"

马思望皱眉："都是哪些人在传？"

"市民都这么传，谁最先说的已经无据可查了，杀人场面这么离奇古怪，肯定有问题，警察又查不出凶手。"

"阎王索命？"马思望暗自琢磨着。

他突然想起什么，匆匆结账出了餐厅，小朱怎么喊他他都置若罔闻，一溜烟回到办公室。

他打开电脑查资料，目光落在网页上，上面写的是：“如果在阳世犯了罪，即便其不吐真情，或是走通门路，上下打点瞒天过海，就算其逃过了惩罚（不逃则好）还有犯罪在逃之犯人，逃亡一生也终有死那天吧？到地府报到，打入“孽镜地狱”，照此镜而显现罪状。然后分别打入不同地狱受罪。”

他呆呆地看了足有十分钟，嘴里吐出一个词：“‘孽镜地狱’……‘孽镜地狱’……”

35

立秋后，下了一场大雨，雨水过后的街面上湿漉漉的，有几处明显的水坑挡住了行人去路，老头儿穿了一双雨靴蹚水而过。

酒吧街因为地势太低，整个街面都被水淹没，空荡荡的街道上成片的酒吧大门紧锁，老头儿蹚水走到尽头，停在心理诊所门前。

他敲了敲门，里面传来年轻男人的声音："进来。"

老头儿小心地脱下雨靴，和雨伞一起摆在门口，他整理了一遍衣服，才小心翼翼地推门进去。

年轻医生一身白大褂正伏案疾书，老头儿在他对面坐下，姿势有些僵硬，周医生抬头看了他一眼，放下了笔，他冲老头儿温和地笑了笑，他待人永远都是这么亲切友好。

"最近还好吧？"他抽出一份牛皮纸袋，从里面拿出档案般的一摞文件。

老头儿惶恐地勾着头，像个做错事的孩子等待师长的惩罚，他张了张嘴，吐出干巴巴的三个字："对不起！"

周医生宽慰他道："到底怎么了？在我这儿还有什么不能说的吗？"

老头儿额上沁出汗珠，结结巴巴道："我……我没听你的，我绑了她……我……"

他咬在那个字上，不知道接下来该说什么。

周医生道："我看了新闻，不用猜都知道是你。你啊，还是不能控制住自己，不过你绑她的目的，恐怕不只是因为她干的那些事吧？”

老头儿低下了头。

周医生道：“你一定听说了那个警察，他刚破获了一个轰动全省的连环杀人案，风头一时无二，你有些不服气了对吗？”

老头儿双手绞在一起，他没作声，算是默认了。

“挑战他，可不是那么容易，你翻翻他的履历，这几年他手里破的怪案奇案有多少？否则，他也不会年纪轻轻，就干到了刑警队副队长的位置。”

老头儿道：“我知道，可我还是不相信，这世界上，还会有比您聪明的人。那个年轻警察可能是有点能耐，可这不是还有您吗？只要您一出手，他哪里会有机会？”

周医生抬眼看向窗外，他平静的脸上，浮现出惆怅的神情，某一瞬间，他眼神特别亮，不过很快又黯淡下来。

老头儿道：“谢谢您帮我这么大忙，老头子我感激不尽。”他将随身提着的塑料袋放在桌子上，袋子上沾了些泥土，他拿袖子擦干净，说：“这是一些土特产，您别拒绝我，就当是我的一份心意吧。”

周医生接过袋子，随意翻了翻，里面装的是一些干货，都是农产品。

周医生道：“你又回老家了？”

老头儿点了点头，突然眼圈红了，豆大的泪水掉落下来，打湿了衣服。

周医生拍了拍他干枯的手背，劝他说：“已经过去这么久了，生活还得继续，你还是要看开一点。”

老头儿重重点了点头，周医生将塑料袋装进抽屉里，笑着对老头儿说：“哭是没用的，只有弱者才哭。你还有很多事要做，你想想当年，再想想现在，这个城市，会不会因为有你，而变得不一样呢？”

老头儿浑浊的眼神，像是瞬间被点亮，他猛地抬起头，周医生抽了两张纸给他，他很快擦干眼泪，一副斗志昂扬的样子。

周医生道："这才对嘛。这个世界这么肮脏，只有像你这样的清道夫出现，它才会变得不那么令人讨厌，你说你的责任有多重大。"

老头儿满脸皱纹舒展开来，整个人也轻松了很多，刚才的悲伤，已经一扫而空。

老头儿站起身，想要告辞，周医生拦住他说："一起吃顿饭吧，等你赶回去，饭馆早歇业了。"

老头儿非推辞要回家自己做饭，周医生揽着他的肩，在他肩上轻轻拍了拍，老头儿绷直的身体软了下来。

酒吧街对面的农家菜馆，靠窗的角落里，桌子上摆了四个下酒菜，周医生已经换上了便装，他给老头儿开了一瓶啤酒递过去。

两人碰了杯，一饮而尽，周医生道："两个人吃饭就是有意思一些，我已经很久没跟人吃过饭了。"

老头儿道："你不考虑找个对象吗？"

周医生直摇头，道："有那么容易找吗？"

老头儿道："以您的学识、工作、相貌，找女朋友太简单了，您就是放不下身段。"

周医生苦笑道："我都找这么多年了，还是没找到合适的，只要有姑娘站我面前，我总忍不住想起一个人，忍不住拿她们做比较。"

他长叹了口气，将剩下的大半瓶啤酒一饮而尽，擦着嘴角的泡沫说："没人能比得上她，一根汗毛都不配。"

"真有这么完美的姑娘？"

周医生道："如果你见过她，一定不会说这句话，她是世界上最好的姑娘，任何人见了她，都会情不自禁地被她吸引……是任何人……"

老头儿听得神往，奇怪地说："既然她这么好，你为什么不去找她呢？"

周医生怔了怔，长叹口气，说："你说得对，我整天标榜自己这么爱她，却让她在那个世界受苦，我实在是太虚伪了，我应该去陪她才对。”

老头儿窘得满脸通红，他没想到周医生嘴里的最完美的女孩儿原来已经不在人世了，他狠狠抽了自己一个嘴巴。

周医生拦住他，说：“你提醒得很对，不过，在我做完那件事之前，我还不能走，否则她就白死了。”

老头儿紧张道：“周医生您有什么事，可以告诉我，我一定帮您办到。”

周医生苦笑着摇了摇头，又与老头儿碰杯，两人就这么你一杯我一杯，喝了两扎啤酒，老头儿浑浊的眼珠子血一样红。

周医生搀扶着他出门，他说话的时候，舌头也大了起来。

他搀着他到公交站，老头儿上了车，冲他挥挥手，周医生目送公交车发动、开走，在夜色中消失不见。

他一个人踱着步子往回走。

夜风大了起来，吹乱了他玄黑色的风衣，他的背影在巷子里渐渐缩小，在他身后，树叶潇潇落下，他的身影消瘦而孤单，仿佛与这个世界格格不入。

36

小朱一大早赶到刑警队，才进单位大院，就看到马思望办公室的灯还亮着，天才蒙蒙亮，整栋大楼都是空的，小朱知道，马思望又是一夜耗在警队。

他在门口早餐小店买了早点，推开办公室的门，马思望正盯着电脑屏幕发呆，显示器散发出来的白色荧光下，他脸色苍白，眼里布满血丝，桌上的烟灰缸里烟头堆得要溢出来。

小朱连叫了几声马队，马思望才醒过神来，抬眼见是小朱，哑着嗓子说："来了啊……"

小朱将包子油条豆浆放在桌子上，替他收拾起桌子上乱糟糟的东西，嘱咐他说："一晚上没睡，饿坏了吧，快趁热吃点，补充体力。"

马思望含糊不清地"嗯"了一声，目光并没有从显示器上转移出来，他的手仍旧按在鼠标上，上下拖拉着网页，面前诱人的食物，他浑然没有察觉。

小朱瞥了一眼电脑，见马思望搜索的正是十八层地狱的内容，他心里犯嘀咕，不是在研究案子吗？怎么扯上地狱了？

小朱收拾了一圈出门了，他回自己办公室忙活了半天，再回去找马思望的时候，发现他还在专注地钻研十八层地狱，桌子上的稿纸上，密密麻麻地写着各类地狱的特点，而桌上的早点，已经凉透了。

通过上次的接触，他已经了解这位马副队长的脾性，他一旦全身心投入工作，就会进入浑然忘我的状态，天塌下来都仿佛与他无关。

时间不知不觉已经逼近早上八点，马思望抬眼望了一眼对面的办公桌，对小朱说：“程主任怎么还没来？”

小朱昨晚下班的时候，偶遇了程仕嘉，闲聊起来得知他今天要去省厅开会，马思望吃惊道：“我怎么不知道？”

小朱笑道：“您这么忙的人，哪儿有时间听这个？”

马思望急忙催促小朱说：“给程主任打电话，八点半前，他一定要赶到队里。”

小朱拨了几遍，程仕嘉才接电话，听了小朱的转述，程仕嘉无奈地告诉他，他已经在去省厅的路上了，只能下午赶回来。

马思望夺过小朱的电话，对程仕嘉说：“赶紧来队里，八点半神秘人肯定还会再发视频。”

程仕嘉：“你凭什么这么肯定？”

马思望回了他两个字，直觉。

电话挂了，程仕嘉只能苦笑，他听过不少马思望的传闻，马思望的怪在警界人尽皆知，刚接触他并不觉得，这算见识了。

他只好掉转车头，加快速度朝警队赶去，路上给领导打了半天电话解释，挨了好一顿批评。

他终于在八点半前满头大汗地赶到办公室，马思望正吃着早餐，见他进来，马思望朝他电脑一指，说：“电脑我帮你开了，至于你的那些设备，就麻烦你自己动手了。”

程仕嘉打开了网络设备，同时运行监控软件，刚好八点三十分，马思望立刻刷新贴吧帖子，等着神秘人到来。

十分钟过去了，一点动静没有，马思望依旧专注地刷新网页，程仕嘉说：“全网都没消息，是不是咱们太紧张了？”

马思望肯定地说：“他今天一定会发布视频。”

程仕嘉将信将疑，罪犯的心态极其复杂，哪儿是这么容易猜到的？

马思望突然道："来了……赶紧查他位置……"

程仕嘉刷新网页，神秘人果然又发布了一条视频，视频的拍摄地很奇怪，不再是黑暗的空间，而是一间人满为患的餐厅，餐厅非常简陋。

镜头对准了一位忙碌中的女服务员，她穿着满是油污的花色衬衣，头发挽了起来，汗水湿透了衣服，她忙忙碌碌地在人群中穿梭。她动作笨拙，不是拿错了客人的早餐，就是将面汤溅到客人身上，或是踩了客人脚，客人意见很大。

老板给客人赔不是，女服务员唯唯诺诺不敢吱声，镜头转到正面，马思望看清了她的脸，眼前这位一脸疲惫、满脸油腻、浑身污秽的女人居然是白富美捷豹女。

现在的她，跟几天前的傲人形象比起来，简直判若两人。

在早餐店老板的呵斥声中，捷豹女躬着身子在客人中穿梭，不停地被骂、道歉，身上脏兮兮的全是污渍，现在的她跟要饭的没什么两样。

程仕嘉奇道："这是哪儿？"

马思望瞥了他一眼，说："这个问题，该是我问你才对。"

程仕嘉和属下对发布者展开追踪，他们很快破获了对方 IP，又是另一个国家的肉鸽电脑。黑客利用普通用户电脑漏洞入侵后，将对方电脑变成自己谋划违法犯罪的中转站，称为肉鸽，他们利用肉鸽隐藏自己真正的 IP 地址，避免被警察锁定位置，从而达到逃避法律惩罚的目的。

昨天让黑客跑了，程仕嘉有了经验，他很快破译肉鸽电脑，也跟着侵入了进去，查找黑客留下来的蛛丝马迹。

视频到第四分钟，一个戴金链子的胖子拎起捷豹女狠狠给了她两耳光，骂道："你瞎啊，这是第二次面汤泼老子身上了，你当大哥我纸糊的是吧？"

捷豹女脸色红肿，又是鞠躬又是道歉，她强忍着泪水帮胖子擦干身上的面汤水。

到这里视频断掉了，黑屏半秒钟后，出了一条字幕：“如果你是审判者，你会怎样处决她？请各位网友踊跃发言。”

马思望将网页朝下拖，网友果然在下面出谋划策，才一会儿工夫，就有多达数百条留言产生，都在出谋划策想出各种虐杀手段，看着网友调侃地说出那些变态的杀人方式，马思望不寒而栗。

他很清楚，这些虐杀方式，很快会落到捷豹女身上。

绑架者是想通过这种方式来吸引网民关注，让更多人参与进来，从而扩大这件事的影响力，这件事会像核弹一般在市民中间炸开，它产生的威力，甚至是核弹的无数倍。

民众仇视权势阶级的情绪，会很快扩大，接下来会发生什么，马思望不敢想下去。

程仕嘉的手指在电脑上飞速跳动，他操作着不同的网络软件，办公室的网络设备上，成排的指示灯散发出各色诡异的光芒，灯光在有节奏的频率中跳动，电脑前的技术人员正在紧锣密鼓地与黑客切磋。

程仕嘉突然停止了快速运转的手指，高声叫道：“逮到了。”

其他技术员都浮现出喜色，马思望站起来：“哪儿？”

程仕嘉报出地址：“永清街 365 号，是处老住宅。”

马思望立刻通知小朱集合人马，十分钟后，他已经带着六辆汽车出了刑警队大院。小朱不愧基层工作经验丰富，他已经通知辖区派出所民警先过去摸清楚情况，别让黑客趁机潜逃。

半个小时后，他们赶到了永清街，派出所所长亲自带民警部署在嫌疑犯家周围，所长向马思望汇报说：“我们走访了嫌疑犯邻居，嫌疑犯应该还在家，邻居半夜听到他砸键盘的声音。嫌疑犯是个年轻小伙子，大学毕业两年了，一直没找工作，整天窝在家里玩电脑，据说他学的专业是计算机。”

程仕嘉击掌道：“都配上了。”

马思望道：“嫌犯体力怎样？”

所长说：“他长期吃泡面，导致营养不良，身体素质很差，瘦得跟麻秆似的，不具备暴力拒捕的条件。”

马思望点了点头，安排警察进行抓捕前的布置工作。嫌疑犯家在四楼，马思望将所有人马分成五组，窗户下留一组防止嫌疑犯跳窗逃跑，三楼和五楼各有一组人马，马思望带一组人马去敲门，还留一组预备小组。

马思望带着派出所所长、居委会大妈一起，居委会大妈去敲门，说是做人口普查，敲了大概两分钟，还是没人应答。

派出所所长招了招手，开锁匠掏出工具，锁被撬开，警察们一拥而入。这是一套两居室的房子，马思望在主卧发现一台旧电脑，电脑桌上摆满了发臭的泡面盒子，桌子下面都是生活垃圾，可以看出来，犯罪嫌疑人是那种吃喝拉撒都离不开电脑的人。

警察检查了各个房间，犯罪嫌疑人不知所终，派出所所长奇怪地道：“我们盯了一整天，没发现他出门啊！”

马思望朝窗外张望，在窗户边半米外的消防管上见到骨瘦如柴，正吓得发抖的犯罪嫌疑人。

他蜷缩在消防管上，像只树懒，以他虚弱的体力，肯定支持不了太久，随时有坠落下去的危险。

小朱想拉他上来，被他推开了，马思望对年轻人说：“你别冲动，有什么要求，我们可以谈……”

年轻人歇斯底里地吼道：“你们别想骗我进去。”

马思望开了电脑，桌面上全是游戏快捷方式，他已经了然于胸，这家伙想必是个游戏狂人，他对年轻人说：“你死了，你最喜欢的那些电脑游戏，可就玩不上了。想想你花费那么多心血打出来的账号，就这样永远地尘封起来，你过去的叱咤风云，只能成为传说，你甘心吗？”

年轻人嘴唇紧抿，这番话戳中他的痛点，马思望朝他伸出手，年轻人突然推开他，厉声吼道：“你们跟他是一伙儿的，你们都想害我。”

马思望温和地说：“我们是警察，只有我们才能帮你。”

年轻人痛苦地摇了摇头，绝望地说：“没人能帮我，就让我自生自灭吧。”

马思望道：“你被他骗去的装备，我能帮你要回来，我是警察，一定会帮你。”

年轻人灰暗的眸子亮了，他盯着马思望道：“真的？”

马思望的笑容更加温柔，道：“我们是警察，警察就是主持公道，维护你的合法权益的。”

马思望朝他伸出手，他小心地攀上窗框，马思望想拽他，他却推开马思望，整个人一时重心不稳，几乎就要摔下去，挣扎中拽住窗框才稳住身形。

马思望说：“你叫贺方？”

年轻人惊奇道：“你怎么知道？”

马思望：“咱们聊聊吧，我说话算话，答应帮你要回装备就一定做到。”

年轻人痛苦地说：“我知道你们是警察，可他太狡猾了，你们不是他的对手。”

马思望看着年轻人，他点了一支烟，又给年轻人扔了一支，年轻人贪婪地吸了一口，完全陶醉在烟雾带来的兴奋中。

“他拿本该属于你的装备威胁你，逼你帮他做事，对吗？”马思望徐徐吐出烟圈，在他与贺方中间，隔了一层淡淡的烟雾，衬得贺方苍白的面孔，更加灰白。

贺方很吃惊，他震惊于马思望居然知道他的秘密，他像傀儡一般被他操纵着，生不如死，可他的要害被他扼在手里，他只能对他唯命是从。

他是个黑客，一个醉心电脑技术的人，在他眼里，他活着的必要条件，只需要一台电脑就够了。

他钻研高超的技术没有别的目的，只是因为喜爱，他热衷于研究新技术，并以侵入别人的服务器、电脑沾沾自喜。因为没有不良目的，他在入侵后，不会刻意地破坏别人的机器，只是留下一句话就走。

没想到，有一天他在游戏里遇到了一个人。

那人跟他打赌，如果他能挖出某个游戏的BUG，他就帮他买最高级的装备。

那些酷炫的装备，是所有玩家做梦都想要的，他也不例外。可惜装备价格高昂，非他这种基本生活都存在问题的人所能承担得起的。

再加上，他对自己的技术很自信，那人的话让他很不爽，有心要用实力去打那人的脸。他不眠不休地工作了三天三夜，顺利侵入游戏服务器，窃取了游戏管理后台权限，他还发现了大量的高级装备，只要输入数字，这些全都是他的。

他毫不犹豫地在这些装备上做了手脚，篡改程序，免费给自己换上了一身高级装备。

没想到他的所作所为，都被一双看不见的眼睛看在眼里，还取得了第一手证据。他已经不需要他赠送的装备，不过他渴望那种被吹捧的感觉，他再见到那人，却等来了自己的噩梦。

37

那位玩家向他展示了他的犯罪记录。

玩家让他选择，要么他现在去报警，以他对游戏公司造成的损失，至少要判十年；如果不报警，他要帮他做事，玩家拿走了贺方所有装备，贺方替他完成一件事，他还一件装备给他，如果他被抓了，剩下的装备就别想再拿回去。

贺方奇怪地说："咱们第一次见面，我的这些事，我从来没跟人说过，你是怎么知道的？"

马思望笑道："你的名字，推测出来不难吧？至于你沉迷游戏，你看你桌子上成堆的游戏点卡就能说明问题。像你这种已经将虚拟和现实世界分不清楚的人，居然敢对抗警察，只有一种可能，就是你在游戏里遇到了大麻烦，除了装备出问题，还有什么能让你这样上心？"

马思望打量着垃圾堆一般的房间，各类游戏杂志、光碟、卡片和周边衍生品散落得到处都是，这足以暴露贺方的世界。

马思望冲贺方伸出手，贺方艰难地爬进了房间，小朱给他戴上手铐。

有警察将主机搬回警队做进一步调查，贺方全程没从马思望身上挪开过目光，这个人简直太可怕了。

程仕嘉递给他一根烟，说："以前我听人把你传得神乎其神我还不信，这回算是长见识了。"

回到警队，小朱对贺方展开审讯，程仕嘉对电脑做检查，证实视频就是贺方发布的。

贺方利用高超的计算机技术，入侵了多台电脑，将这些电脑变成他手里的肉鸽，以此达到隐藏自己真实身份的目的。他再利用肉鸽电脑发布多达十多篇跟捷豹女有关的煽动性帖子，在贴吧论坛总点击率高达数千万，评论回复多达数十万条，比热门新闻的关注度还高。

贺方交代，这些视频和帖子都是那位玩家编辑好了发给他的，他再发在贴吧里。

他们还在玩家账户上发现了大量高级装备，与贺方的供词能严格对上。

程仕嘉还对贺方电脑上已删除文件做了还原，还原过程中，他发现贺方还入侵过一家物业公司服务器，这家物业公司正是马文涛被杀的高档写字楼。

程仕嘉拿着分析报告跑去找马思望，马思望不在办公室，他下楼的时候撞见小朱，程仕嘉急忙拦住小朱，小朱有些为难地左右躲闪。程仕嘉很是奇怪，又有些生气地说："到底怎么回事？我在贺方电脑里找到重要线索，必须立刻把资料交给马队，耽误了事情，责任你承担得起吗？"

小朱犹豫了一下，还是带着程仕嘉去了楼下一间房间，程仕嘉奇怪道："这间房以前不是杂物间吗？马队在这儿干什么？"

小朱敲了敲门，里面没反应，他压低嗓门喊了一声："马队，是我，小朱。"

门从里面打开了，小朱冲里面说了几句话，程仕嘉远远地没听清，就看到小朱扭头对他说："马队让你进去。"

这是一个套间，里面十分幽暗，他摸索着敲了敲门，门自动开了，他看到被捆在椅子上状若癫狂的贺方。在贺方对面，是在沙发上跷着二郎腿一脸得意的马思望，他还从没见过马思望这副模样。

马思望身边摆了一台笔记本电脑，电脑上正在运行贺方痴迷的那款游戏，程仕嘉注意到游戏登录的还是贺方的账号，马思望打开了他的游戏装备页，正在试图熔化他的顶级装备——风剑。

马思望幽幽地说："你要再不说，我现在就熔了你这把剑。"

贺方急得抓狂，马思望冷冷盯着天花板说："我给你十分钟时间，你想清楚了，有没有入侵过一家物业公司内部服务器，窃取过一份合同文件？"

程仕嘉没想到马思望居然快他一步知道了这个秘密。

程仕嘉将报告文件交给了马思望，马思望扫了一眼内容，眼睛顿时瞪大了，他又仔细看了一遍，把报告拍在贺方面前，冲他冷笑道："现在你说不说都没用了。"

贺方看清了报告内容，脸色大变，马思望关上电脑，跟程仕嘉一起出了杂物间。

程仕嘉说："你猜得没错，绑架捷豹女的主谋与马文涛谋杀案的凶手是同一路人马，贺方只是他们的工具而已。"

马思望对贺方的怀疑，并非只因为他是黑客，马文涛案和捷豹女案都出现黑客从中作梗，可这是风马牛不相及的两件案子，破案要靠证据，他当然不可能信马由缰地乱猜。他查阅了很多资料，怀疑马文涛的死亡方式，与古代传说中的十八层地狱中的"孽镜地狱"很像，这种刻意制造出来的强烈仪式感，无疑表达出凶手的作案诉求。

资料上说，如果在阳世犯了罪，即便其不吐真情，或是走通门路，上下打点瞒天过海，就算其逃过了惩罚（不逃则好）还有犯罪在逃之犯人，逃亡一生也终有死那天吧？到地府报到，打入"孽镜地狱"，照此镜而显现罪状。然后分别打入不同地狱受罪。

马思望在贺方的一堆破烂儿中，见到了一张手绘的"孽镜地狱"的草图，这张草图非常简单，寥寥数笔，跟马文涛的死亡现场看不出有任何联系，马思望还是认出了这画的是"孽镜地狱"。

他由此断定，贺方与马文涛的死，应该有某种神秘联系。

程仕嘉的鉴定报告，给了他有力的证据。

马思望盯着被捆在椅子上的贺方，贺方的目光，却直直地落在那张鉴定报告上，马思望道："事实摆在眼前，你还是说吧，你为什么要侵入物业公司内网，下载那份合同？”

贺方嘴唇嚅动，半晌才道：“是他让我做的，那个骗了我所有装备的人，这是他交给我的任务之一。”

“为什么你不交代？”

贺方躲过了马思望锐利的目光，马思望低下头去，注视着他的双眼，道：“逃避是没用的，回答我吧。”

贺方犹豫道：“他交代过我，如果有一天我为他做的事被发现了，我交代一件事，他就会毁我一件装备，我不想被他毁掉我的心血。”

马思望亮出手里折叠的那张纸，上面正是在贺方家发现的那张孽镜地狱的草图，很简单的线条，像小孩儿涂鸦，如果不是马思望目光独特，任谁都不会想到，这张称不上画的东西，竟然画的是十八层地狱中的孽镜地狱。

“这是什么意思？”

贺方瞟了一眼，道：“随手画的东西，我都忘了这是什么了，你们不会凭我随手乱画的东西定我的罪吧？”

马思望冷笑道：“你听说过‘孽镜地狱’吗？”

贺方脸色变了变，低下了头。

马思望道：“你听说过这个故事对吗？”

贺方只好说出实情，“孽镜地狱”是那位玩家认识他的时候，跟他说过一个故事，据说是一个人犯了罪即使逃脱了惩罚，逃亡一生也终有死那天吧？到地府报到，打入“孽镜地狱”，照此镜而显现罪状。然后分别打入不同地狱受罪。

有的人，他逃脱了一时的惩罚，却逃不脱一世，终有一天，他会为自己做的事付出应有的代价。

贺方听得很害怕，在纸上随手画了几笔，没想到马思望目光如炬，一眼将之识破。

38

有的人，就算犯了罪一时逃脱惩罚，可终有一天，他会为自己作的恶付出代价。

马思望将这句话打印出来，挂在墙壁上，他盯着这句话看了足有一下午，眉头越皱越紧，烟灰缸里的烟蒂越攒越多，他仍没参透其中意思。

如果仅仅只是复仇和惩戒，马文涛绝不可能被他选中，他是个地道的老好人，所有接触过他的人，对他有口皆碑。

马思望还派人对他做过完整的调查，调查的结论，与他妻子的说法一致，以他的为人，不可能会有仇家。

可“孽镜地狱”的定义很明确，就是复仇之狱，即使伪装再好，犯罪者也会在“孽镜地狱”中显出原形。

马思望把小朱叫进来。小朱被借调进刑警队，本来是安排配合做侦查工作，小朱与马思望以前合作过，对马思望极其崇拜，一再要求做马思望的搭档，孙旭拗不过他，再加上马思望手下的确缺人手，就将小朱配给了他。

小朱的办公室在马思望隔壁，马思望敲敲墙壁，小朱推门进来。

马思望交代小朱说：“继续调查马文涛的过去，查他过去几年有什么不对劲的地方，结过什么不为人知的仇。”

小朱好奇道：“不是已经查过了吗？”

马思望道：“肯定有遗漏的地方，你们把工作再做细一点。”

小朱答应着出去了，马思望再度陷入沉思。

贺方的出现，将原本混乱无章的几件凶杀案牵扯到了一起。周晓莹、赵局、马文涛三人的谋杀案和捷豹女的失踪案，完全可以并案处理，在他们背后，隐藏着一个极度离奇变态的审判者，他用地狱审判的方式制造谋杀案，并用十八层地狱的方式，来制造凶杀案现场。

奇怪的是，他声称自己是审判者，可被审判的这些人，除了捷豹女，其他人都非常干净，是十足的无辜者。

警察花费大量人力物力，对这些死者的过去展开缜密调查，都难查出能证明死者有问题的证据，这就已经能说明问题了。

马思望揉着太阳穴，他已经枯坐了几个小时，脑袋疼得厉害，他吐了口气，再次进入贴吧，才一整天时间，捷豹女的视频下面，已经增加了十来万条回复，网友踊跃发言，该用什么手段来惩戒捷豹女。

马思望翻了七八页，就没办法再看下去了，网友脑洞大开，群情激奋，各类变态的私刑手段令马思望不寒而栗。

下午五点半时间，视频发布者又开了新的帖子，内容写的是，这样的人，是否应该送她下地狱呢?

帖子下面还设了投票功能，网友可以选择支持或是反对，如果支持人数超过十万，他就送捷豹女下地狱。

不到十分钟，就有数千人投了支持票，支持者与反对者的比例呈9:12，这个数字还在不断上涨。

马思望要求程仕嘉通知网站主管方，立刻停止投票功能。

程仕嘉打过电话后告知马思望，网站程序的规则，投票系统设置了时间限制，在这个时间内，投票系统一旦开启，人为是不可能关闭的。

程仕嘉说：“要不把贴吧封了吧。”

马思望否定了程仕嘉的提议，发帖者目的就是要全民参与这场谋杀，关闭贴吧，发帖者会立刻杀死捷豹女。

而且，玩这游戏对警方来说未必是坏处，发帖者秀得越多，暴露的破绽会更多，警方才有机会抓住他。

投票人数呈指数级上涨，网民一边倒地支持杀死捷豹女，投票页下的照片正是捷豹女逼死女工的画面，这张照片足以刺激普通人的热血。

孙旭风风火火冲进办公室，连气都没喘上一口，对马思望说："市委领导给我打了电话，一定要不惜一切代价把人救出来，你们有没有办法？"

马思望反问她说："昨天视频上的场景找到了没？"

孙旭的目光落在电脑屏幕上，网民投票率已呈疯狂上涨，孙旭火气上涌拍着桌子怒道："无法无天，凶手明目张胆地邀请百万网民参与谋杀，他这是当我们警察纸糊的吗？"

马思望给她递了支烟，说："他这样做就是要激怒警察，笼络网民，制造社会矛盾，杀人还站上道德制高点。"

孙旭抽了口烟冷静下来，对马思望说："气死我了，你问我什么来着？"

"视频中的场景在哪儿？"

孙旭喘了口气，说："我们挂出悬赏，发现视频拍摄位置奖现金三万，到现在都没收到任何消息，我怀疑案发地可能不在本市。"

程仕嘉也表示赞同，马思望却说："我怀疑这地方根本就不存在。"

孙旭和程仕嘉都吃惊道："不存在？"

马思望望着窗外，目光深邃，他缓缓道："凶手非常缜密，设计的杀局无懈可击，这样的人，绝不可能给自己留下尾巴。就算案发地在外地，总有人会上网，他们就有暴露的可能。除非那地方根本不存在，就是人为布置出来的，现场出现的人都是他们找的群演，这样他们才能保证绝对安全。"

孙旭和程仕嘉细细琢磨着马思望的推断，旋即恍然大悟，以凶手的狡诈多智，这是他最安全的选择。

程仕嘉道："咱们通过场景来找人看来没希望了。"

马思望掐灭烟蒂，笑道："未必，你发现没有，那些群演衣着长相普通，看几遍很都难记住长相，餐厅的摆设布局，也跟所有早餐店一样，这都是绑架者精心设计的。不过他们百密一疏，我在他们用的碗碟中发现了某连锁品牌的 logo。"

马思望暂停视频，果然在某处不易察觉的位置发现了碗碟上的品牌标志，孙旭激动不已，立刻安排人查去了。

这种早餐店随处可见，一条街上就能找到很多家，特别是车站附近，到处都是。因为价廉物美，这种早餐店生意通常不错，是市民早餐的首选。初步统计，在本市的这种早餐店，就有数百家之多，一家家地查下去，要投入大量人力。

网络上，投票活动一个小时后结束，支持判捷豹女死刑的网民多达上百万人，整个贴吧都刷爆了。普通市民在不受监管的虚拟网络上只要动动手指就可以拥有生杀予夺的权力，这种刺激让他们陷入集体狂欢。这种情绪一旦弥漫开，也将是可怕的。

捷豹女必死无疑。

发布者重新开帖留下一句话，三天后执行判决，正义会迟到，永远不会缺席！！！

捷豹女的生命自此进入倒计时。

孙旭调集所有能调动的人力，一家家地排查早餐店，一整天下来，累得人仰马翻，却没有得到任何有价值的信息。这项工作比预想的更加困难重重。

程仕嘉属下的技术员对视频发布者进行了 IP 跟踪，最后证实，发布者的 IP 与贺方留下的 IP 一致，对贺方突击审讯，他承认这一视频，是他在三天前设置的定时发布功能。

程仕嘉有些灰心丧气，对手太狡诈了，他们能想到的突破口似乎都在事发前被对手堵住了后路。

破案陷入僵局，马思望把自己锁在办公室研究对策，他意识到，要想从正规渠道拿到该品牌的任何配送品都是不可能的，他们只配给加盟店。也就是说，绑架者的这些东西，都是通过非正规渠道弄来的。

他们露出品牌标志，不是疏忽大意，而是刻意为之，就是为了给警察制造烟幕弹，扰乱警方侦查方向。

马思望了解到，要从其他渠道弄到该品牌的配送品也不是不可能，最简单的方法，是通过网络购物，现在非常火的某宝购物网，就有很多贩卖私制配送品的店铺。

马思望查过购物网，有数十家店铺在售卖这一品牌的配送品，销售量还非常大。

马思望立刻联系某宝购物网，很快得到近期本市用户购买过这些配送品的详细数据，一共十二人。查这十二人跟数百家商户比起来就容易多了。

马思望派小朱去核实情况，他一家家排查，从这十二个人里查出三个人最可疑，其中有个地址还是假的，手机也停了机，这人成了头号嫌疑人。

小朱带回两人到刑警队询问，马思望见了其中一个。

39

他对面是个瘦猴，三十岁出头，一副贼眉鼠眼的样子，穿着耐克的长袖T恤，宽大的衣服罩在他身上像条裙子。

乍一看，很容易让人误会，眼前这位是个瘾君子。

小朱熬了整个通宵完成了初步审讯。瘦猴属于地痞流氓一类人物，没有正当职业，靠不太干净的勾当谋生，他在网上购买连锁品牌的配送品，不是自己经营早餐店，是受人委托。

委托他的人也不是他的亲戚朋友，而是跟他有过一面之缘的一老头儿。他们还是不打不相识的仇人。

瘦猴儿在一条以售卖日用品为主的街道上物色目标，他盯上了一个干干瘦瘦的老头儿。老头儿买了一些日用品，结账的时候，他掏出一只破旧的钱包付的款，钱包里居然塞了一大摞钞票，瘦猴混在人堆里看得眼睛发直。搞定老头儿，这一票干下来，能够他吃几个月。

老头儿出了百货店，又买了几件小孩儿衣服，然后被人流推着漫无目的地闲逛。这正是小偷下手的好时机，瘦猴装作若无其事地从他身边走过，轻轻撞了老头儿一下，手捞向他怀里的钱包，没想到扑了个空。

瘦猴十五岁辍学在社会上瞎混，拜当时横行江湖的神偷翟实让为师，他算不上有天分的弟子，不过毕竟是名师门下，也学了一身不错的手艺，只要出门揽活儿，就没走空的，没想到这次居然要空手回去。

这对他来说是奇耻大辱。

瘦猴跟了老头儿一路，他暗中打量老头儿，实在看不出他像个身怀绝技的人。

老头儿从百货街出来，穿行在巷子里，瘦猴儿心里大喜，这老头儿专挑老巷子走，应该是在这儿住了很多年的老坐地户。瘦猴在人潮汹涌的百货街上失手，这杳无人迹的小巷子，可就是他的天下了。

老头儿走路都有些蹒跚，哪儿是他一个小年轻的对手，他要偷可以偷，偷不成还能明抢。

前面是老楼，巷子里几乎没人，瘦猴儿大摇大摆地朝老头儿走去，然后狠狠撞了他一下。钱包果然被老东西踹口袋里，瘦猴儿瞬间得手，他转身要走，却被老头儿抬手轻轻松松给逮住了。

老头儿把瘦猴儿按在墙上，瘦猴儿心里虽然狐疑，毕竟仗着自己年轻，他目露凶光，怒道："老东西，你找死？"

瘦猴儿手里还抓着他鼓囊囊的钱包，老头儿拽着他手腕，憋着一股劲儿不让他把钱包拿回去。

瘦猴儿掏出匕首，在老头儿面前晃了晃，狞笑："要钱还是要你这条老命，你自己掂量清楚。"

老头儿微微一笑，说："钱就摆在这儿，你要有本事拿去，这钱就是你的。"

瘦猴儿也算师出名门，多少有些傲气，老头儿明摆着侮辱他，他不禁大怒，提刀刺向老头儿。奇怪的是，他也没见老头儿出手，他的刀到了老头儿手里，瘦猴混迹江湖多年，多少见过世面，知道遇到高人了，只好服软认怂。

没想到老头儿居然没收拾他，还给他一些钱，让他帮他办一件事。就是要他在网上帮他买一些开早餐店要用的配送品。瘦猴很奇怪，这些东西网上到处都有卖的，老头儿完全可以自己买，就算他不会操作电脑，他可以让瘦猴儿教他，完全不必浪费这么多钱。

瘦猴不敢多问，帮老头儿网购了这些东西，按照老头儿的指示，运到了指定地点就走了，自此以后，他再没见过老头儿。

直到警察找上他，他才明白这一切是怎么回事。

马思望见到的第二个人，是个笑起来像弥勒佛一般的胖子，他身上满是油腻，从衣着上看，像个厨子。胖子的情况马思望在外面听审讯的干警说过。他经营了一家早餐店，卖包子、馒头、热干面一类的早点，味道一般生意平平，勉强能维持温饱。

胖子的早餐店挂的虽然是连锁店的品牌，却是山寨货，所以需要在网上购买品牌相关物料。这一点警方已经查证过，胖子自己也供认不讳，马思望亲自询问了胖子，察觉出胖子在一些关键问题上闪烁其词，他交代小朱说："去网店提取他取货的数量，再去他店里对这批货做对比，给我出份报告。我倒要看看，这些货是不是他自己都消耗了。"

小朱答应了，胖子脸色变得很难看，紧张地说："其实，我店里的配送品也给了别人一部分……"

马思望心里明镜儿似的，说："给了谁？想明白再说，坦白从宽抗拒从严是我们一贯的政策。"

胖子犹犹豫豫地交代了实情。

这批配送品，他也是帮一个老头儿买的，事实上，购买配送品的商家，也是他介绍给老头儿的。老头儿是他店里的常客，一来二去，他们熟络了起来，有时候会聊上几句。老头儿前阵子说，他有个朋友要拍一个小广告，要借他们店里的一些东西用用，胖子是个热心肠的人，他本想借给老头儿，可他自己也要做生意，无奈之下，他给老头儿介绍了这家网店。

老头儿让他帮忙买一些配送品，给了他不少好处费，他当时执意不肯要，在老头儿的一再要求下，他只好拿了一些。老头儿还请他帮忙找些客人去当群众演员。

马思望眼前一亮，对胖子说："群众演员你还能找到人吗？"

胖子摇了摇头，说：“我店里离不开人，客人是老头儿带走的，听说能白吃饭还给钱，店里客人全都去了。那天没什么常客，去哪儿了，我也不太清楚。”

马思望道：“去你那里的一般就是附近居民，就算有过路的客人，总有附近居民吧？”

胖子说：“我没留意有熟人。”

根据瘦猴的供述，马思望给老头儿做了画像，他拿给胖子辨认，胖子一眼就认了出来。

马思望根据胖子的回忆给那帮群演做了粗略画像，他们全都是上了年纪的农民工和底层技术工等。这些人有共同的特点，他们除了为生活奔波，对其他事情没有任何兴趣。他们不会上网，也不关注时下热门新闻，一门心思只想赚钱，所以找他们是最安全的。

马思望清楚，老头儿选中他们不是偶然，他一定观察了很久，确信这些餐客里不会混入其他阶层才选择了他们。

马思望审到深夜，再没从胖子嘴里撬出有价值信息，小朱带着两个警察疲惫地爬上楼，与马思望撞了个满怀。

小朱喊了声马队，马思望道：“怎么样？”

马思望对胖子进行接下来的审讯工作，小朱被安排去查第三个可疑电话，他带上两名干警，联合网监部门共同协作，这个号码显然有问题，他的通话记录只有寥寥几条，小朱查到开号营业厅就在距离胖子早餐店不远的位置，他常活跃的地点，在城西方向，那里是小偷结识老头儿的地方。

小朱向马思望汇报了情况，马思望决定做一个局，先诱出那些去给老头儿做群众演员的民工，如果能从他们嘴里套出视频中的具体位置，他们就往前迈出了一大步。他琢磨片刻，给小朱交代了若干细节，小朱匆匆离去。

公安干警们又是整晚没休息，胖子在天蒙蒙亮被人悄悄带回了早餐店。早餐店的位置不错，早上上班上学的人都会从他店门前经过，生意非常火爆。胖子悄悄在收银台前竖了块板子，用毛笔写了几个大字：

“免费试吃，有酬金，有经验者优先。”

行色匆匆的白领和学生，都是买了早点就走，两个小时里没有任何人来咨询试吃的问题。

马思望也混在食客中。上班族之后，附近的民工先后有人进来，他们大多吃便宜又能充饥的热干面，民工匆匆吃完上工地去了，可这块奇怪的牌子，仍然无人问津。

马思望记得一个头发花白的老头儿付账的时候，瞟了一眼纸板，跟胖子闲扯：“人家高档酒店聘试吃员，那是了解食客口味，你们这小早餐店搞这个，这不浪费钱嘛。”

胖子只能干笑，老头儿摇着头走了，早餐店很快空了，马思望皱眉道：“怎么一个人都没有？”

胖子很无奈，马思望说：“你该干吗干吗吧。”

胖子继续在炉灶中忙活，后来的客人都很零散，到了中午人又多了起来，这时候的客人都是附近工地的农民工。农民工收入微薄，一份热干面管饱，只需要4元，胖子的早餐店是他们不错的选择。

马思望混在农民工里很扎眼，他出去转了一圈回来，人已经少了很多。他进门就注意到一个民工有意无意地跟胖子闲扯，胖子冲他瞟了一眼，他心领神会地走了进去。

胖子说：“我们招聘的是有经验的，你以前吃过没？”

民工嘿嘿笑着对胖子说：“你忘了？上次你给我介绍了一老头儿，我在他那儿吃过……”说到这儿，他像是意识到了什么，立刻闭上了嘴。

胖子一拍脑门，说：“我想起来了，你上次来过我这儿。”

民工笑道：“没来得及进门，遇到工友跟老头儿出门，听说白吃白喝还有钱拿，我就跟他们去了。”

胖子连连说是，两位便衣站了起来朝民工包围了过去，小朱掏出证件，对民工说：“警察，跟我们走一趟吧。”

40

民工苦苦哀求，一再强调他是好人，小朱将他押上警车，汽车驶回市刑警队。

马思望亲自对民工进行了审问。

民工很害怕，马思望让人帮他打开手铐，民工简直要哭出声，激动地说："我就是个泥瓦匠，除了干活儿吃饭，啥坏事都没干过，你们可不能冤枉我。我上有七十老母，下有三个娃娃，全仗着我这双手吃饭呢……"

马思望盯着他说："你心里清楚，我们为什么抓你。"

民工脸色顿时大变，马思望说："你又吃又拿，天底下有这样的好事吗？你肯定怀疑过，不过你拿了人家封口费，不敢乱说话，对吗？"

民工抓着头发，一言不发。

"我们的办案宗旨，抗拒从严，坦白从宽。你出来讨生活不容易，如果为了这点蝇头小利进去了，你想想你一家老小该怎么活下去？"

这话戳在他心坎上，民工立刻怂了，对马思望说："领导，您要问啥，我知道的全说，您一定高抬贵手放过我啊。"

民工交代，那天他们跟老头儿上了一辆金杯面包车，老头儿给每人发了一百元钱，说到了地方，除了有饭吃，还会再发一百元。不过老头儿要求，所有人必须蒙上眼罩，这帮民工仗着自己年轻力壮，再加上又都是自己工友，虽然有些怀疑，还是照办了。

面包车开了大概 40 多分钟，他们下了车，又蒙着眼睛走了半个小时左右，他们取下了眼罩，来到一间漆黑的空间。有人开了灯，他们才发现这是一座废弃工厂，里面又脏又乱，地上墙上，都是厚厚的灰尘。

他们被带到一间干净的房间，老头儿又给大家发了钱，房间布置成了一家早餐连锁店的格局，热腾腾的面食早就准备好了，饥肠辘辘的农民工立刻开吃。

他们吃饭的时候，进来了一位穿着肮脏破烂的女服务员，女人打扮很怪，她眉眼很漂亮，却刻意打扮成丑八怪的样子。民工虽然没见过什么世面，也能从女人的怪异动作感觉到，她可能已经被人限制了人身自由。

女人给他们服务的时候，老头儿拿着一部 DV 给他们录像，录像完毕，老头儿告诉他们，如果吃饱喝足，就可以离开。老头儿又给他们蒙上眼罩，开车送他们回到上车的地方。

小朱大喜过望，对民工说："你记得车牌号吗？"

民工对车牌并不敏感，再加上他们上车下车都很匆忙，只是简单瞟了一眼，很难说清楚完整车牌，只记得两三个数字，而且数字还未必准确。

根据民工的交代，警察对全市所有登记在册的金杯面包车进行了排查，找出符合这一车牌特征的车辆有一百多辆。

在这么多辆车中找出疑似车辆，不但工作量奇大，而且要真找出那辆车，可能性很小。

马思望想到了一个办法，他听农民工自称记忆力很好，便找了一辆车载上农民工，蒙上他眼睛，说："我带你走几条不同的路线，如果你听出来沿路声音跟你听到的很相似，你告诉我。"

那农民工听马思望说，只要积极配合警方破案，他就会无罪，心里又惊又喜，当然愿意协助警察。

农民工很自信地说：“只要找到那条路，俺一定能辨别出来。”

小朱驾车，马思望坐在民工身边，他们把附近几条路都走了一遍，民工突然说：“等等……停一下……”

小朱急忙刹车，民工说：“是不是有人在卖发糕？”

马思望瞟向窗外，对面马路边上，一家小门脸儿前摆着一笼热气腾腾的发糕，老板娘扯着嗓子喊着：“发糕……新鲜出笼的发糕哎……”

马思望确定说：“对。”

民工紧张地说：“沿着这条路开八分钟左右，右转……”

马思望道：“你怎么知道右转？”

民工：“老头儿不会开车，他是给司机指路，车开了一段，他让司机右转。我就坐他附近，听得真切。”

马思望挑选的时间，与民工跟老头儿走的时间一致，这就能确保附近路况接近，他们开车的速度，也大致与老头儿的速度一致。车行八分钟，右边果然出现路口，小朱转进去，沿着那条路继续行驶，民工不停地验证着路上的情况，以此确定路线。

民工突然喊了一声：“停车！”小朱急忙停下。

民工道：“这儿应该有个卖鞋的，好像是特步牌儿运动鞋，你看附近有没有？”

马思望下了车，两边根本没卖鞋的商店，他琢磨片刻，走进一家水果店打听，老板说：“前几天的确有这么一家运动鞋店，扯着音响清仓甩卖，已经卖光了，老板也就关门歇业了。”

马思望回来告知民工，这里的确有过一家特步专卖店，不过已经关门歇业了。

民工惊喜地说：“这就对了，你们注意一下，两分钟后前面有个十字路口，要在这里掉头。”

天黑的时候，民工喊停了汽车。小朱说：“这里太臭了，我朝前开点，咱们脚下还都是烂泥，没办法下车。”

民工说：“就停这儿，就是这儿，现在下车。”

车辆停下的位置是一处破旧的菜市场，周围垃圾遍地，腐败的气味异常恶心，马思望搀着民工下车，民工贪婪地嗅着臭味儿，惊喜交加地说：“没错，我们当时就是在这儿下的车。”

“是菜市场！”

“我闻到过猪粪味儿，哪儿有猪粪？”

小朱在菜市场角落里找到一堆猪粪，这里是宰杀生猪的场所，民工依旧蒙着眼睛，马思望把他搀过来，民工嗅着气味问马思望说：“右边有没有路？”

“有条小路，看样子后面可能是小商品市场。”

他们沿着小路一直走到尽头，前面又出现一条马路，马路上来往的都是渣土车，路上也没有路灯，灰尘漫天飞扬。

他们沿着马路走了八分钟左右，民工停了下来，说：“现在咱们在哪儿？”

马路周围出现一个破旧的工厂，瞥见这些厂房，马思望心里突突地乱跳，他们距离目标已经无限接近了。民工说：“应该就在附近，不过我没办法确定具体位置。”

能找到这里已经是巨大成功了，周围厂房面积很大，要找到关押捷豹女的位置，还需要进行排查。不过这对警方来说，算不上难事。

马思望吩咐小朱，两人分开调查，遇到情况先按兵不动。

马思望解开民工的眼罩，两人穿过马路，前面都是黑乎乎的厂房。他们逐间排查，夜晚工厂没有任何声音，民工不能靠听觉去验证，这无疑增加了更复杂的不确定性因素。

他们深入进去才发现厂区面积比想象中更大，要从这么多的厂房中找出关押捷豹女的那间无异于大海捞针。几个小时过去，他们没有找到有价值的线索，小朱那边也没动静，马思望越发忧心忡忡，民工突然停下脚步，他的目光落在不远处的一栋黑漆漆的破旧厂房前。

护栏前挂的是江城第一纺织厂的牌子，字体已经剥蚀得厉害，院墙斑驳发黄，护栏斑驳，院子里杂草丛生，厂房显然废弃有些年头。

几年前马思望在媒体报道上了解过第一纺织厂，因连年亏损和债务纠纷，纺织厂被迫宣布破产，甚至连工人工资和货款都无法偿还，还发生过多起工人围堵政府部门讨债的事。

民工忐忑地建议说："要不要进去看看？"

厂门紧锁，这对马思望来说当然不是问题，他轻盈地跃上墙头，又拉了民工上去，两人跳进栅栏里面。地面太过湿滑，民工一跤摔断了腿，马思望只好把他搀到大门口坐下。

他让民工等在门口，自己进了厂房。纺织厂当年也是省城数得上号的大企业，他们的制造车间只有庞大能形容，正对厂门的是一号车间，紧邻的有三、四、五、六号车间，车间旁边又有食堂、职工宿舍、办公楼等。

马思望进了一号车间，车间里的机器早被搬空了，里面都是制造垃圾和生活垃圾，还散发出一种浓重的腐臭味。马思望捂着鼻子在车间里寻找着，车间旁边还有好几排空房间，他推开一扇门，里面东倒西歪的全是桌椅板凳，他刚要出门，突然注意到墙角有只饭盒。

这是只早餐盒，从食物上的发霉痕迹来看，应该就是几天前留下来的。

而这些桌椅，显然是人群匆匆离开撞倒的，地上还有明显的踩过淤泥的脚印交叠在一起。地上还有手推车轮子碾轧过的痕迹。肉眼能分辨出来，这些印迹产生的时间并不长，就在最近几天。

他再仔细打量，赫然发现这间房间，正是视频中出现的那家早餐店。马思望又惊又喜，急忙打电话，等痕迹组勘验过后就能有定论，他迫不及待。

手机传来嘟嘟的忙音，他这才注意到一格信号都没有，他紧张地重启手机，外面走廊突然传来轻微的脚步声。小朱还在马路对面，短时间不可能赶来，民工师傅小腿骨折，走路都困难，更不可能悄悄进来，那么，那若有若无的脚步声是谁发出来的？

外面又紧接着响起铁门与地面摩擦的声音，马思望意识到不好，急忙朝外冲去，还没到厂房门口就看到两扇铁门在他面前缓缓合拢。马思望这一惊可非同小可，他早就研究过厂房结构，这扇大门是整个车间的唯一出口，从外面锁死，就等于将他困在了里面。

他冲到门前，铁门已经纹丝不动，被牢牢锁住。他大声呐喊，没听到任何回应，民工师傅就在门外台阶上，如果他还是安全的，一定能听到他的呼救……也就说，民工很可能已经遭遇不测。

41

既然门开不了，只有寻找新的方法，马思望强迫自己冷静下来，然后上了二楼。

二楼空间很大，房间更多，属于工厂办公区，他立在走廊中间琢磨着逃出去的办法，突然看到一道黑影一闪而过隐遁进黑暗之中。

马思望反应过来，急忙追了上去。

他一个个房间找下去，到最后一间却发现房间还有一扇后门，他推开门，后面是一间巨大的仓库。

仓库里有五座蓄水池，两座水池还有蓄水，他一路朝前搜寻，在两座水池中间过道里发现了一只鞋子，鞋上有新鲜血迹。

马思望大喜，他小心地提起鞋子，正要站起身，脖子上突然一凉，一根粗铁丝勒住了他，被勒翻在地。他整个身体被人拖着快速朝后倒退，一时喘不过气来，双手拼命朝后抓去，瞬间抓住了对方的腿，他铆足劲儿将对方掀翻在地，脖子上的铁丝瞬间松开。

摔倒的时候，他的手电筒也摔出几米开外，他一旦脱困，瞬间翻身滚向手电筒。在这伸手不见五指的黑暗中，光意味着一切，他人还没到，一只脚飞了过去，迅速踢飞手电筒。

手电筒没了，可敌方也暴露了自己的位置，马思望瞅准机会，飞扑向对方。他迎来的是对方一顿猛烈的拳脚。

马思望读的是犯罪心理学专业，警校虽然会开设搏击课程，可他的拳脚功夫算不上特别出彩。这一顿厮杀下来，他稳居下风，被踢翻在地。

那人再次扑来，马思望摸到一根棒子，他翻身抡圆了迎上去。这一棒结结实实打在那人腿上，只听一声闷哼，那人后退两步，突然拔腿就跑，马思望起身就追，刚追到门门，仓库铁门“哐”的一声从外面关上了。

马思望冲了上去与对方相持，铁门在他面前一点点地关闭。

马思望道：“你是谁？”

一个沙哑的声音轻蔑地说：“天才警察？”

马思望沉默。

那人冷笑道：“我承认你是个聪明人，那又怎么样呢，还不是要在这儿孤独死去？”

他给门上了锁，然后拖着沉重的步伐渐渐离去。

坐以待毙不是马思望的风格，他回到蓄水池边上，手电筒玻璃虽然损毁了，可灯泡没坏，还可以使用。他仔细观察发现仓库是整个车间无法割裂的一部分，墙角隐蔽处有硕大的管道和机械隐形装置，蓄水池的作用应该是冷却机械装置。

这么多管道，总有一条是可以通向外面的，马思望逐一检查，可惜每道管道都被封死。来到最后一块蓄水池前，水池堆满了废弃机械、柜子桌椅一类的东西，一扇巨大的铁皮半盖在水池上方。

马思望揭开铁皮，居然在水池角落发现一位瑟瑟发抖的女人，她手脚都被捆，嘴里塞了块破布，目光呆滞地凝视着自己。

马思望发现她脸上污迹斑斑，满是伤痕，衣服破烂，皮肤粗糙，眼神黯淡无光，他再仔细确认，突然意识到，她不止是已经失踪多日的捷豹女？

他急忙跳下蓄水池朝捷豹女走过去，又掏出警官证对捷豹女说：“我是警察……来救你的……”

捷豹女呆呆的，目光无法聚焦，仿佛聋了。

“你是不是冯颖儿？”马思望大声问道。

捷豹女依旧没有反应，想必这些天的折磨已经导致她精神失常了。

马思望叹了口气，替她解开绳子，她腿脚因为长期捆绑导致失血坏死，皮肉出现严重溃烂，长了很多脓疱。

他站起身拉着捷豹女准备爬上去，捷豹女却使劲儿挣脱了他，指着前面傻笑起来，马思望拿手电照过去，水池墙壁上一整面居然是一幅油画。

马思望定睛看去，画面上是一处悬崖，悬崖中间夹着一口大锅，大锅下生着大火，锅里热油滚滚冒着热气，两个举着长勺锅铲的小鬼搅拌着锅里的热油。一个女人被两个小鬼扛着扔下油锅，油画画得十分传神，马思望细细分辨，认出画上女人正是捷豹女。

他研究过十八层地狱，每种地狱都熟记在心，一眼分辨出来油画中画的是第九层“油锅地狱”。

卖淫嫖娼，盗贼抢劫，欺善凌弱，拐骗妇女儿童，诬告诽谤他人，吃动物肉者，谋占他人财产，妻室之人，死后打入油锅地狱，剥光衣服投入热油锅内翻炸，啪啪直响！依据情节轻重，判炸多遍……有时罪孽深重之人，刚从冰山地狱里出来，又被小鬼押送到油锅地狱……

此为上九层，即东地狱，虽叫法与酆都略有不同，可见地狱何其多也，《水陆全图》中下九层的西地狱，则更为残酷……

捷豹女间接害死女工和她孩子，刚好适合欺善凌弱，一场争吵本来没什么大不了，这座城市每天都有很多人在吵架。可吵出一尸两命的却闻所未闻，再加上捷豹女显赫的身世，给这场争端带来广泛的关注度。

凶手的意图很明显，他将会采用“油锅地狱”的方式，来审判捷豹女。

通俗一点来说，他要给捷豹女下油锅。

这是比极刑还残酷的一种酷刑，捷豹女出身显赫，又有着无人能比的花容月貌，经过油锅酷刑，再美丽的皮囊，都会化成一堆枯骨吧？

还有比这更好的惩罚方式吗？

在油锅里，再奢华的豪车、再漂亮的容貌、再名贵的奢侈品、再尊贵的地位，全都会化成飞灰，一切都会烟消云散，赤条条来，又不着一物地离开。

好一个“油锅地狱”，马思望心里忍不住冒寒气，这是有多大仇恨才会制造出这么残忍的杀人方式？

就算杀死她，也要摧毁她最在意的东西，从灵魂深处将她曾引以为傲的一切，全都毁灭。

捷豹女的傻笑很快变成哭泣，她指着壁画眼泪止不住地流下来，马思望宽慰她说：“我是警察，我一定会救你出去的。”

捷豹女瞪着他傻笑起来，像是根本不信他的话。

马思望琢磨着怎么逃出去，水池很深，没有攀爬和借力的地方，没工具很难爬出去，更别说还带着一个精神失常的女人。

这时，他察觉到脚下湿漉漉的，水池居然在注水，更可怕的是他很快发现这根本不是水，而是油。

空气里弥漫着浓重的油脂味。

油脂在蓄水池里爬升的速度奇快，转眼漫过他脚背，水池壁上的油画仿佛恐怖的预言。马思望明白了，他以为自己在救人，其实这是凶手设下的圈套，他是要自己给捷豹女陪葬。

他四处寻找油脂注入的口子，奇怪的是他没找到进水口，油脂却以快到不可思议的速度注入。马思望知道，真正要命的不是油脂升高，就算油脂再多，他还会游泳，真正可怕的是加热装置。

时间一分一秒过去，油脂越积越多，连冯颖儿也察觉到情况不妙，变得异常焦躁。马思望顶着内心的恐惧，还要好言宽慰冯颖儿，在他的劝说下，冯颖儿静了下来，她像个极度缺乏安全感的孩子，要抓着马思望的手才能镇定。

油脂漫到了腰部，如马思望所料，加热装置已经启动，油脂温度迅速提高。这是个危险的信号。

没人来救他们，他们只能寻求自救。马思望将池底一堆乱七八糟的东西堆在一起，然后将冯颖儿推了上去，那些柜子残破不堪非常脆弱，勉强能支撑冯颖儿的重量。油脂已经蔓延到他胸，油脂的温度也在急剧上升。

马思望能感觉到热油的灼烧感，池中的杂乱物件用来支撑冯颖儿，剩下的那些杂碎已经起不到任何作用。马思望心急如焚，他的生命已经进入了倒计时，他突然注意到头顶上那面破旧的铁皮。铁皮低低地垂在他头顶上，他灵机一动，使出吃奶的劲儿跃出水面，拽着铁皮盖落了下来。

铁皮盖子卡在水池中间，马思望攀着铁皮边沿吊了起来，瞬间脱离了油面。他一脱离水池，油面陡然升高了数尺，如果没有这拼命一跃，此刻的他恐怕已经被滚油淹没。

他悬挂在半空中，冯颖儿站在废弃的柜子上，油面白烟滚滚，浓重的烟雾熏得他们睁不开眼睛。冯颖儿在滚油和白烟的刺激下显得焦躁难安，马思望担心她会失足落进油锅，想办法脱困的同时又要安抚冯颖儿的情绪。

发展到这一步，马思望已经没有退路，就算苦苦支撑也不过十来分钟的事。在高温烘烤下，他的体力在快速消耗，就算油面不升上来，他恐怕也很难支撑。

马思望从警这么多年遇到过不少危险，他曾被犯罪分子拿枪指头，也曾身中数刀，还被犯罪分子当成人质，可跟这次比起来，之前的遭遇都只能算是儿戏。

油面漫上了冯颖儿站立的桌面上，冯颖儿惊叫不已，马思望竭尽所能地安慰她。现在唯一的希望就是小朱能及时赶到，可小朱哪怕找到纺织厂，又怎么找到仓库来呢？

他的身体摇摇欲坠，外面突然响起开铁门的声音，像是有人朝他们走了过来。

他忍不住大喊：“小朱……我们在这儿……”

话一出口，他就意识到情况不妙，如果真是小朱，他怎么会知道他们被困这里？又怎么会不先出声询问？

外面抛下来两根粗麻绳，马思望牢牢抓住一根递给冯颖儿，那头用力，冯颖儿被缓缓拽了上去。

马思望抓住另一根，他手脚并用，很快爬出了蓄水池。

他惊奇地打量周围，冯颖儿呆呆地坐在过道上，附近并没有第三个人，马思望摇晃着冯颖儿问她道：“救我们的人呢？”

冯颖儿冲他傻笑，对马思望的追问置若罔闻。

马思望顾不上休息，提着手电筒追到门外，铁门是开着的，走廊上空荡荡的，没有任何动静。

而他透过二层楼的护栏，看到一楼车间大门洞开，白惨惨的月光照射进来，将车间里的陈旧机械和废弃物，映衬得阴森无比。

马思望又惊又喜，他飞奔进房间，拉着痴呆的冯颖儿一口气冲出车间。

外面有凉风吹来，他忍不住打了个寒战，刚才他只顾求生没意识到，在油池高温的炙烤下他浑身上下起了许多热疱。现在温度降下来，火辣辣的剧疼才真正将他包裹。

冯颖儿的状况比他还糟糕，她皮肤白皙细腻更加脆弱，身上的油疱也更夸张，像生了手足癣的病人。

马思望搀扶着冯颖儿来到门外，冯颖儿虽然精神失常，却也知道马思望是她的救命恩人，一路紧跟着他。台阶上的民工不见了踪影，马思望担心民工师傅的安危，他暴露了凶手巢穴，以凶手的凶残，恐怕九死一生。

他们出了厂区手机才有了信号，小朱的电话打了进来，小朱焦虑地说：“老大，你们人在哪儿呢？”

“你在哪儿？”

“我过马路了，朝你们这边过来，你们具体位置在哪里？”

马思望说了位置，小朱很快赶到，见到伤痕累累的马思望，小朱倒吸了一口冷气。很快他的注意力被冯颖儿给吸引住了，小朱奇怪地问：“她是谁？”

“你仔细看看。”

小朱打量了冯颖儿一会儿，失声道：“她是捷豹女……”

马思望点了点头，小朱环顾四周没见到民工，狐疑地说：“民工大哥人呢？你俩不是一块儿吗？”

马思望告诉他刚才发生的事，小朱震惊不已，他急忙联系了警队，当地派出所很快派人过来对附近展开搜索。刑警队的大队人马也在半个小时内赶到，封锁了整片区域，各部门分工开始协作。

马思望和冯颖儿被就近送进医院治疗，冯颖儿的市领导爸爸亲自来医院看望马思望，马思望不善与人交往，更不喜奉承人，好在孙队长及时赶到，替他解决了麻烦。

送走了领导，孙旭回到病房，马思望身上缠满绷带，活像具木乃伊，只露出一双异常明亮的眼睛。

孙旭动容地说：“小朱都对我说了，你还真是命大，否则，我现在恐怕要去给你收尸了。”

马思望沉吟道：“我不认为是我命大，这背后一定另有玄机。”

“你是说救你的人？”

马思望轻轻点了点头，目光变得凝重起来，窗户“啪”地被风吹开，他扭头看向外面，一场暴雨过后，繁花落了一地，片片都是伤痕。马思望心情无比惆怅。

孙旭忧心忡忡地看着他，轻声说：“下次不要这样冒险了。”

马思望不置可否地“嗯”了一声，奇怪地看着她，孙旭的脸刷地红了，瞪了他一眼，扭头出了病房。

42

马思望在医院躺了两天，在这两天时间里，他并没有真正休息下来，不只时刻关注前线工作人员的进度情况，他还将所有事情线索综合起来，那天晚上发生的事，有太多无法说清楚的地方。

那个拯救了他和捷豹女的人，会是谁呢?

他能肯定，绝不会是民工。

说到民工大哥，他经过仔细分析，认为自己忽略了一条重要线索，那就是民工大哥不只记忆力超群，他的侦查能力也太强了。

为了验证自己的推测，他找了一位基层民警，蒙住他眼睛重新走了一遍那段路，然后让他根据听觉再从几个方向找到那条路，那位具备一定侦查知识的民警彻底蒙圈。

连具有侦查经验的民警都难分辨出来，更何况一位文化程度有限的民工，就算他在附近工地工作时间很长，了解周围情况，也不至于能分辨得这么清楚，马思望意识到，这是一个精心设计的陷阱。

他一阵毛骨悚然，凶手的诡异狡诈，他早就见识到了，周晓莹案、马文涛案和赵局一案，无不显示出凶手超人的智计，可他没想到，自己这么小心慎重，还是被他算计了进去，他的能力，显然超过了他对他的认识。

如果不是暗中救他的人出现，他早就和冯颖儿一起，化成了两堆油炸麻花。

凶手用地狱审判的方式，接连制造凶杀案，他杀的人，在某种程度上，都与审判方式契合。可他马思望，不过是一介警察而已，他仔细分析自己的过去，没有哪一项符合油锅地狱的设定，凶手用这种方式杀他，是不是过于草率了？

或者说，凶手想除掉他，并不是早就计划好的，只是临时起意，一般来说，这种杀人方式，很可能是他无意发现了凶手的秘密，凶手想杀人灭口。

于是，凶手利用捷豹女做饵，引诱他进入蓄水池，让他陪着捷豹女一起去死。

两天后，马思望在医院待不下去了，医生要求他必须住院半个月，他身上的烫伤不能感染，否则会危及生命。马思望说服不了医生，他偷偷离开了医院，开走了停在医院的汽车，车是他让小朱开来的。

小朱对他言听计从，虽然也担心他的状况，不过他早被马思望彻底折服了，马思望的话对他来说就是圣旨，他没有质疑的勇气，更不会拒绝执行。

马思望包裹严实地钻进车里，小朱紧张道：“你这样真没事儿？”

马思望笑道：“我已经查过资料了，只要避免感染，按时用药，不会有事的。咱们办完了事，我再回医院打针换药。”

见他这么自信，小朱只好将车钥匙交给了他。

马思望发动汽车，驶离了地下车库，在这个月黑风高的晚上，他又来到第一纺织厂的废弃车间前。

整栋厂房都被警方封闭，他心里清楚，痕迹组的同事已经对整座厂房做了完整的检查，收集了所有有价值的信息，他已经没有进去的必要了。

他将车停在马路边上，绕到厂房后面，那是一片开阔的空地，空地上长满了半人高的杂草。据说这是纺织厂二期工程留置地，可惜没等到二期工程动工，纺织厂就倒闭了，空留下这大片土地。

他没在空地前停留，而是沿着荒草朝前走去，走到空地的尽头，那上面有堵矮墙，他翻过墙爬上一土坡，站在坡上回望矗立在黑暗中的纺织厂，厂房巨兽一般耸立在他面前。

在距离厂房几百米外的其他厂区，可以看见零星的灯光还在亮着，唯独这片建筑，像是黑色的坟墓，没有哪怕一丁点活气。

怪不得凶手会选择在这儿执行对捷豹女的油锅地狱之刑。

马思望长叹了口气，夜风从荒原上吹过来，吹透他裹在身上的纱布，疼得他抽搐了一下，钻心的疼痛。

在马思望的坚持下，医生同意派人去刑警队给马思望打针，马思望回到一线继续展开追查凶手的工作。因为有充足的证据证明周晓莹、赵局长、马文涛和冯颖儿等几件案子，都是凶手以地狱审判的方式杀人，上级同意马思望的意见，进行并案处理，由马思望负责主持专案组的侦破工作。

马思望顺利救出冯颖儿解了孙旭的围，否则她不只丢了刑警队的脸，还会连带承担责任，刑警队长的职位都未必保得住。

孙旭见马思望恢复得差不多，打算请他吃顿饭，算是感谢他的舍命帮忙。

马思望不客气，满口答应，下午下了班，马思望突然接到一个电话，是同安堂李姐打来的，还没听电话马思望就有不好的预感，担心小子炫又惹祸了。他心里苦笑，做好了挨批的准备，没想到电话里传来李姐的哭声，李姐说：“你快过来一趟，子炫他出事了。”

马思望脑子里轰地炸了，急忙催问说：“怎么回事？”

李姐急道：“你别问了，快过来，现在就过来。”

马思望风风火火地出门，出电梯时他碰到来找他的孙旭，孙旭今天破天荒地地穿了裙子，还化了妆，见到马思望，她俏脸绯红，还没来得及开口，就听马思望说：“我有急事，下次再请你。”

孙旭气恼得要怼他，马思望人已经不见了，外面响起汽车发动的声音。

孙旭目送他驱车离去，一阵晕眩，她想不明白，为什么跟他好好吃顿饭都变得这么难。

她提着一只包装精致的纸袋，是一件雪白的衬衣，孙旭见过他大学时的照片，那时他一身正装，穿白色衬衣，干净清冷。今天是他的生日，没有人记得，甚至连他自己都忘了，孙旭惦记了好几个月。

她早就替他选好了生日礼物，请他吃饭是假，她想陪他过生日。

孙旭呆立在门口，来往的同事跟她打着招呼，她机械地应付着，眼圈却不知不觉地红了。

整个警队都知道她的火暴性格，在工作上，她比男人还男人，她的威名在兄弟单位一度成为传说，没人会想到她还有温柔的一面。

她清楚，马思望从来没把她当过女人，在他眼里，她是同事、是领导和兄弟，仅此而已，可是在她这里，他不是……

她总会情不自禁地想他，想陪他待在一起，看他运筹帷幄的样子，与他协同作战，一起侦破大案，哪怕冲锋在枪林弹雨里，她都觉得幸福，因为他们是在一起的。

有他在，她觉得幸福。

可是，他是这样的吗?

马思望一路疾驰，以最快的速度赶到了同安堂。

外面下着雨，同安堂大门前的灯是灭的，不知道是坏掉了还是怎样，给马思望一种不好的预感。

他推门进去，走廊里只亮了一盏灯，微弱的灯光将同安堂的建筑摆设映照得异常冷清，仿佛没一丝人气。

马思望喊了两声李姐，就见一个佝偻的身影从侧门楼走出来，是金老师。

马思望急忙迎上去，金老师见是马思望，长叹了口气，马思望焦急道：“金老师，子炫呢？李姐给我打电话，说他出事了，他到底怎么了？”

金老师道：“子炫和同学在楼上打闹，从四楼摔下来，受了很严重的伤，已经被急救车接走了，李姐陪他一起去了。”

马思望如遭雷击，从四楼摔下来，子炫那么小的孩子，哪儿还会有命在？

他仿佛能看到黑暗中子炫瘦小的身体蜷缩在地上轻轻地蠕动，鲜血从他身下不断冒出来，瞬间在地面上积攒出大片血迹。

他还只是个孩子啊，他怎么会这样？

马思望颤声道：“到底是怎么回事？学校的安全设施不是非常完善吗？怎么会出这样的事？”

金老师抹着眼泪说：“这件事咱们以后再说。你先去医院看看子炫吧，李姐半个小时前给我打回电话，说子炫还在急救室抢救，她准备给子炫输血。”

想想也是，现在不是调查这些的时候，拯救小子炫的生命才是最重要的，他打听清楚了医院，飞奔出了同安堂，跳上车直奔医院而去。

一路上，马思望不停祈祷，你可千万不要出事，你已经够可怜了，如果再有什么三长两短，命运对你实在是太不公平了。

等红绿灯的时候，他一拳狠狠砸在方向盘上。他恨自己这段时间太投入工作了，没有好好照顾小子炫，上次他打电话过来，说有事要告诉他，如果那时候他能来看他，陪他谈心，释放他的压力，他也不至于这样吧？

泪水溢出眼眶，他颤抖地给自己点上烟，内心深处的某种悲恸，他怎么都不能排遣出来，一直钻到黑暗的深处，再深处，与血脉融合在一起，腐烂、变质，生出脓疮。

为什么会这样呢？

他的人生已经足够悲惨了，从小只能在父亲的陪伴下长大，爸爸又在他面前被虐杀致死，来到同安堂，本以为他的人生会逐渐被修正，他能忘掉过去的痛苦，没想到又会生出这种横祸。

他赶到医院，冒着瓢泼大雨冲进门诊大楼，又向值班护士打听了急救室的位置，他等不及坐电梯，爬楼梯狂奔上八楼，在急救室长椅上见到了哭成泪人的李姐。

他喊了声李姐，李姐突然在他面前跪了下来，哭着嚷嚷道："对不起……是我没照顾好子炫……我对不起你……"

马思望一路上的怒火在李姐的泪水和悲伤中烟消云散。

他宽慰李姐，李姐痛苦地说："就那么一会儿工夫，孩子们吃过晚饭在游戏区打闹，我去厨房帮着做事，就听到孩子们的哭声，我跑过去一看，子炫躺在楼底下，身下全是血……"

她痛苦地抱着头，马思望紧握着她的手，她浑身都在颤抖，可以想到，她内心的自责到了什么程度。

"我以为那件事发生之后就不会再来了，没想到……我还是没看住他们……"李姐捶打自己的脑袋。

她儿子的死对李姐刺激很大，还一度患上严重抑郁症，住过一段时间医院，花了整整两年时间才走出来。

马思望能感觉到李姐对孩子的喜爱，是出于母亲的天性，她对小子炫的宠爱，他也能感受到。同安堂那么多孩子，李姐精力毕竟有限，不可能事事都关照到，子炫这个年纪的孩子，又是最调皮的时候，出了这样的事，谁又能想到呢?

他不能苛责任何人，非要责怪谁的话，只能怪命，命运对小子炫实在是太不公了。

他们在急救室外等了整整四个小时，医生疲惫地走出来，马思望搀扶着李姐过去，医生说："你们是病人家属？"

马思望犹豫着说："他是孤儿，我们是孤儿院监护方。"

医生责怪地瞪了他一眼，说："怎么不好好照看孩子，这孩子命大，不过留下的后遗症是终生的。下肢粉碎性骨折，全身多处器脏受损，严重脑震荡再加上颅内出血。我们已经对他进行了止血手术，不过照目前情况来看，就算救过来，也会是残疾……"

马思望脑子嗡地炸了，才燃起的希望再次破灭了。

李姐浑身颤抖地瘫在地上，烂泥一般，马思望怎么都拉不起她来。

马思望含着泪水对医生说："我们能去看他吗？"

医生交代，半个小时后通过 ICU 的闭路电视可以看到子炫，马思望和李姐千恩万谢地送走了医生。

入院收治的费用是李姐缴纳的，不过照小子炫这情况，同安堂显然承担不起这么庞大的治疗费用。光刚才的抢救就已经花费了两万元，李姐拿出所有积蓄垫付了三万元，马思望去取款机提了三万元交给李姐。

李姐死活不肯要这钱，马思望知道，她对子炫心存愧疚，可从道理上来说，这并非她的责任。再说她孤身一人，同安堂的工资微薄，她能存下这些钱很不容易，马思望硬将钱塞进她包里。

他按住李姐推让的手，动情地说："子炫变成这样，谁都不想，这不是你的问题，要怪只能怪这孩子的命不好。"

李姐泣不成声。

护士在闭路电视前喊刘子炫家属，马思望和李姐急忙过去，电视屏幕里的子炫浑身缠满了纱布，还在挂吊瓶输液。他歪着头陷入沉睡，脑袋肿胀得厉害，头上缝线的伤口渗着血迹，看着触目惊心。

李姐捂住嘴巴，强迫自己不哭出声来。

马思望默默在心里祈祷："如果真的有神在天上看着，请你对这个孩子好一点吧，他的命太苦了，他还那么小，小到根本不可能扛起这些沉重的苦难呵……"

马思望陪李姐在医院守了一夜，他渴望出现奇迹，小子炫能突然睁开眼睛，可现实总是残酷的。

一大早马思望接到队里的电话，要求他立刻回队参加专案组会议，他向李姐告别，李姐催他赶紧回去工作，医院有她就够了。

他去医院食堂给李姐买了早餐才走。

早晨的马路上车辆不多，马思望将车开得飞快，他像是发泄似的，狠踩油门，车窗吹进的风刺骨的冷，他的身体被冻到僵硬。寒风对伤口的刺激，疼得他龇牙咧嘴，可他全然不在乎，跟心里的痛苦比起来，身上的痛又算得了什么呢?

他跟小子炫相处的时间并不长，可不知为什么，在他身上，他总能轻易找到自己小时候的感觉。那种埋藏在心底的孤独和绝望他总能轻易捕捉到。

从某种程度来说，现在的子炫就是过去的自己，他多想对自己好点，可是命运啊，你为什么总是这么绝情?

43

深夜，酒吧街，“魔鬼情缘”酒吧门前，一个身材佝偻的老头儿徘徊了很久，终于鼓起勇气走了进去。

酒吧的生意看起来不错，无论是吧台前还是卡座上，都坐满了客人，服务员在人群中穿梭。驻场歌手弹着吉他，音调拔到很高，架子鼓手有节奏地敲打着鼓槌，所有人在这个平常的夜里，似乎都进入虚幻的狂欢。

老头儿的出现，与酒吧的氛围格调显得有些格格不入，他在人群中茫然地寻找着，一个大光头的小伙子吹着口哨打趣说：“大爷，您孙子又背着您出来喝酒来了？”

老头儿没搭理他，他的目光突然聚焦在楼上的一张桌子上，年轻的周医生梳着大背头，一身休闲西装，帅气地坐在楼梯扶手旁的卡座上，他瞟了一眼老头儿。

老头儿上了楼，周医生低头与他对面的两位漂亮女生说着什么，女生笑嘻嘻地拎起小包离开了，老头儿在他对面坐下，座位上还弥漫着女生的香水味道，老头儿皱了皱眉，这让他很不习惯。

老头儿低着头，像个做错事的孩子，对一个年轻人摆出这种姿态，多少有些惹人注目，邻桌两位女生奇怪地朝他们这边看。

“你找我不是一两天了吧？”周医生替他倒上酒，是兑了可乐的伏特加，老头儿喝了一口，皱了皱眉头，没说什么。

“我……好像做错了什么……”老头儿支支吾吾。

周医生笑了笑，他的笑容总是这么温和，让人如沐春风，可在老头儿看来，这无异于最可怕的训斥。

“你想挑战他？”周医生盯着他的眼睛，想看出点什么，老头儿垂着眼帘，眼神浑浊，却隐隐有一道光芒划过。

周医生细细品尝着洋酒，笑着说：“你是个聪明人，可越是聪明的人，越容易犯愚蠢的错误。你一再得手，以为警察都治不了你，你的胆子越来越大，你依仗着自己的聪明头脑，想挑战一切权威，特别是风头正盛的马警官，对吗？”

老头儿咽了口唾沫，低声说：“对不起……”

周医生像没听见他的话，继续说：“你从警察手里劫走捷豹女，网络直播审判，你公然挑战警方，我对你的一再忠告，你都抛到脑后。你只顾享受掌控全局的快感，你要做这个城市的审判者，你觉得你做到了吗？”

老头儿突然抬起头，直视着周医生的目光，沉声道：“一切都在我的掌控之中，不出意外的话，那个警察和捷豹女都会下油锅。我还特意在蓄水池边安装了隐形摄像头，将这两人死前的状态拍下来，再发布到网络上，这种效果将是石破天惊的。那些冷漠的人，那些蠢蠢欲动的犯罪分子，那些法律无法制裁的罪人，从此以后，头顶上一定会悬上一把达摩克利斯之剑，他们会由衷地感到恐惧……”

周医生两手一摊，苦笑道：“你失算了。警察和捷豹女不但没死，还逃了出去，你完美的计划破产了。以他的聪明，很快会顺藤摸瓜揪出咱们，这种人你别轻易惹，等他回过味来，能咬死你。”

老头儿辩解说：“我的计划天衣无缝，他们落入蓄水池，水池底下的设备会自动触发，输入油脂加热，我在厂房设了信号屏蔽器，他们没办法求救，根本没有活路。”

周医生看着老头儿，老头儿片刻亢奋后，嗓门明显弱了下来。

不管出了什么纰漏，瓮中的鳖还是逃掉了，审判捷豹女的计划落空不说，绑架捷豹女的人就是接连几起城市谋杀案的凶手这件事也彻底暴露。

两人喝了很久的酒，服务生又过来给他们添了一壶酒，老头儿本想拒绝，可见周医生没说什么，他只能默默地喝下去。

周医生说：“你不了解这个警察，你要是了解他，一定会躲得远远的。”

老头儿有些奇怪：“难道您很了解他？”

“我认识他的时间，比任何一个人都长，就像是，从出生开始，就能感受到彼此的呼吸……”他的目光穿过窗外陷入沉思，仿佛回到了很久以前。

“他是那么倔强、正直、聪明和勤奋，我们老师说，他天生就是一位警察，他身上有那种气质。”

老头儿惊疑道：“你们是同学？”

周医生笑道：“确切来说，不是同学那么简单，我们是这辈子最具有挑战性的对手，最恨不能致对方于死地的情敌，他是我这辈子最想杀的人，过去的无数个日日夜夜，我设计了一万种杀死他的方法。”

老头儿惊奇地发现，就连他在描述生平最恨的人的时候，都没用一丁点仇恨的意思，他仍旧在微笑着，像是在说一件跟他没有半点干系的事。

“你知道吗？”

老头儿抬起头，周医生幽幽地说：“很多年前，我最爱的姑娘因他而死，我也想陪着她去死，我太爱她了，爱到没有她我活不下去。可是因为我们的马警官，我活了下来，我必须替她报仇才能安心去陪她。从某种意义上来说，马警官给了我活下去的希望。”

老头儿对周医生又有了全新的认识，这个英俊温和的年轻人，任何时候脸上都浮现着笑容，哪怕是最暴躁的人见到他，都不会生出一丁点脾气。见到他的时候，他已经在长江边上徘徊了一整天，他活着的希望熄灭了，不如就这样死了算了，可面对浩浩荡荡的江水，他又有些恐惧。

周医生出现在他面前，他笑着对他说：“你想跳下去吗？”

这一整天不是没有人发现他的异常，可任何一个人都不会这么直接地跟他说话，他有些恼怒，像是受到羞辱。很自然，他没给他好脸色，周医生索性在他身边坐下，喝着酒悠悠地对他说：“你这么大年纪也该活明白了，你要是非死不可，想必不会犹豫这么久；你要是还没活够，再这样晃下去，也一样不会跳下去。”

年轻人的话刺伤了老头儿的心，也打消了他跳江的念头，他决定直面自己的内心，没复仇之前，他比谁都想好好活下去。

他向年轻人说了自己的遭遇，那些人明明该死，可法律却纵容他们，他也曾想去跟他们拼命，可他一个老头子，又能拿什么去跟人家拼呢？

年轻人微微一笑，说：“你跟我走，该死的人绝对活不长久。”

年轻人的话像是有某种魔力，老头儿居然跟着他走了。他把他带到酒吧街，指着心理诊所的匾额，说：“我是一名心理医生，能医治任何心理上的绝症。”

听了老头儿的讲述，他给他开了一道方子，老头儿也是聪明绝顶的人，他扫了一眼内容，拍案叫绝。

年轻人笑眯眯地说：“让仇恨憋在心里只能痛苦自己，只有将它们释放出来，让施加痛苦的人付出代价，才是最有意义的活法，你说对吗？”

老头儿重重地点头。

他活到这个年纪，见识过无数的人，可这个年轻人仿佛有种奇异的魔力，他不经意的一句话，总能轻易戳到他心坎上去。

他问他是谁。

他告诉他，他是位心理医生，姓周。

按照周医生的计划，他轻易地杀了第一个人，他对她用了最残忍的虐杀方式。当他从凶案现场走出来的瞬间，他有种从未有过的快感，憋了这么多年的怒火，在这一瞬间得到释放，回望在半空中打着旋儿的尸体，他有种审判者的快感。

法律可以放纵你，可正义不会，正义会迟到，永远不会缺席。

压抑在他心头的桎梏瞬间消散，他有种重生般的兴奋，他想大喊、大叫，想在凶案现场奔跑，可最终他只是冷静地锁上门，擦拭掉了留在门把手上的指纹，然后无声无息地离开。

这天晚上，周医生请他喝酒，两人拎着酒瓶子坐在长江边上，望着浩浩荡荡的江水无声地流去。江面上，几艘轮船鸣着汽笛，船上亮着暗淡的船灯，顺着江流直下，这一瞬间他觉得自己可以掌控一切。

周医生说："你要是跳下去，尸体恐怕早就喂了鱼，可你要惩罚的人，依旧在这个世界上很好地活着。凭什么痛苦的人要选择自杀，而真正的犯罪者却能逍遥法外？"

老头儿沉默了，他听到自己心里的声音，如果说杀人只是复仇，周医生的话让他醍醐灌顶。

如果这世界没有正义，那我就给它正义；

如果这世界没有公平，我就给它公平；

如果法律都无法给犯罪者应有的惩罚，

那么，我将成为这座城市的审判者。

该上天堂的，我送他上天堂；

该下地狱的，我请他入地狱。

这就是人间。

在周医生的指点下，他开始谋划第二个复仇对象，刀已然出鞘，就一定要见血。

他本是个聪明到极点的人，年轻的心理医生帮他打开了一扇广阔的大门，在这扇大门背后，他才是这个世界的审判者。

鲜血让他亢奋，他本已经冷下去的心，也在炙热的血面前，燃烧了起来。

“既然招惹了他，你做好应对的准备了吗？”他的眼神突然变得凌厉。

44

马思望斜靠在床上，望着对面墙壁上陈旧的电影海报，那是美国犯罪电影《沉默的羔羊》的宣传海报，汉尼拔博士眯着眼睛，面容温和，似乎还带着一些邪恶骄傲的笑意。

他保持着这种姿势已经一整天了。开完会回来，他将自己关在了单位宿舍，拒绝接听电话，也不理会下属和同事的任何问题。

他感到异常绝望，从未有过的痛苦几乎将他击垮，他忘不了最后一次去看小子炫时，他挥手向他告别，他眼神里的孤独和失落。

他还那么小，命运为什么要对他如此不公，它夺走了他的家庭，夺走了他的爸爸，现在连他都要带走吗?

他狠狠一拳击在铁架床上，铁皮割破了手背，鲜血淋漓，他一点感觉都没用，拼命地捶打着床架。

李姐给他打来电话，告诉他小子炫还在昏迷，至于什么时候能醒过来，医生说可能希望不大了，让他们做好准备。

得知这一消息，马思望泪如雨下。

同事们都很奇怪，马思望的处变不惊和镇定是出了名的，天塌下来他都能跟没事儿人似的，这次他到底遭遇了什么，脾气变得这么暴躁?

他没给人任何解释，径自离开了会议室。

夜色很快黑下来，立秋之后，天黑得很早，好像一眨眼什么事都没干一天就结束了。马思望静静地看着夜幕降临，华灯初上，整座城市光怪陆离地呈现在他面前，可他浑身上下却有种彻骨的寒意。

可以想到，小子炫躺在ICU里面对着将他包围起来的冰冷设备，他小小的心里会有多么恐惧。

在这个世界上，他失去了所有亲人，这个庞大无边的世界和狭窄逼仄的重症监护病房对小小的他来说并没有任何区别。

马思望有种锥心的疼痛。

他能感觉到小子炫对他的依恋，这是一种本能，也许是他的警察身份，也许是他俩都曾有过的共同经历，他们能感受到彼此的信赖和依附。

他躺在床上浑身冰冷，夜渐渐深了，外面传来敲门声，他捂住了耳朵，可敲门声却没有停下来的意思。

他俩就这样对峙了足有半个小时，不开门马思望也知道，能这样跟他对着来的人，只有孙旭。

他烦躁地跳起来开了门，孙旭笔挺地立在他面前，手里拿着一只饭盒，略带忧伤地望着他。

他开门时的一腔怒火，在看到她的瞬间烟消云散了，他又回到床上，面朝墙地躺着。

孙旭将饭盒放在桌子上，在他身边坐下，温柔地说："子炫的事我听说了，谁都不想发生这样的事，可他已经这样了，你这样折磨自己，他也不会好起来的，对吗？"

马思望没理她，依旧保持着这种姿势。

孙旭打开饭盒，香喷喷的味道扑面而来，有他最爱吃的烤鸡翅、酸辣牛肉、麻辣鸭头等，他惊异于孙旭居然知道他的喜好，他仍然坚持着，可肚子已经发出抗议。

从昨晚到现在，他滴水未进，痛苦彻底填满了他的身体，如果没人搭理他，他可以一直这样下去活活饿死自己。

孙旭将鸡翅夹到他嘴边："吃一口吧，心里再苦，身体总会扛不住的，你可是队里的顶梁柱，我们全饿着，也不能饿了你。”

马思望抗拒着：“你让我一个人静静，我实在是吃不下。”

“你认为只有你一个人痛苦吗？”孙旭满脸怒容地站了起来，“我们都为子炫难过，可是痛苦能解决问题吗？根本不能，就算你现在饿死了，子炫他一样不会醒过来，你的死不会给他带来任何帮助。”

“还有赵局、马文涛、周晓莹这些人，他们死得不惨吗？他们不无辜吗？你就这样垮下去了，他们就这样白死了吗？他们的亲人该靠什么活下去？还有，凶手一天不绳之以法，还有多少无辜的人会被殃及，你想过吗？”

马思望坐起来，虚弱地靠在墙上，孙旭目光炯炯盯着他，像是要戳进他内心最深处，击溃他心中的软弱和绝望。

孙旭柔声道：“咱们是警察，不是铁人，是人就会有感情脆弱的时候。可是脆弱过后，还得站起来，为了咱们想保护的人，咱们必须坚强，你说对吗？”

孙旭拿出一份报告摆在马思望面前：“我查过子炫坠落现场，觉得有些奇怪，你可以看看。我还查过近几年同安堂的情况，三年时间里，每年都有孩子出事，或失踪或坠亡，这很不符合常理。”

马思望打鸡血一般爬过来，他拿过报告，仔细地翻阅，他的脸色也变得出奇惨白。

他合上资料，对孙旭说：“查过同安堂工作人员的背景了没？”

“已经安排工作人员去调查，不过没那么快，直觉告诉我，这可能不是一家简单的孤儿院。”

孙旭对同安堂工作人员问讯发现，子炫的意外坠楼很奇怪。孩子们刚吃过晚饭，他们会在娱乐区玩上一会儿，再去阅览室阅读，这是同安堂的硬性规定。

所有孩子都在娱乐区玩耍，还有人跑去看电视去，唯独子炫一人偷偷回了宿舍，半个小时后，工作人员听到宿舍楼下“嘭”的一声响，子炫从楼上掉下来。

子炫被送往医院进行抢救，全身多处粉碎性骨折，颅骨骨折，脑内出血导致昏迷，医生判断他能醒过来的概率很低。

马思望沉思片刻，说：“那个时间他出现在宿舍很不正常？”

孙旭道：“据我所知，宿舍楼除了就寝时间，其他时间都会锁门，这也是出于安全的考虑，可那天子炫竟然偷偷溜进了宿舍楼，据工作人员说，他可能偷到了宿舍楼的钥匙。”

马思望有些蒙，子炫在同安堂是有些不太合群，可就算他再不合群，也不会公然违反院方规定。他了解子炫，内向而自卑，不是那种会主动惹事的孩子，就算这一切都是真的，他肯定有自己的目的。

他不禁想到那天早上，子炫突如其来给他打来的电话，他仔细琢磨，好似从中品出味儿来，他显然是想对他说什么重要的事。可他当时被捷豹女的案子困扰，一心扑在追查绑架者身上，忽略了子炫的反常。

他狠狠捶了自己一拳，真是大意，他只要仔细一点，派小朱去了解一下情况，悲剧也不至于发生吧？

孙旭被马思望的行为吓了一跳，马思望悲伤地说：“都怪我……要不是我，他也不至于变成这样……我可真够白痴的……”

孙旭有些奇怪，说：“怎么跟你扯上关系了？”

马思望说了，孙旭也很震惊，这只能说明一个问题，子炫在坠楼前已经知道情况不对劲，他想寻求马思望的帮助。

如果把这一情况和小子炫离奇进入宿舍楼结合起来的话，就很有些不同的意味，马思望的眼神凝住了。孙旭说“你跟子炫在一起的时候，有没有感觉到他有不对劲的地方？”

“你的意思是？”

“他在同安堂生活，有什么不适应的？”

“他去没多久就和同学发生冲突，殴打了性格最温和的一位同学，为此还受到处罚。我私下问过他为什么打架，他说同学虐猫，他为了保护小猫才与该同学发生冲突。”

孙旭皱眉道：“性格最温和的同学，却偷偷虐猫？”

马思望点了点头，这件事他起初并没有太放在心上，同安堂有部分职能就是矫正行为有缺陷的青少年，所以虐猫的孩子出现在这儿，也并不能说太奇怪。可是现在想起来，的确令他毛骨悚然。

马思望激动地说：“我不会让子炫的血白流，同安堂要真有问题，我一定不会放过他们。”

孙旭沉重的脸色终于缓和了许多，说：“这才是我认识的马大神探嘛。”

如果小子炫真是意外坠楼，他的确无能为力，可如果是人为作祟，他将会变成猛虎野兽，将祸害子炫的人撕得粉碎。

“并肩作战吧！怨天尤人不是你马神探的风格！”孙旭扬起了手，马思望的手重重地落了下来，两只手紧握在一起，像无数个并肩作战的日子一样，在最艰苦的时候，他们常常这样互相鼓励。

45

走廊里很空，天才放亮的缘故，长廊光线暗淡，他推开一扇门，房间里是一派乱糟糟的景象，家属陪卧在病床边，里面散发出一股难闻的馊臭味。

小子炫依旧昏睡，他床边摆了一只输液架，李姐在过道上铺了个地铺，躺地上鼾声如雷，在她手边的饭盒里，装了两个干硬的馒头。

她比自己上次见她的时候苍老多了，头发中间布满银发，脸上皱纹也多了起来，像是一夜之间老了好几岁。

马思望一瞬间为自己对她的怀疑感到羞耻，她是如此淳朴善良，脸上刀刻一般地写满了母性和爱，像她这样的女人，怎么会干出伤害孩子的事呢？

他不忍心打扰李姐，便自己走到病床上，看着昏睡中的小子炫，他身上的绷带还没拆去，半张脸都蒙在白布中，整个头肿大了好几圈，看起来很是怪异。马思望看了他半天，一直在怀疑，他还是那个他认识的小子炫吗？

那个乖巧懂事、天真善良，又孤僻多疑、缺乏安全感的孩子？

他看了他很久，走廊里渐渐热闹起来，李姐也被吵醒了。见到马思望，她急忙站起来，大着嗓门嚷嚷道："你怎么来了？也不说一声。"

马思望笑了笑，指着子炫说："工作太忙了，只能抽这个空当来看看他。"

提到子炫，李姐眼圈又红了，马思望急忙宽慰她，她痛苦地摇了摇头，去卫生间了。

马思望去楼下买了早点上楼，看李姐的样子，昨晚肯定半宿没睡，也真难为她了，端屎端尿地伺候这么长时间。

李姐给子炫擦了身子才吃早饭，马思望把她拉到走廊上，有意无意地问她："我问您件事。"

李姐啃着包子，含混不清地说："你说吧，啥事儿？"

"您有没有拿手机给子炫，让他给我打电话？"

李姐愣了下，奇怪道："我让他给你打电话做什么？有事我会自己给你打电话啊。"

马思望的心彻底沉了下来，子炫偷偷给他打电话，更说明了他的猜测，他在同安堂，一定是遇到了什么。

子炫别看年纪不大，因为家庭环境，他是个心思很重的孩子，有自己的一套生存法则，有着超越年龄的成熟。他偷偷拿李姐手机打给马思望，一定是在同安堂出了什么事，他不敢告诉工作人员，只能找马思望。

见马思望怔怔地出神，李姐推了他一下，说："到底是怎么了吗，你说子炫用我手机给你打过电话？"

马思望笑了笑，说："也没什么，我记得他以前给我打过一次，说你有事找我，我当时在忙，也没具体说。"

李姐叹气道："这孩子……哎……"

他俩有一搭没一搭地聊着，等到医生过来查房，马思望向主治医生打听了子炫的情况，依旧不太乐观，只能先观察。

马思望去给子炫缴费，李姐又偷偷垫付了一部分医药费，还欠了一些，马思望刷光了一张卡，花的是他这几年的所有积蓄。

医生偷偷把他叫到办公室，对他说："你们还是早点准备后事吧，像他这种情况的，我们医院收治过很多，实话告诉你，没有一个能醒过来。"

马思望的心脏抽搐了一下，医生说：“大家赚点钱都不容易，何必砸水里，该尽到的心，你们全尽到了。再这样治下去，可是无底洞，看孩子那大姐我想劝她，她就要跟我拼命，我实在是不忍心看着你们人财两空。”

“没有希望了吗？”

医生摇了摇头，算是默认了。

马思望站了起来，说：“那就继续治疗吧，我还有套房子，卖掉房子能再撑一段时间，能撑多久是多久吧。”

他在医生看怪物般的目光下，离开了医生办公室。

同时，他心里也清楚，就算同安堂有问题，李姐绝对是干净的，她对孩子的爱假装不出来。

马思望对同安堂核心工作人员做过排查，金老师的学术背景是公开的，其他人也没发现有什么问题，再加上勤劳淳朴的李姐，他实在难从这些人中间，找出什么问题。

不过同安堂这么高的事故率，虽说这些事故都有合理的解释，马思望还是觉得有些不太对劲。

马思望专程拜访了金老师。

这是一个晚上，外面下着大雨，孩子们都睡觉去了，金老师戴着眼镜在会客室看书，一个小时前，马思望给他打过电话，表示想跟他聊聊，金老师愉快地答应了。

马思望顶着大雨浑身湿漉漉地闯进来，金老师迎上前，会客室里生了一堆炭火，火上温了一壶热气腾腾的藏茶。

金老师递过来一只毛巾，马思望擦了把身上的雨水，在炭火前坐下，浑身的寒意顿时散去。

两人沉默了片刻，金老师给他倒了杯茶，马思望道过谢，茶是好茶，馨香似溢，入口沁人心脾。

金老师笑道：“你来找我，是想打听同安堂一再出事的事吧？”

他对金老师敏锐的观察力很有些吃惊，金老师道：“这几年来，几乎每年都有孩子出事，换了是谁，都会对我们机构产生怀疑。再加上慈善机构虐待孩子的新闻层出不穷，你们的怀疑，我都能理解。”

“原因到底是什么呢？”

金老师两手一摊，又道：“他们的死因，你们都有死亡记录，不需要问我。不过我还要提醒你们一点，我们的机构与别家不同，因为我们收留的大多是问题孩子，说通俗一点，就是精神或心理存在问题的孩子。我们会用专业的矫正手法来帮助他们，可毕竟有疏漏的地方，他们总要比普通人危险一点，所以……”

他没再说下去，道理已经很明显，马思望无力辩驳。这些孩子，的确要比普通的孩子奇怪一点，就好像最温顺的孩子，其实是个虐猫狂。

马思望站起身，金老师拦住他说：“这么晚了，留下来吃顿饭吧，我在厨房煮了点馄饨，是两个人的分量。”

马思望拗不过金老师，只好留下来，金老师端出来热气腾腾的馄饨，两人就着炭火吃了起来。

金老师长叹口气说：“我知道你对子炫的事耿耿于怀，老头子我欠你一个道歉，是我们工作出现失误，害了这孩子。”

“听说他偷了宿舍的钥匙自己开的门？”

金老师愕然抬头，马思望道：“他不是那种孩子。”

“你知道他为什么非要在那个点儿进宿舍吗？”马思望抬起头，金老师拨弄着碗里的馄饨，从怀里掏出一本破烂的漫画书递给马思望，他打开一看，书是很常见的日漫，很多页面被画得乱糟糟的，不过马思望还是能辨认出来，画得最多的人物，是子炫的爸爸刘涛。

子炫没什么绘画天赋，画出来的东西很丑，可这并不影响他对父亲形象的勾勒，一本书里，像这样的画画了十多处。

金老师伤心道：“是我们工作疏忽了。他半夜躲被窝里画漫画，舍管没收了他的书，他偷了钥匙，是想拿回这本书。舍管提前回去，子炫担心被舍管发现，躲在窗台上意外坠楼。”

“为什么现在才说这些？”

金老师道：“具体过程只有舍管清楚，他怕担责任，本来决定隐瞒下去，后来发现警察一再来调查，担心瞒不住，偷偷告诉了我。我权衡再三，还是决定告诉你们，在这件事上，我们的确过于疏忽，责任重大。”

金老师很诚恳，他亲自带马思望去了子炫坠落的四楼房间，那是舍管宿舍，子炫的漫画就藏在这间房子里。子炫听到舍管开门，躲在飘窗缝隙里，没想到那飘窗防护栏已经腐烂，承受不住他的体重，他从上面掉了下去。

金老师挪开衣柜，飘窗暴露在马思望面前，护栏塌了半边，出现一个大洞，刚好可以容纳一个小孩儿的体积。从洞口看出去的位置，正是子炫尸体落地的地方，马思望脑子一阵晕眩，心里说不出的难受，他似乎跨越时间的界限，看到那天晚上，子炫听着舍管进来，躲在飘窗角落发抖的样子，然后他的身体从高空坠落到结实的水泥地面上，爆开一地鲜血，子炫安静地躺在血泊中。

他在窗台前站了很久，冷风冷雨地飘进来，打在脸上有种刺骨的寒意。

这天晚上，马思望没回去，他留在舍管的房间住了一晚，破损的窗口漏了一夜的风，他躺在床板上，感受着子炫当时的孤独和绝望，一宿未眠。

孙旭的调查工作也遭遇了很大阻碍，同安堂在问题重重的表象下是现实的无奈，他们干的是问题孩子的矫正工作。有些孩子出事还是在离开同安堂回归家庭之后，责任很难算在同安堂身上。

金老师说：“以他们的精神和心理状态，出问题的概率非常高，没来我们同安堂矫正，更容易出事。他们来了同安堂再出，就把责任算在我们头上，这也未免太不合理了吧？”

对同安堂的调查，只能暂时告一段落。马思望经常趁下班的机会去医院看子炫，转眼间，小子炫已经昏睡半个月了，李姐在这半个月时间里，衣不解带地在病床前照顾着子炫，马思望吃惊地发现，子炫昏睡的这段时间，居然还长胖不少。

马思望担心李姐身体扛不过去，想帮她找一护工，被李姐严词拒绝了，李姐埋怨马思望，子炫住院每天都在烧钱，不省着点钱治病，还浪费这钱干什么。

马思望只好作罢。

46

他在黑暗中醒过来，挺起身体，满头都是大汗，身下的床单，被汗水浸湿。

他大口喘着粗气，像溺水的人抓住救命稻草，没命地喘息着，很久才平息下来。

无边的黑暗潮水一般涌过来，将他紧紧包裹住，他双手奋力地撕扯着被子，像是体内有什么东西要挣脱出来。

他听到女人奔跑的声音，高跟鞋在地上发出钝重的声响，他血脉贲张，每一次响声都像给他打了鸡血。

女人一身黑色职业套裙，奔跑的时候，屁股是撅着的，她个子很高，身材比例很好，该瘦的地方纤瘦，该胖的地方肥硕，特别是在跑着的时候，她硕大的胸脯简直要跳出来。

他沉迷于这种老鹰抓小鸡的快感，特别是女人绝望挣扎着的时候，他有种掌控的错觉。

女人崴了脚，摔倒在地上，她修长的身体蜷缩成一团，吓得瑟瑟发抖，他朝她走过去，嗅到她身体散发出的香水味道，清新扑鼻，刺激着他身体的每一处细胞。

他觉得自己有些扛不住了，她太美了，美到令他窒息。

她乌黑秀丽的长发披散开来，露出一张白嫩娇小的脸，眼睛大而乌黑，鼻梁挺拔，特别是她西装下的那件雪白衬衣绷得紧紧的，完美地勾勒出她成熟挺拔的胸脯，这给他造成了致命的压力。

他在她身边蹲下，女人身体偏向一边，眼里小兽一般的恐惧，眼泪顿时就下来了，她清楚自己的结局是什么。

远处传来货轮靠岸的汽笛声，站在他们现在的位置，可以看到灯火通明的码头，可是在他们周围却人烟稀少，甚至连路灯都显得异常微弱，这是犯罪的温床。

他贴近她耳边，气息喷在她白皙粉嫩的皮肤上，说：“你别怪我，要怪就怪你自己，为什么这么晚了，还独自一个人走夜路。”

女人低声向他求饶，这求饶对他来说，无异于这世上最刺激的诱惑，他含笑望着她，像在欣赏属于自己的猎物。

女人泣不成声。

她年纪看不起来并不太大，二十岁出头的样子，应该是刚大学毕业的女孩儿，否则有一定社会经验的女人不会这时候出现在这里。

“你叫什么名字？”

女人犹豫了片刻，战战兢兢地回答他：“周……周晓莹！”

“我会记住你的名字。”

他桀桀怪笑着，魔鬼一般扑向女人，女人奋力挣扎，可在强壮的他面前，哪有挣脱的可能。他将女人搂在怀里，用最大的热情蹂躏着，她娇嫩柔软的躯体，在他怀里蛇一般蠕动，他体内的魔性，也燃烧到最炙热的燃点。

他扯开她的衣服，雪白而富有弹性的皮肤暴露出来，在暗淡的路灯光下，有种充满魔性的美，他感到自己浑身每个细胞都在跳动。

他已经觊觎这种风格的女人很久了，电梯间、写字楼、商场、电影院等地方，她们高挑的身材，孤傲的背影，高耸的胸脯，都曾令他想入非非。

可那里人太多了，她们似乎都知道该如何保护自己，从来不去偏僻黑暗的地方。

他还曾尾行过很多人，都被她们事先发现，功败垂成。

这个群体再聪明机警总有漏网之鱼，眼前的女人就是他手里的鲜鱼。

他那双粗糙的大手，在女人身上放肆地游走，女人喉咙里发出“嗞……嗞……”的怪声，真像一只缺氧的鱼，在等待着临头一刀。

突然，一个东西从她怀里脱落下来，借着路灯光他瞟了一眼，是一张爱心志愿者的工作证。

他恍惚记起来，在这附近，的确有一家老人院。听说那座老人院的老年人，脾气很坏，又脏又臭，连他们住的房子都是破烂不堪四处漏风的。

这样的地方竟然会有志愿者去，还是像她这么漂亮的女孩儿，他有些纳闷，停止了手上的动作。

女人已经满脸是泪，浑身筛糠一般地颤抖，能感觉到她精神处在崩溃的边内，她太恐惧了。

他拿起志愿者证，扬了扬手，说：“你是因为去老人院义务劳动才没赶上最后一班公交车吗？”

女人懵住了，呆呆出神。

“问你话呢！！！”他冲她吼道。

女人忙不迭点头，他的目光落在她脸上，仔细地盯着她，撇开情欲的刺激，他第一次看清她的样子。她的面庞还有些青涩，眼睛很亮，夹着稚嫩的气息，这果然是个刚离开学校的女孩子。

也许她的父母正焦虑地等她回家吧？

她的人生才刚刚开始，她会这么晚了还一个人走这条人迹罕至的路，想必是没有看透人性的黑暗可耻吧？

如果她今晚没遇见他，她的人生会在正确的轨道上航行，顺利工作，再过几年，她会遇到爱她的男孩子，然后结婚，生一个可爱的孩子。

可因为遇到了他，她的人生从此改变，从今往后，她的余生都将活在阴影里，守着一个不能启齿的肮脏秘密，痛苦度过这一生。

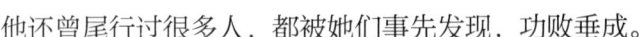

对他来说，不过是片刻的宣泄，可对女孩儿来说，却是一辈子被毁，真的要这样做吗？

她还是这么善良纯洁的姑娘，真的要用你肮脏的双手，破坏这份美好吗？

他想起了高墙大院里的人生，许多孩子孤独而茫然的眼神，他们在院子里走来走去，彼此也不说话。

这样的生活，占据了他过去一大半的人生。

他早就知道自己人生的苍白和贫乏，除了黑暗和罪恶，他的人生毫无希望，他曾无数次想要改变，可在绝望的现实面前，他的挣扎是如此无力。

“就这样毁掉吗？”他在心里问自己。

女孩儿绝望的样子，竟令他动了恻隐之心，尽管他曾在无数次的犯罪中想过终止，却从来没有这样强烈过。

他清楚这一夜过去之后，女孩儿未来的人生，将会过得有多悲惨。

可是在强烈的欲火面前，他无法控制住自己，他仅存的一丁点理智，在疯狂扑来的欲望面前，很快燃烧殆尽。他在女孩儿痛苦的瞳孔里，看到自己扭曲的倒影，他握紧了口袋里的刀。

真的要永远被它控制摆布吗？

陪着它一起堕落、毁灭，毁掉更多无辜者的人生？

该到了断的时候了，他默默对自己说着。

女孩儿恐惧地看着他喃喃自语，然后他脱掉裤子，那肮脏邪恶的东西暴露在她面前，女孩儿捂住了眼睛，喉咙里呲呲地发出声音：“求求你……放过我……”

他也闭上了眼睛：“就让这一切罪恶结束吧。”

他挥下了刀。

剧烈的疼痛之后，他的世界堕入无边的黑暗，黑暗中他一直在坠落，可是他的意识里，永恒地飘浮着女孩儿充满稚气的脸。

47

在追查捷豹女绑架一案的同时，网监部门的程仕嘉和他同事可没闲着，他们继续查找周晓莹案的相关线索，日夜进行详细的数据分析，利用网络科技来为错综复杂的案情理顺思路。

马思望的电脑显示屏上，打开了一个表格，表格里详细列着她在过去几年时间里，利用她妹妹的身份证信息在全国各地酒店的开房记录。

奇怪的是，这些开房记录，大多数都不在旅游景点附近，有的甚至还是非常偏僻的县城乡镇。

他在地图上搜索每处酒店的位置，然后做出标记，将附近地图都打印了出来，打了厚厚一摞出来。

他逐张查阅，突然目光落在一张地图上，在酒店附近高耸着一栋大楼，那大楼上还挂着招牌，是某著名医院的大楼。

像是受到启发，马思望疯狂查找其他酒店附近，是否也有医院，事实证明了他的猜测，这些酒店全都在一些知名的大医院附近。即使县城的酒店，也不难发现距酒店不远处，会出现医院的踪迹。

马思望很是兴奋，立刻通知小朱，将这些医院擅长的专科都给找出来，然后亲自派人过去调查周晓莹去这些医院的目的。

经过他们精确地查找对比，很快比对出来，这些医院虽然规模、实力、排名各不相同，甚至差距很大，但它们都有共同的特点，那就是生殖泌尿科专科实力不错，拥有良好的口碑。

派去这些医院的侦查员拿着周晓莹的照片去泌尿科咨询，得出的回复是没有见过这个人。当然医院病患太多，医生要诊断的病人数量庞大，再加上时间跨度太大，仅仅根据一张照片的确难以留下深刻印象。

马思望想起他通过那位小姐获知的消息，周晓莹曾陪同一位生理上存在残缺的男人找过小姐，这一消息与她四处去各大医院泌尿专科对应，去看病的应该不是她本人，而是她陪同找小姐的那男人。

基于这一分析，马思望要求侦查员打听周晓莹出现在该出酒店的时候，附近医院泌尿科是否收治过一位生理上存在严重缺陷的男性。

这一推测很快得到医院证实，侦查员传回该名病患的就诊报告，其他各家医院存档的就诊报告情况都非常接近。根据报告描述，这名病患年纪四十岁不到，生殖器被人为砍去一部分，基本失去性交能力。

警方试图提取这名患者的身份信息，才发现他是用多张身份证伪造身份进行就诊，除了检查报告，他没留下任何个人身份方面的信息。

马思望心里清楚，要破解周晓莹被杀之谜，只有找出这位存在生理残疾的男性，在专案组的案情分析会上，众警察对此人身份发生激烈争论。

围绕的重点是，光是男人存在生理缺陷这一点，就足以驳斥两人是男女朋友关系。可如果他们不是男女关系，又怎么解释周晓莹四处奔波，陪着他寻医问药呢？

基于这一发现，警方走访调查了周晓莹的父母亲戚和同事，没人听说过周晓莹还有这么一位朋友，她平常与异性接触不多，离异之后，以前的男同学、同事找她吃饭，她都是能推则推，不能推的也是跟女性友人一起去。

散会后，马思望斜倚在走廊上抽烟，孙旭最后一个从会议室出来，朝他径直走过来。

“还不回去？”

马思望耸耸肩，道：“你不也没走吗？”

孙旭笑道：“前几天领导找我谈话还说，咱俩再在队里起这种负面带头作用，咱们刑警队别叫刑警队了，叫和尚尼姑队，在这个警务系统内部，咱们队光棍率也是最高的。”

马思望也笑了。

“早上我去了趟医院，子炫气色比上次好了不少，可真难为李姐了，要是别人，恐怕自己的孩子都不会这么上心。”

马思望眼神放空，外面车水马龙的街道渐渐平静下来，远处的城市广场上，巨大的液晶广告屏，依旧在快节奏地闪烁着多彩的光泽。

他眼前又浮现出子炫乖巧可爱的样子，只是眼神充斥着难以形容的忧郁神采。

“但愿他有一天能醒过来，这孩子太苦了。”马思望长叹了口气，语气里有难以掩饰的痛苦和无奈。

“他一定会好起来的，我问过主治大夫，他的状态好像还不错。”孙旭变戏法似的从掌心拿起一张银行卡递给马思望。

马思望慌忙摇头说：“我可不要你的钱。”

孙旭白他一眼，道：“难道我的钱有毒吗？就你那点破工资，能支撑医院那么大笔的费用？”

马思望挠挠头，说：“我一个人当然不行，同安堂也在积极筹款，我们加起来，应该能应付吧。”

孙旭一副看穿他的样子，说：“少拿同安堂来忽悠我，我打听过了，这几年他们拿到的捐款非常有限，早就负债累累，上哪儿给你弄钱去？”

孙旭把卡塞马思望手里，说：“我一女光棍，又不急着嫁人，我要这些钱也没用。子炫救命要紧，你要真觉得过意不去，等你以后有钱了再还我。”

马思望推辞不了，只好揣衣兜里，孙旭狠狠捶了他一拳，疼得马思望蜷起了腰，孙旭撇嘴道：“最近训练松懈啦，这点都扛不住。”

马思望直起身体，孙旭的背影早已消失在黑暗深处，眨眼不见了。

马思望捂着胸膛苦笑不已。

周晓莹刻意隐藏的男人身份肯定很有问题，可这个问题该如何破解，所有专案组的警察都很犯难。

直觉告诉他，这男人跟周晓莹一定是情人关系，可问题就在于，脱离了性，他们靠什么维系这种关系？

这是个无解的问题，当事人周晓莹早就死了，而他们也无法找到那个神秘男人，要破解这个难题，只有靠他们自己。

孙旭在会上提出一种假设，说：“如果他们在男人出事前已经有深厚的感情基础，他们是情人关系，也是能说过去的。”

这一假设给马思望提供了一种全新的思路，如果假设成立，也就意味着男人在与周晓莹相处的过程中发生了什么事，这件事导致男人被阉割。从周晓莹的表现来看，就算再深的感情，也不至于会陪情人去找小姐，他怀疑男人被阉割，可能跟周晓莹有直接的关系，周晓莹竭力帮助男人，因为对他心怀愧疚。

找小姐、陪他四处求医，刻意帮他隐藏身份，无不说明了这一问题，马思望越来越肯定自己的推测，男人是因为周晓莹才被阉割。

为了更直观地了解那男人，马思望亲自去外地跑了两家医院，见到了主治医师，医师对他的印象是非常沉默，他说话很简洁，基本上都是一两个字，好像有些心不在焉。他主要咨询的问题，是能否用手术做器官再造，医生经过仔细检查，认定他目前的情况，不具备再造的条件。

两天跑了两个城市，马思望一大早从火车站赶到单位，在单位门外的小摊吃早餐，正遇到一脸疲惫的孙旭从大门出来，孙旭见到他，惊喜地走进早餐铺子。

马思望让老板给她上一份牛肉面，见她又是通宵加班的节奏，奇怪地说：“又遇到大案子了？”

孙旭以手托腮，半眯着眼睛说：“还不是周晓莹的案子。昨天上午周晓莹妹妹报警，说她姐墓园里发现有人祭奠的痕迹，她跟姐姐感情不错，经常会去墓园，姐姐人际关系很差，根本没人来看她，所以这个来祭奠她的人，很值得怀疑。”

马思望一扫旅途劳累，惊喜道：“你去过了？”

孙旭苦笑，道：“看了一夜监控。那人的确很有问题，他故意避开监控正面，只看到背影，像是个中年男人。”

马思望顾不上再吃早餐，拉着孙旭回到办公室，孙旭已经将拍摄到的片段保存了下来，马思望很快看完所有拍摄部分。

“怎么样？”

“他刻意避开监控，故意躲开墓园保安，很有问题。”

马思望翻了翻日历，目光定格在三天后的日期上，这天是周晓莹的生日，以他俩的关系，周晓莹生日那天，他应该会去看她的吧？

夜晚，风很大，已经入秋的关系，天气格外寒冷，再加上下了一场夜雨，墓园里到处都是湿漉漉的。

马思望和孙旭带队潜伏在墓园周围，孙旭和马思望猫在一处树丛后面，从他们角度看过去，刚好可以看清周晓莹的墓碑，墓碑背面的白色石头泛着寒光，有老鸦从头顶翩跹飞过，留下一串阴涔涔的鸣叫。

马思望觉得后背有些发凉，孙旭脸色惨白地盯着墓碑，她瞟了一眼手表，时针指向午夜十二点，墓园里空荡荡的，没有人要来的迹象。

小朱的声音从无线耳机里传来：“老大，没发现有车上山，今晚恐怕是白蹲了。”

马思望皱了皱眉，小朱被安排蹲守在山下，发现有车上山，他们好提前做戒备，照目前情况来看，那人的确没可能出现了。

“再等等吧。”

零点后，温度变得更低，他们的防水外套都湿透了，后来又下了场瓢泼大雨，倾泻的水柱让人睁不开眼睛，马思望突然眼皮一跳，黑暗中似乎有个黑影从山后出现，径直朝周晓莹的坟墓走去。

大雨严重影响了他们的视线，他分辨不清楚那到底是不是人，马思望指派其他同事包抄过去，他和孙旭提枪朝墓碑方向狂奔过去。大雨倾盆而下，严重影响了视线，再加上墓园里的路灯昏暗，他们跑到跟前，突见那黑影朝后山狂奔而去。

迎面上前的一位年轻警察被那人撞翻在地，孙旭大吼一声，一个健步飞奔上前，抬脚一个鞭腿，将那人踹翻在地。那人滚进墓道，没等孙旭赶上去，已经翻身起来，顶着大雨窜进了林子。

马思望他们一行十来人死撵着不放，那人像是对墓园格局非常熟悉，很快消失不见，警察追了一刻钟左右，跑到后山脚下，才发现后山有道后门。那后门十分狭小，看起来已经封闭很久，大铁锁被扔在地上，铁门敞开。

马思望他们追出去，恰见两束强烈的汽车大灯亮起，照得他们眯上了眼睛，在距他们十多米远的地方，一辆别克牌小轿车发动引擎，突然朝他们撞了过来。

孙旭一马当先跑在前面，马思望大吃一惊，他奋力跳起，将孙旭推了过去，汽车硬生生撞上他，他翻滚到一边。那小轿车掉转车头，孙旭连开两枪，汽车上了公路，很快消失在视线深处。

孙旭抱起倒在血泊中的马思望，马思望一脸的血，额头上开了个豁口血流不止，孙旭冲其他警察喊道："快，叫人把车开上来，拿上急救包。"

孙旭脱下外套，用外套按住马思望头上的伤口，喷流不止的鲜血让她胆战心惊，其他同事已经安排车辆追赶那辆潜逃的汽车。

马思望被紧急送进医院，孙旭亲自带队追赶那辆汽车，逃逸汽车在十五分钟后被警车撵上，司机仗着精湛的驾驶技术，多次甩开警车。

孙旭发了狠，联络警务部门配合，多警种作战，终于在市区又发现了那辆汽车。

汽车停在酒吧街门口，车里一片狼藉，驾驶员却不知去向。

警察控制了车辆，并包围了酒吧街上所有酒吧，进行逐一排查，小朱见到“魔鬼情缘”酒吧幽蓝色的硕大招牌，吃惊道：“怎么又在这儿？”

孙旭奇道：“怎么回事？”

小朱说起他和马思望在“魔鬼情缘”抓捕连环杀人案凶手郑彤的经过，孙旭当即决定，先从“魔鬼情缘”查起。

小朱瞟了一眼酒吧斜对面的那间奇怪的心理诊所，暗觉怪异，诊所为什么会开在酒吧街呢？

酒吧生意一如既往地火爆，警察对酒客逐一进行排查，吧台前一位警察与一年轻男子发生争执，男子生气道：“你们警察三天两头来我们这儿闹事，还让我们怎么做生意？”

孙旭分开众人走了过去，小朱悄悄对她说：“这是酒吧老板周南山。”

孙旭队长目光落在周南山身上，他看起来不到三十岁，面容英俊邪气，就算跟警察吵架，看起来也是彬彬有礼的样子。

孙旭掏出证件，对周南山说：“配合我们工作，别给自己找不自在。”

他挥了挥手，堵在门口的警察鱼贯而入，周南山笑眯眯道：“你们警察都是不讲理的吗？”

孙旭瞥他一眼，冷冷地说：“我觉得抓住犯人比跟你在这儿讲理重要，你真要跟我讲，明天来我办公室一趟。”

周南山讨了个没趣，识相地走开了。

这时小朱过来找她过去，他们在酒吧后门发现了一些血迹，逃犯很有可能在逃逸过程中受了伤，车上也发现了血迹，他们怀疑逃犯从后门溜走了。

小朱指派一队人马从后门继续追找，孙旭回到酒吧前台，周南山微笑道：“孙队长，您把我的酒吧翻了个遍，查到什么了吗？”

孙旭瞪着他那张英俊到极致的脸，眼里能喷出火来，她意识到周南山跟她吵架是在故意拖延时间，以此给逃犯赢得充足的时间。

孙旭挥了挥手，对身边的警察说：“把他给我铐起来，带回队里接受调查，我怀疑他与逃犯串通，帮助犯人逃逸。”

她以为周南山会抗拒，没想到他依旧笑嘻嘻地对身边人说：“帮我录下来，等进了局子，他们没拿出证据，我看他们怎么交代。”

48

周南山被突击审讯了一整晚，他除了不知道还是不知道。

孙旭提取了周南山的档案，吃惊地发现周南山的简历非常漂亮，严格来说，他也算半个警务系统的人。他毕业于省内第一警校，学的是犯罪心理学专业，毕业前夕他被保送研究生，可他放弃了这一别人求之不得机会，而是选择出国，在美国斯坦福大学精研心理学，学成归国后，在酒吧街开了一间酒吧，就是他们那间名字透着邪气的“魔鬼情缘”。

孙旭突然想起来，马思望也是这所大学毕业的高才生，他与这位周南山的专业还是一样的，这么说起来，这两人不只是校友，还可能是同学。

收队后，她去医院看马思望，马思望已经醒了过来，除了额头被撞出了个血口，其他部位都没什么问题。

医生给他做了包扎，要求做进一步检查，是否有脑震荡一类的毛病，马思望要求立刻出院，双方正僵持不下。

孙旭的到来，算是替医生解了围，在孙旭面前，马思望到底会收敛一些，孙旭让他做了全身检查再归队。

马思望伸伸胳膊抬抬腿，对孙旭说：“你看我一点事都没用，那嫌犯还没抓住，他可是破案的关键，你说我能在医院浪费时间吗？”

孙旭道：“人已经跑掉了，抓捕也不在乎这一时半会儿，还是听医生的吧。”

马思望歪头靠在床上，有些憋气，孙旭突然说："问你件事，你认识一个叫周南山的人吗？"

马思望一屁股坐了起来，吃惊道："你怎么认识他？"

孙旭来了兴致，道："他是你同学？"

"对！"

"怎么没听你提起他？"

马思望咽了口唾沫，道："你还是先告诉我，你是怎么认识他的吧，我听说他出国好些年了。"

"'魔鬼情缘'酒吧，听说过吧？"

得到马思望肯定后，孙旭说："他是这家酒吧的老板。我奇怪的是，他既是你们学校的高才生，又在国外读研回来，为什么会放弃本职专业，去开一家酒吧？"

马思望沉默了，孙旭抬眼看了他一眼，才发现他脸色突然变得惨白，神情很不对劲，她甚至能感觉到他浑身都在颤抖。

她像是无意中戳中了他的伤心事。他们认识了很多年，从进入警察队伍，他俩就结识了，实习期在同一所基层派出所，然后再到特警队，再进刑警队，冥冥之中似乎有天意，怎么都没办法把他们分开。

可在孙旭看来，这么多年来，马思望在她眼里，永远都是破不开的谜题。

他从来不提自己的过去，也不谈未来，他生活的核心，永远都只有工作工作工作。

从认识到现在，她还是第一次见马思望这副模样，她暗自奇怪，难道这位周南山与他过去有过瓜葛？

"他在哪儿？"马思望突然打破宁静。

"带回警队了，我怀疑他协助嫌疑犯逃跑。"

马思望突然拔掉输液针，从床上跳起来，一溜烟跑了出去，孙旭在后面怎么喊他都没停下。

孙旭追出来，他已经打车离开了。

马思望冲进审讯室，审讯室里空空如也，闻讯赶来的小朱闯进来，马思望冲小朱说：“人呢？他人呢？”

“您说周南山？”

“他律师来了一趟，已经把他带走了。”

马思望狠狠一拳捶在墙上，他痛苦地蹲下去，将头埋在膝盖上。

这么多年过去了，时间将那些过去沉淀成黑色，而今物是人非，你还没忘掉那些伤痕吗？

他眼前再度出现女孩儿甜蜜的笑容，她在春天的绿道上放肆地奔跑，修长的身材和纯真的笑容在茫茫人海中，成了一道漂亮的风景。

倩倩，你在那边还好吗？

你已经永远地离开了我，可是那个人，他回来了。

他走的时候，说他一定会再回到这个城市，给你开一间属于你的酒吧。

他现在是一间酒吧的老板，酒吧名叫“魔鬼情缘”。

为什么过去了这么久，他还是不愿意放过你？

他再难控制住自己，号啕大哭起来，小朱束手无策地看着眼前神一般的男人，感觉自己是不是在做梦。

这天晚上，马思望接到一个电话，电话是周南山打来的，听到他磁性而略带沙哑的声音，马思望身体抖了一下，周南山笑道：“老同学，好久不见啊。”

“你什么时候回来的？”

“一年前。抱歉工作实在太忙，我一个人也没个帮手，所以不能及时来看你。”

“你不是走了吗？为什么要回来？”

周南山沉默片刻，笑道：“我答应过她，我会再回到这座城市，做人要有诚信，男人更不应该食言，你说对吗？”

马思望愤然道：“你又在胡说八道，她根本不爱你，你再用这种口吻提她，就是在自取其辱。”

“是吗？”他嘿嘿干笑两声，道，“明天晚上咱们吃个饭吧，这么多年没见了，我经常想起你。”

他挂了电话，听筒里响起持续的忙音，马思望举着手机呆立了很久。

这个恶魔，他真的回来了。

这天马思望罕见地提前下班，驱车直奔大学城，在他的母校，有个人在等着他，他习惯性地称呼他为恶魔。

因为他们的专业课老师曾经评价过他，如果这个世界上还有一个犯罪天才，那么这个人一定是周南山。

学校的一草一木，还是过去的样子，却又跟过去不同。

毕业这么多年，他再没回过母校，要不是周南山约他在这儿见面，他相信自己一辈子都不会再来。

风景优美的校园里，埋葬了他过去所有的美好记忆，也埋葬了他曾经挚爱的那个人，再回首去看这一切，除了给他带来痛苦，还是只有无尽的痛苦。

路上孙旭给他打来电话，说：“你在哪儿？”

“周南山约我吃饭，我在赶去的路上。”

“我觉得这个周南山很有问题，他为什么不早见你，偏偏在这个时候出现，你要提防着点他，我这就过来陪你。”孙旭很焦急。

马思望拒绝了她，说：“我会保护好自己的。”

孙旭想再说什么，他已经挂掉了电话。

他们在学校食堂附近的土菜馆见面，狭窄的包间里，散发着一股浓重的霉味，这是学生请客最爱来的地方。不只物美价廉，老板人也挺不错，马思望和周南山读书的时候，常来这里吃饭。

马思望推门进来，周南山已经等在那里了，桌子上上了满满一桌菜，都是他们读书那会儿最爱吃的东西。

周南山愉快地与他打招呼，他面上的笑容，像是两人从来没有过嫌隙，还是当年那无话不谈的挚友。

周南山读书那会儿，习惯于一个人独来独往，他从来没有朋友，不过他的功课很好，在整个专业，是数一数二的水平，另一个与他水平相当的人是马思望。马思望跟他不同，他性格开朗又多才多艺，在他们专业甚至是整个学院人缘奇好，到处都是他的朋友。

马思望与周南山真正接触过才知道，并不是他不善交际，其实他有着奇好的人际沟通能力，他是不屑于跟那帮平庸的同学来往。

两人很快成了无话不谈的朋友，只有马思望才能跟上他那颗天才运转的大脑，他们刚接触时的感觉很奇特，像是已经认识了很多年的老朋友，两人没一点隔阂，相处出奇地融洽。很快，他们成了最要好的朋友。

两人在专业课上的悟性令老教授异常震惊，他俩在大三那年，合创出一套效率奇高的犯罪心理模拟技术，可以综合案情资料，描绘出犯罪者的基本特征，这一技术应用于刑警破案，取得了异乎寻常的作用。

他俩这对奇怪组合一时在警校引起轰动，他们走到哪儿总会遇到有人在背后对他们指指点点。

如果他们的关系继续这样美好，恐怕现在真的可以像这样坐在一起，喝酒聊天，顺便再追忆往昔峥嵘岁月了。

出现隔阂是在毕业前夕，马思望发现周南山有意躲着他，他们经常会去教研室做课题研究，那段时间他在教研室从没见过他，给他打电话也不接，约一起吃饭，都是能推就推，就算勉强去了，气氛总会很尴尬。

马思望敏锐地察觉到了这一变化，他直接问周南山，到底发生了什么事。

周南山的回答，马思望现在回想起来都觉得惊心动魄，他面不改色地对马思望说“你离开倩倩吧，她真正爱的人是我，她没向你提分手，是担心会伤害你。”

马思望如遭雷击，整个人都懵了。倩倩是他现在的女朋友，两人从大一就在一起，到现在为止，感情非常好，从来没有吵过架红过脸，除了上课和做课题写论文，他俩总会腻在一起。

因为他与周南山的密切关系，三人免不了经常在一起玩闹，倩倩也跟周南山成了很好的朋友。周南山以前还唆使倩倩帮他介绍女朋友，倩倩特仗义地给他介绍了几个又漂亮又有教养的女孩儿，周南山全没看上，大学几年就这么一直单着，马思望没想到周南山居然不顾他们之间的兄弟情义，偷偷爱上了自己的女朋友。

马思望当即给了他两拳，周南山也不还手，只是冷笑不止，他对马思望说：“你这样固执，总有一天你会后悔的。”

马思望疯了一样揍他，周南山被打得满脸是血，可他一点不在乎，他还是坚持让马思望把倩倩让给他。

这天晚上，马思望一宿未眠，他揍了周南山，自己心里比他更难过。在他眼里，可是把周南山当成自己的亲弟弟一样照顾。可周南山竟然这样对他，这让他又伤心又失望，最好的兄弟要抢自己最心爱的女人，换谁能受得了？

他给倩倩打了个电话，在电话里说了白天发生的事，倩倩沉默了，他想追问下去，他们之间到底有什么瓜葛。虽然他相信倩倩对自己的感情，可他也明白，周南山不是笨蛋白痴，相反他是个聪明到极点的人，他不可能无缘无故说出这么一番疯话。

倩倩什么都没说，便挂掉了电话，他再打过去，却提示他手机关机了。

这天晚上，马思望想了一整夜，他思来想去觉得倩倩不可能背叛自己，就在昨天，他们还计划月底出游，去倩倩日夜念叨的稻城亚丁旅行。

第二天一大早，马思望还没起床，同宿舍晨跑的兄弟急匆匆地冲进宿舍将他摇醒，告诉他他女朋友半小时前出事了，跳了江。

马思望以为室友在跟他恶作剧，瞪了他一眼继续睡觉，那哥们儿慌得话都说不清楚，拖着马思望出了宿舍，外面早乱成一团，他听到早起的学生都在议论这件事，见他出来，人们对他指指点点。

他被学校保卫处和辅导员载着去了辖区派出所，值班民警告诉他，他女朋友刘小倩在一个小时前纵身跳下长江大桥，桥上晨跑的人用手机拍下了她纵身一跃的照片，他查看过照片，证实那就是他女朋友。

那一瞬间，他觉得自己的世界都塌了，他无法理解，她为什么会做出这种极端选择。

码头辖区派出所打捞了很多次，都没找到刘小倩的尸体，附近的挖沙船也被调集过来协助打捞，三天时间过去了，他们一无所获。

马思望每天蹲守在派出所，等待最新的消息，他整晚整晚地睡不着觉，整整一周时间瘦了二十多斤，完全脱了形。

那段日子，他不知道自己是怎么撑过来的，现在回忆起来都心有余悸。后来的整整两年时间，他每天过着麻木的生活，食不甘味，对任何事情都提不起兴趣，他妈担心他想不开，来省城照顾了他一年。

其实他们在毕业前夕，马思望和周南山都收到了学校的保研通知，两人几乎是同时选择了放弃，周南山出国了，马思望触景生情，坚决拒绝保研，不愿意当警察的他，也在茫然和绝望中，被赵局安排进了警务系统。

周南山出国前跟他见过一次面，他只对他说了一句话："倩倩是你害死的，你必须为自己的罪恶行为付出血的代价。"

他不等马思望反应，已经扭头走出了校园。

马思望有很多问题想问他，他到底和刘小倩发生了什么，为什么她告别的方式，会这么惨烈。

可看着他远去的背影，他没有追上去的冲动。

“你既然走了，为什么回来？”马思望对周南山的礼貌招呼置若罔闻，冷冷地问道。

周南山笑道：“老同学见面，连客套都没必要了吗？”

马思望冷笑道：“如果倩倩能活过来，我一定还会当你是最好的兄弟，给你最热情的款待。”

周南山陡突然抬头，道：“倩倩是你逼死的，不是我。我再告诉你一遍，她最爱的人是你，你当时听我的离开她，她绝不至于做傻事。”

马思望愤然站起身，道：“那我问你，倩倩到底是谁的女朋友，她跟谁在一起长达三年时间，我们交往的时候，你又在哪里？”

“你还是那么固执和愚昧，在你眼里，感情是能用时间衡量的吗？”

“为什么不能？我陪伴了她整整三年多，连假期我们都是每天在一起，我呵护了她三年，你却告诉我，感情不能用时间衡量？”马思望怒不可遏，他真想掐死周南山。

“所以，你永远都不懂爱情，你根本不了解倩倩，只有我才懂她。”

马思望对他的荒谬言论感到可笑，这么多年过去了，他拿到斯坦福大学的心理学硕士学位，他的外貌变得更加沉稳成熟，可是他对感情的态度，仍旧是这么幼稚儿戏。

马思望没再继续这个话题，他再次强调道：“听说你在国外发展很好，你为什么要回来？”

周南山邪邪一笑，说：“你知道倩倩的梦想吗？”

马思望愣住了，周南山道：“你当然不会知道，她只会把心事说给我听，因为在她眼里，我才是最懂她的人。她说她以后一定要开一间有格调的清酒吧，不需要太喧闹，但是一定要特别，要有梦幻和妖媚的感觉，她给酒吧取得名字——魔鬼情缘。你已经去过很多次了，你觉得我帮她开的酒吧，是她梦中的样子吗？”

周南山挑衅地盯着他，在马思望看来，他像是面目狰狞的魔鬼，正向他炫耀他猎取的猎物。

马思望站起身，道："倩倩她从来不去酒吧，也没有开酒吧的兴趣，我对你编造的这些故事不感兴趣。不过我还是劝你一句，你回来没问题，但是别犯事，你应该很清楚，从上大学那会儿，我就是你的克星……"他顿了顿，道，"现在也一样。"

49

夜很黑，那辆车一路朝城外开，沿路的路灯渐渐稀少起来，车灯发出的微弱光芒只能照亮眼前的方寸之地。路况越来越差，她不敢开太快，跟那车拉开了一大段距离。

那是一辆白色玛莎拉蒂总裁，车灯雪亮，仿佛两只硕大的小太阳，即使隔了很远的距离，照样能看得清楚。

她有些焦虑，不知道他会开往哪里，或者，他是否已经发现了她。下午她从省警校毕业的同事那儿打听过他，早些年他在警校读书的时候名头很响，被誉为天才一般的人物，连他们的专业课老师都对他惊为天人，据说他紧紧靠观察犯罪现场，就能说出嫌疑人的体貌特征，非常神奇。

玛莎拉蒂上了高速，他一路狂飙，这辆车优良的性能，一下子将她甩出大老远，她很担心就这么把他跟丢。片刻犹豫后，她冒险地将车速提了起来，油门踩到底后，疯狂加速，才勉强看清他的车灯。

望着码表上急剧攀升的数字，她真觉得这个人是个疯子，他居然能把车开到这么快，这是奔向地狱的速度。

十多分钟后，他下了高速，这是省城附近的郊县，她平常办案来得勤，路况还算熟悉。

玛莎拉蒂轿车进了一片市镇，在国道边上一处偏僻的自建楼前停下，她躲在隐蔽处观察，他下了车，然后敲门，进了这间建筑。

她很好奇，这房子非常破旧，是城乡接合部非常常见的那种四层小楼，周南山来这个地方干什么？

她偷偷下了车，走到那楼面前，看清门脸上挂着副食店的招牌，可能是卖杂货给过往的车辆。

她刚想敲门，想了想，还是缩回了手，然后绕到小楼后面，后面有座院子，院墙并不高，她翻身跳了进去，落地无声。

四楼窗户亮着灯光，其他几层楼全是黑的，后门是两扇木制的门，她了解这种门的构造，背面插了门闩，只要挑开门闩就能轻易开门，这对她来说并不是难事。

门很快被她捅开，她悄悄溜进去，屋里很黑，她没发出一点动静。她在门边上躲了十来分钟，确定外面没人，才朝前走过去，前面隐隐有些光亮，她蹑手蹑脚上了楼，在楼梯拐角处发现二楼客厅还亮着昏暗的灯光，一个人背朝她坐着，她盯着那背影出神，突然意识到这人的背影很眼熟。

她立刻想到，这人就是出现在周晓莹墓园的那个人，她在监控中无数次截取过他的背影，所以对他的背面有种本能的熟悉。

她的心怦怦乱跳，这个周南山果然有问题，她的假设没错，他那天在酒吧闹事，就是给他赢得逃脱的时间。

她努力将手机屏幕调暗，给同事发了条定位，让他们立刻赶来支援，抓住周南山的现形。

黑暗中突然有人惊呼一声：“谁？”

她脑子里一片空白，翻身跳下楼梯，在楼下打了个滚，窜出后门，然后爬上院墙跳了下去，她听到楼房里传来狼狗的叫声。

她暗暗吃惊，这地方果然是龙潭虎穴，她拼命朝停车的地方跑，身后传来人群追赶的脚步声，还有狼狗叫唤的声音，追她的人应该还不少。

她终于跑到藏车的地方，钻进驾驶舱，她浑身火辣辣地疼，跳墙的时候好像崴到了脚，她小腿肿胀得厉害。这时候已经管不了那么多了，她掉转车头，一脚油门冲出去很远，通过后视镜，她看清背后那帮拿刀持棍的壮汉，她额上沁出一层热汗。

总算是逃了出来。

她边开车边给马思望打电话，必须立刻派人过来，电话一直在空响，她狠狠砸了方向盘一下，突然她瞟到后视镜里，那辆白色的玛莎拉蒂以快到不可思议的速度朝她狂奔过来。

她暗骂自己糊涂，怎么忘了他们还有这么一辆车，她将油门踩死，汽车离弦之箭一般射了出去。她的速度快，可那辆车的速度更快，他们的距离逐步缩短，离她十几米的距离，他没减速的意思，而是疯狂朝她撞了过来。

“轰”的一声巨响，她的车头突然昂了起来，在马路上滚了几滚，她的脑门生硬地撞在A柱上，疼得她几乎昏了过去。又是“轰”的一声，那车又朝她撞了过来，然后是三下、四下……无数下，他要置她于死地。

她的身体不断遭到撞击，前挡风玻璃和车窗玻璃全被撞碎，她闻到浓重的血腥味和汽油味，她知道那是自己的血。

她的意识逐渐模糊。

黑暗突然在她眼前降临下来，她的世界就此落幕。

50

马思望一大早被电话铃声吵醒，他有些郁闷地按下接听键，听筒里传来小朱急促的声音，说："出大事了，鄂城交警部门打来电话，孙队昨晚半夜在鄂城县国道发生严重车祸，伤得十分严重，还没醒过来，现在人在他们县城医院。"

马思望腾地坐起来，人全清醒了，他看了一眼时间，还是凌晨六点，这时候天都还没亮呢。

他匆忙穿上衣服洗漱驱车直奔郊县。

直觉告诉他，孙旭出现在鄂城县很奇怪，他们查案还没查到那边去，孙队在这么奇怪的地方，又发生这么严重的车祸，这就更奇怪了。

他赶到县中心医院，孙旭还在急救室里抢救，鄂城县交警大队的警察守在门外，马思望向他表明身份，一位姓张的警官接待了他。

张警官向他说明了情况，孙队的车遭到严重撞击，车身基本解体，而且据他们分析，撞击还不止一次。他们赶到现场的时候，肇事车辆已经逃逸，那条国道没有监控等设施，他们调集大量警力，正在对肇事车辆进行调查。

马思望在路上翻看手机，发现了半夜三点左右，孙旭给他打过两个电话，他当时已经睡了过去，没接到电话。据张警官介绍，事故发生时间，应该就在三点钟左右。

也就是说，孙旭在给他打电话的时候，发生了交通事故。

他攥紧了拳头，他心里清楚，这件事绝不是巧合，分明是有人要置孙旭于死地，她是被谋杀的。

他在医院等到下午，孙旭才被推出手术室，小朱也赶了过来，医生交代，孙旭伤势非常严重，能不能醒过来还另说，只能看后期观察了。

在小朱安排下，孙旭被紧急转回省城军区医院，在医院接受了二次手术，马思望却一个人开车偷偷离开了。

他一路狂飙，车停在“魔鬼情缘”酒吧门前，他跳下车，飞奔进酒吧，周南山正跟两位涂着夸张眼影的辣妹调笑。马思望跑过去，揪着周南山的衣领将他提起来，对着他那张英俊到极致的面孔就是两拳。

人群顿时大乱，一群文身大汉朝他围了过来，马思望这时候爆发出过人的搏击能力，三拳两脚，放倒了这些打手。

周南山被他顶在墙上，他掐着他的脖子，掐到他面色绛紫，喘不过气来他才放下来，周南山面上浮出一抹惨笑，道：“怎么了？这么早就想杀我，你可是警察！”

“是你干的对吗？”他冲周南山歇斯底里地吼道，酒吧喧嚣的音乐也停了下来。

周南山整理着被揪皱的衬衣，道：“你在说什么，我听不明白。”

马思望又是一个勾拳，周南山被揍翻在地，他将他揪起来，道：“兄弟，别挑战我的耐性，我知道谋杀她的人是你，这种事只有你能干出来。再说，她昨晚跟踪的人是你。”

周南山道：“如果我说不是我干的，你会怎么样？”

马思望眼睛血红，他盯着周南山一字一顿地说：“我会杀了你！我说到做到！”

“可是你是警察。”周南山提醒他。

马思望脱下警服扔在一边，道：“你说得没错，警察讲证据，我现在脱下这身衣服，我代表我自己，大不了我给你陪葬，行吗？”

周南山无奈地一摊手，道：“这事肯定不是我干的，我不过是一合法商人，赚钱才是我的目的。既然你怀疑我，我只能自证清白了，等我拿到证据，你再向我道歉，如何？”

“少来这套。我以前不明白，为什么从墓园逃出来的嫌犯会来你这儿，现在明白了，因为你是这家酒吧的老板。”

“你说我是幕后操纵者？”

马思望没回答他，周南山幽幽道：“你可是警察，说话得讲证据。”

马思望盯着他足足看了一分钟，然后扭头出了酒吧。

他驾车驶进雨幕里，这个城市一到秋天就被绵绵阴雨覆盖，几乎整个秋天都是雨季，一如马思望此刻的心情。

医院里的小子炫还没醒过来，孙旭又住进了 ICU，为什么跟他关系密切的人，都会遭到厄运？他又想起几年前的那个早上，他被室友拖拽着走出宿舍，人群全都对他投以奇怪的目光，辅导员正式通知他这一消息的时候，他整个世界都塌了。

他恨为什么躺在医院的不是自己，而是他最在乎的人？

他将车开得飞快，在倾盆大雨中疾驰，他似乎是要发泄似的，漫无目的地乱跑，不停地超过其他车辆。

他脑子里一片空白，雨幕盖住了前挡玻璃，他眼前一片潮湿，如果这些事都只是一场梦，第二天醒过来，孙旭和子炫还完好无损出现在他面前，倩倩拉开窗帘，刺眼的阳光射进来，然后她对他深情地微笑，这该有多好？

第二天一大早，马思望刚上楼，迎面撞见小朱，小朱对他说：“有人在您办公室等你。”

马思望有些奇怪，昨晚并没有人跟他预约。

小朱压低声音说：“是那家酒吧的老板——周南山。”

马思望推开门，周南山戴着金丝眼镜，儒雅地坐在沙发上翻着报纸，见他进来，他冲他点点头，很有礼貌地打着招呼，像是昨晚的事根本没发生过。

“你来干什么？”他的声音很冷。

周南山合上报纸，道：“听说你遇上了大麻烦，我是来帮你的。”

“你帮我？”马思望以为自己听错了，他太了解他这位曾经亲如兄弟的老同学了，他只要不给你捣乱，你就该烧高香。

周南山仰起脸看向窗外，追忆起往昔岁月，说：“你忘了咱们读书那会儿，我俩创造的犯罪心理模拟技术，可是引起轰动，咱们还协助警方侦破了好几起刑事大案呢。”

马思望弄不清楚，他葫芦到底卖的什么药，他绝不是一个乐于助人的人，他做任何事，都计算精准，有自己的目的。

“就当我是替自己洗脱嫌疑，我打开门做生意，你们警察总是去捣乱，还让我怎么赚钱呢？”周南山微笑着道。

不是马思望不愿意周南山帮他，事实上，他对周南山的能力非常认可，如果周南山是警察，他相信他俩会成为最完美的搭档，当年他们协作过，过程之完美，他现在回想起来，还觉得扣人心弦。

可是周南山突然这样出现，他总觉得心里不踏实，再加上他那间充满邪气的“魔鬼情缘”酒吧，就更让他对他产生怀疑。

周南山伸出手，道：“试一次，对你并没有什么损失吧？如果你拒绝了我，吃亏的可就是你哦。”

“除非你不想尽快破案。”

马思望迟疑片刻，还是伸出手，两只宽厚的手掌紧握在一起，周南山轻拍着他的肩，笑道：“咱俩双剑合璧，就没有破不了的案子。”

马思望调出地狱审判案的所有档案供周南山查阅，周南山立刻表现出他对案件侦破的痴迷，他不吃不喝翻阅了一整天资料，查看了所有卷宗、痕迹鉴定报告、法医验尸报告等资料，还与办案警察做了详细交谈。

他很快下了结论，凶手进行地狱审判是假象，他的真正目的应该是复仇。

“你凭什么这么肯定？”小朱很是怀疑地说。

“原因很简单。你想过没有，这个城市每天都有无数人在干着道德沦丧、违法犯罪的勾当，为什么凶手偏偏选择他们三个看起来干净的人，他真要做地狱判官，可以杀死更多值得杀的人，可他没有。”

小朱道：“如果是复仇，他绑架捷豹女网络直播审判又怎么解释？”

“你只看到了直播审判，却没想过背后的深层次问题，网络上曝光的这种事情，每周都有很多，单在咱们市，每天都在发生，为什么地狱审判者没去审判他们，却只选择了捷豹女？”

小朱低头沉思，一筹莫展的样子，马思望却霍地抬起头，道：“你的意思是，凶手杀周晓莹、马文涛和赵局，与他想杀捷豹女的目的是一样的？”

周南山含笑不语。

夜幕降临，周南山离开了刑警队，马思望却还没从白天的震撼中摆脱出来，他突然意识到，周南山比当年，已经成长了不止千里之遥。

他能目光如炬，一眼看出事情的真相，他却还蒙在鼓里这么长时间。

从这几起案子很难对比出与捷豹女绑架案有什么共同之处，周南山也没给出具体的意见，他只说内中肯定有牵扯不开的联系，能找到答案，这案子也就算破了。

马思望将这些案子的卷宗全摊在办公桌上，他做出了几十种假设，如果从捷豹女一案反推之前三宗谋杀案，那就意味着周晓莹、马文涛和赵局，都犯下了恃强凌弱、欺负弱小的罪，可以他们三人的品性，根本不可能跟这个沾边。

可如果不是，凶手为什么会选择他们，对其他的犯罪者视若无睹呢？

马思望烦躁地将捷豹女的所有特征列下来，他的笔突然停下，注意力落在女服务员和孩子一起死亡，间接过失杀人这一行字上来，他呆住了。

难道这几起案子的共同点，是马文涛、赵局和周晓莹等人，也因为某起事件，无意中间接致人死亡，法律无法给予他们审判，死者亲人采用这种极端方式复仇？

如果这样说来的话，这件事应该发生在三年前，马文涛半夜接到恐吓电话，恐吓者威胁要他血债血偿。

马思望立刻把在回家、吃饭、陪老婆孩子的下属叫回警队，集中查阅三年前发生在本市的过失致人死亡案件，小朱一听案情有了转机，把女朋友撇在电影院，自己打车赶回警队，女朋友看完电影才发现他人不见了。

警察们通宵夜战，在天亮的时候，小朱翻出一份报纸递给马思望，说："你看这个。"他指了指报纸尾版社会板块角落里的一处豆腐块，上面写的是，一妇女在某处偏僻窄巷心脏病发作猝死，路过三位行人无一施救，妇女耽误最佳抢救时间死亡。该妇女家里还有个三岁大的孩子，因妇女没按时回家喂孩子，孩子从窗台坠落死亡。

马思望大吃一惊，这篇报道不正是捷豹女一案的翻版吗？

三年前互联网没有今天发达，新闻只能靠媒体报道，可能是这篇新闻涉及社会阴暗面，报纸不敢大张旗鼓报道，只给了一处豆腐块的篇幅。

马思望立刻去找同期的其他报纸，早报、晚报、周刊、月刊都翻了出来，在月刊上，也简短地提到这一事件，还曝出这三位过路行人中，有一位还是警察。

马思望指派小朱去报社找当年报道这篇新闻的记者，这稿子是当时的实习生写的，该实习生早离开了本市，他们辗转多地，终于把她找了出来。

当年的实习女记者，已经变身成为当红网络作家，当警察提到三年前她报道的那件案子，她吃惊道："你们不会是来查我的吧？"

警察说明来意，她才松了口气，向警察讲述了她报道这件事的经过。

说起来，她离开记者这一行，也是因为这篇报道。她本来已经拿到了转正资格，因为这篇报道，被总编认为刻意报道社会阴暗面，没有大局意识，将她转正的名额拿下，她愤愤不平地离开报社，南下打工去了。

她会写这篇稿子，也纯属意外，当时一位老者每天在他们上下班时间堵在报社门口，求他们报道这一新闻，老者据说是死亡妇女的父亲。其他同事对他避之唯恐不及，只有初出茅庐的小姑娘踊跃过去，对他进行了采访，听了整件事对社会冷漠感到义愤填膺的小姑娘，写了一万多字的采访稿，最后只给了几百字的板块。

马思望道：“听说三位路过行人中，有一位还是警察？”

那姑娘狐疑地盯着马思望等人，说：“你们不会是要秋后算账，套我话吧？在那篇报道里，我可是只提了一句警察，什么都没说啊！”

马思望笑道：“我们是在查案，你不用担心。”

那姑娘这才放心，说据老头儿口述，那警察还是一位副局长，他要求记者曝出这位副局长的单位和姓名，女孩儿考虑再三，决定还是拿掉。

马思望叹了口气，对小朱交代说：“去把那老头儿找出来吧。”

51

这几天难得天晴了起来，天才黑下来，老头儿给唱唱做饭吃了，带着唱唱出来散步，广场上热热闹闹都是人，有不少带孩子出来溜达的家长。

老头儿给唱唱买了一串糖葫芦，唱唱开心地啃了几颗，把剩下的糖葫芦递给老头儿，奶声奶气地说："爷爷……你吃……"

老头儿的泪水顿时就流下来了，他抹着泪慈爱地抚摸着唱唱的小脸儿，说："唱唱乖，爷爷不饿，唱唱吃。"

唱唱开心地吃完了剩下的糖葫芦。

广场上到处都是跳广场舞的老年人，喇叭里唱着欢快的曲子，一派喜气洋洋的模样，老头儿领着唱唱在人群里钻来钻去，唱唱在他背后不停地喊着："爷爷，爷爷，唱唱在这儿呢……你来抓唱唱啊……"

她开心的笑声，轻柔地触弄着老头儿干枯的心田，他本以为三年前他的心已经死了，没想到它还会有知觉，它还能感觉到温暖。

老头儿从背后一把抱住小唱唱，唱唱咯咯地笑着，留下银铃一般的笑声，他身后的老太太羡慕地对老头儿说："您孙女可真讨人喜欢。"

老头儿昂着头，得意地说："那可不，特别黏我，一天到晚要跟着爷爷，一分钟都不愿意分开。"

老太太有些嫉妒地噘起嘴巴，说："您这可真是上辈子修来的福气，我那孙子，从小我一把屎一把尿地带大，现在跟我一点不亲，整天只知道黏他妈妈，想起来气死人。”

老头儿乐呵呵地笑着，他蹲下来，唱唱搂紧他脖子，在他苍老干枯的脸上亲了一口。

他们就这样嬉闹到人群散去，唱唱说：“爷爷，我还想玩一会儿。”

老头儿慈爱地说：“今天都听唱唱的，唱唱想玩到什么时候，就玩到什么时候。”

老头儿愉快地追逐着小姑娘，小姑娘边跑边唱，老头儿已经是泪流满面，唱唱停了下来，有些难过地说：“爷爷，你怎么哭了？是不是唱唱不听话了？”

老头儿一个劲儿地摇头，说是风吹了眼睛，爷爷开心着呢。

天快黑的时候，他收到一封匿名邮件，邮件上只有一句话：“你的大限要到了，提前做好准备吧。”

他心里咯噔一声，知道他已经被放弃了。

尽管他早就预料到了这一天，没想到它来得这么快，这是他们的交易，他帮他复仇，他听他摆布。

既然是棋子，总有被遗弃的一天，他心里清楚。

那些人一一死去之后，他本以为自己对生死已经看透，可小唱唱的意外出现，打乱了他的节奏，他吃惊地发现，自己对这麻木的人世，竟然还心存眷恋。

就在几天前，他甚至还找了一份新的工作，打算晚上关掉门脸儿后，去再赚一份工钱，这样小唱唱明年上学的钱，就有着落了。

他删掉邮件，然后打了一个电话，他对电话里的人说：“你来接人吧。”

那人也没多说什么，答应了一声，就挂掉了电话。

广场上的风渐渐大了起来，一辆东风小康面包车停在广场角落，闪了两下大灯，老头儿抱着唱唱走了过去。

车上下来一个肥胖的中年妇女，她打量了唱唱两眼，突然眼里放光，惊喜道：“这么惹人疼的姑娘，你缺心眼吧，舍得送出去？”

老头儿弯腰对唱唱说："爷爷出门有点事，你在李姨家住段时间，等爷爷办完事回来，再来接你好不好？"

唱唱噘起嘴巴，很不高兴的样子，说："不能带唱唱去吗？"

老头儿摇了摇头，脸上的痛苦，再难掩饰，唱唱换了副笑脸，娇气地说："爷爷别不高兴了，唱唱等爷爷来接。"

她乖巧地扑进胖女人怀里，胖女人惊喜不已，老头儿将背上的包塞给胖女人，说："这是她的日用品和换洗衣服，好多都是全新的，没穿过。"

他又塞了一个信封给她，女人打开一看，里面是厚厚一沓钞票，估计不下五万元。

胖女人惊呆了，急忙把钱推回去，对老头儿说："你真脑袋坏掉了？这么好的闺女送给我们不说，你还要给我们钱？"

老头儿的眼泪顿时下来了，说："这钱不是给你们的，是唱唱以后的学费，这闺女命苦，你们一定善待她。"

说着，他猛地背过身，快速地朝广场那头走去。

在他背后，唱唱稚嫩的声音被风吹过来："爷爷……爷爷……你一定要来接唱唱啊……"

老头儿流了满脸的泪。

52

警察冲进来的时候，老头儿穿戴整齐，端坐在柜台后面，他身后的黑白电视机里，正播放着那部他看过不下一千遍的《新白娘子传奇》。

他面前的白搪瓷碗里，刚剥了一只卤鸡蛋，小朱走上前去，厉声呵斥道："是不是林水生？"

老头儿伸出双手，说："这一天，我等了很久了。"

老头儿戴上手铐被押上警车，周围邻居惊奇地跑出来看热闹，马思望上了阁楼，狭窄逼仄的楼上，除了一张床和一台老旧的电脑，再没任何东西。

电脑桌上摆着一只泛黄的相框，相框里是一位母亲抱着一个小女孩儿，两人拥抱在一起，笑容很甜。

马思望办公室，周南山翻着报纸，本市早报头条报道了马思望破获连环凶案的特大新闻，文章大费笔墨吹嘘了马思望的破案神技，他自己看了都直摇头，写这文章的记者根本没有采访过他，里面大多夸大其词，报纸送过来，他瞟了两眼就扔一边去了。

周南山笑道："马队长，我的嫌疑洗干净了吧？"

马思望瞟他一眼，说："如果我说没呢？"

周南山道："我是来祝贺马大神探的，万望您再接再厉，再破大案。"

说着，他拎着昂贵的外套出了门，马思望盯着他的背影，久久没有回过神来。

周晓莹案也许跟你没关系，可孙旭遭人暗杀，现在生死未卜，这件事你能摆脱干系吗?

你未免也想得太简单了吧?

一大早他没来单位，去了本市第一看守所，郑彤的案子正在走公诉程序，凌晨四点，他接到看守所电话，说郑彤指名要见他。

马思望赶到看守所，郑彤整个人瘦了好几圈，看着她皮包骨的样子，很难让人相信，她还只是个二十多岁的女孩儿。

“你要见我，是想起什么了吗？”他劝退身边的人，柔声问郑彤。

她上了手铐脚镣，小臂上加了两道锁箍，整个人被固定在椅子上，挣扎不能。

郑彤怔怔地出神，她突然指了指马思望手里的笔，他把笔和本子都递了过去，郑彤拿着笔在记录本上乱画，马思望很快发现她画的是一幅日漫。这张画马思望在她留在警校的书本里见过，他当时一度非常好奇，可郑彤却很茫然，现在她给他画这个，难道是想起来这个人到底是谁了吗?

郑彤很快完成了这幅画，马思望稍瞟了一眼，惊得眼珠子都快掉下来，画上画的是那年轻男子的正面。尽管日漫中的角色与现实中的人有很大区别，马思望还是一眼分辨出来，这人分明就是周南山。

郑彤将漫画推给马思望，马思望道：“他是谁？”

郑彤摇了摇头，他想再问，郑彤说：“你别问我了，我只能告诉你，他不停地出现在我脑子里，我快疯了。我不认识他，他却总是纠缠着我不肯罢休。”

马思望收起漫画，心事重重地回到警队，直觉告诉他，这件事不可能这么简单，周南山协助他破案，背后一定大有问题。

下午上班，马思望偷偷溜了出去，他去医院看了孙旭，孙旭还躺在ICU里，据鄂城县交警大队的警察说，孙旭一身是血昏迷后，她手里仍紧握着手机，手机停留在给他拨号的界面。

他有种莫名的感动，在她处于生死一线的时候，她选择给他打来电话。

他恨自己那天为什么要睡这么死，否则，孙旭也许不会变成这样。

ICU 里的孙旭静静地躺在玻璃后面，她浑身缠满绷带，只露出一双眼睛，她双目紧闭，像睡着了一般安静。

这个时候的她，才有些女人温柔的样子，跟雷厉风行的孙队长判若两人。

他在医院待到深夜，告诉她赵局的案子破了，赵局一辈子古道热肠，没想到死因居然是因为漠视妇女当街心脏病发作被报复。

他很都难相信，赵局真看见她发病会不去救她，他想，他当时一定在追一件急案子，或者有什么要紧的事情，没有注意到她。

赵局一辈子英雄，在哪个部门都是拔尖的人物，居然毁在一老头儿手上，想起来令人唏嘘。

他唠唠叨叨说了很多，天色很晚了才离开医院，他没有直接回家，而是驱车往酒吧街的方向跑去。

他将车停在酒吧街附近的小区，从后面走上街道，心理诊所的招牌在幽蓝色的招牌下，显得异常另类，他在诊所门前站了一会儿，然后朝“魔鬼情缘”走去。

周南山今晚没在酒吧，他找了处安静的位置坐下，过了片刻，两位打扮妖娆的姑娘在他对面坐下，一姑娘说：“帅哥，请姐们儿喝杯酒呗。”

马思望道：“好啊。”

姑娘一甩响指，对服务生说：“来两杯蓝色妖姬。”

另一姑娘凑近马思望说：“老大，我感觉这酒吧的客人，跟别的酒吧都不太一样。”

“哪儿不一样？”

姑娘道："你看来这儿喝酒的酒客，他们似乎很多都不太对劲。"

姑娘眼神朝楼下瞟了一眼，马思望坐的位置视野非常开阔，那些随着音乐扭动摇摆的面孔，像是蒙上了一层阴影，的确有些奇怪。

姑娘凑近他说："几天前的晚上，一个年轻的姑娘拿酒瓶扎进了一肌肉男的肚子，你知道什么原因吗？"

姑娘压低声音说："姑娘想看腹部文身，遭到肌肉男的拒绝，姑娘认为遭到羞辱，一酒瓶子扎了下去。"

她比画着动作，马思望安静地听着，姑娘说："像这种变态奇葩的事儿，我还见过不少，总之，让人无法理解。"

两个姑娘喝着酒，与马思望闲聊一阵，便各自散去。

马思望在酒吧转了一圈，以前几次来，他的目的性都很强，根本没注意到酒吧的氛围，好像的确跟别的酒吧不同，像是有股邪气，这间酒吧的客人也透着古怪。

出了酒吧，他深吸了口气，冷冽的空气吸入肺里，他精神不由为之一振，浑身的疲累也随之烟消云散。

他回头看了一眼酒吧，硕大的幽蓝色招牌，在暗夜里闪着迷离的光，一如它给他的感觉，扑朔迷离。

他暗自在心里打了个巨大的问号，周南山开这家酒吧的目的，显然不是赚点小钱那么简单，他真正的目的，到底是什么呢？

他想到犯案后的郑彤，周晓莹墓园出现的怪人，还有接连制造了数起血腥谋杀案的林水生老头儿，他们都曾来过这家酒吧。

他脑子里浮现出某种奇怪的想法，难道这家酒吧，就是一个特别的主题酒吧，来这儿的酒客，都是有问题的人？

最恐怖的还是酒吧的主人是周南山，这个被誉为天才般的犯罪者，他一旦与这些犯罪者扯上联系，整件事的味道就变了。

马思望心事重重地回到车上，他才关上车门，突觉脖子上一阵冰冷，一柄雪亮的匕首横在他喉咙处。

马思望抬肩顶起那人的手肘，将匕首提高了几分，他回肘击向背后那人面门，那人躲过他的一击，同时他手里的匕首也甩了出去。

马思望一脚油门到底，同时打开后门，汽车在街道上发力狂奔，他想借助车的颠簸，将袭击他的人甩出去。那人的身手可不差，依旧牢牢地粘在车上，两人见招拆招，斗了一路，汽车在几公里外撞在一棵树上停了下来。

马思望胳膊上被刺了一刀，伤口很深，脑袋撞车门上，晕了过去。

他醒过来的时候，发现自己被结结实实捆在一间仓库里，仓库里有股浓重的霉味，他头顶上悬着一盏硕大的灯泡，灯泡发出昏黄的光。

在他对面盘腿坐着一个一身黑衣的蒙面人，从身材来看，她应该是个女人。

马思望挣扎了一下，全身哪儿都疼，他倒吸口冷气，道："你是什么人？"

女人哑着嗓子道："我是什么人并不重要，重要的是，你现在在我手里，我可以随时要你的命。"

马思望冷笑道："我听过很多人对我说这番话，后来他们全被我亲手抓了。"

女人道："你太自信了，有时候过于自信，会害死一个人。"

马思望皱眉道："你是周南山的人？"

女人冷笑，说："我是谁并不重要，重要的是我给你两个选择，你可以选生，或是选死。"

"我当然选生。"

"你立刻调岗，离开这里，别再查下去，这件案子，不是你这样的小警察能查明白的。"女人森然道。

"我选死会怎样？"

"我现在就杀了你。"女人亮出刀在他眼前晃了晃，刚才在车上，他还能挣扎，现在他手脚被捆，他没有任何挣扎的能力。

马思望打量着女人，她身材高挑，穿着宽松的运动裤衣服，不过饶是如此，她立体的身材还是完美暴露了出来。

从她身体轮廓来看，她应该是个身材娇弱的女人，可回想起刚才他们在车上生死相搏的瞬间，马思望有些心有余悸，她的爆发力和残暴程度，显然与她的外貌并不匹配。

马思望道："你应该知道，我不是一个怕死的人，我也不是能被吓住的人。"

女人干笑两声，突然提起一只汽油桶，将整桶汽油兜头从他身上浇下，他全身顿时被浸透，浑身一股浓重的刺鼻味道。

女人手里翻弄着一只打火机，冷笑道："我知道你骨头硬，我想看看你这身骨头，被烈火焚烧之后，到底是什么样子。"

她凑近马思望，火机上的火苗突然蹿起老高，马思望浑身一哆嗦，吓了一身冷汗，这女人原来是个疯子。

女人摆弄着打火机，冷笑道："被媒体吹捧的神探，也不过这种货色，既然你怂了，那就早点放弃吧。"

马思望的目光，定格在她手背上，她白皙的手背上有一道三角形的疤痕，这道疤痕，当年倩倩手背上也有，他的心脏收缩了一下。

怎么会这么巧，看她身高体态，应该和倩倩非常相似，可倩倩已经离开很多年了，不可能有这种巧合，她会是谁？

"你认识我？"

"神探大名鼎鼎，省城不认识你的人，恐怕不多吧？"

"我答应你放弃追查下去，你想过没有，我出去之后要是反悔，你可没有第二次抓住我的机会了。"

女人道："我相信你言出必行，即使是被迫的。"

马思望心里一动，道："你凭什么这么肯定？"

女人眼珠一转，道："别人我还真只能在这儿杀了他，可你马思望不一样，因为你是马思望。"

马思望笑了笑，说：“你想知道，这么多年我是怎么过来的吗？”

女人愣了一下，很快恢复正常，道：“我可没兴趣知道。”

她这瞬间的变化没能逃过马思望的眼睛，他继续道：“那件事发生的前两年，我从没睡踏实过一次，一闭上眼睛，眼前都是翻涌的江水，无边无际的江水。那会儿我经常下班了会去桥上走走，我只思考一个问题，她到底是有多绝望，才会一声不响地纵身跳进滚滚江水里去。”

女人声嘶力竭地吼道：“我让你闭嘴，别胡说八道了。我没时间陪你浪费，我最后再问你一句，你是选择死，还是活？”

马思望惨笑道：“我选择死。”他手里不知什么时候，居然多了一枚打火机，女人这才发现自己手里空了，他趁她精神不稳定，拿到了她手里的东西。

马思望摆弄着打火机，柔声道：“我想看一眼你的脸，你要是不同意，我现在就烧死自己。”

女人惊道：“你疯了？”

他打开了打火机，火苗飞蹿起来，女人惊恐地瞪大了眼睛，马思望再次按下打火按钮，女人知道，他不是在跟她开玩笑。

她几乎是出于本能，撕开了遮住整张脸的面罩，一张清水出芙蓉般的面孔，出现在他面前。

他惊呆了，这张脸正是他无数个日夜朝思暮想的脸，他以为他们已经人鬼殊途，他在自责和痛苦中度过了整整六年时间。

可她现在，居然完好无缺地出现在他面前，他听到心里撕裂的声音。

“给我一个理由，你为什么要欺骗我这么多年？”

53

倩倩给他讲述了一个石破天惊的故事，这个故事，足以摧毁他过去接近三十年时间建立起来的价值观和人生信仰。

其实，你只是一个试验品。

你从小不知道亲生父母是谁，因为你的父母，也是这个实验中的一环，他在二十八年前，犯下了轰动全国的连环谋杀案。像他这种人，会被立刻执行死刑，可他遇到了一个人，这个人是国际某知名基因遗传学术带头人，他在进行一项疯狂的基因实验，他提取了这个连环杀人犯的精液，用他的精液培养出他的后代，然后用先进的基因消除技术，在胚胎期消除了后代的犯罪基因。

这个连环杀人犯的后代出生后，开始茁壮成长，经过犯罪基因消除，他与他的父亲截然不同，从小就是品学兼优的好学生，长大后，更是成了一名警察。

马思望瞪大眼睛，吃惊道："你说的这个人是我？"

刘小倩点了点头，说："那位基因狂人本来只打算培养一名后代，没想到胚胎分裂出了同卵双生的两位兄弟，在他俩身上，一位基因消除实验成功了，另一位手术失败，继承了他父亲的所有基因，于是，他成了一位犯罪天才。"

"你的角色呢？"马思望冷不丁道。

"为了让实验样本多样复杂，我早在你们进大学之前就已经被设定好了，就是为了刺激你和周南山，你们斗争的所有细节，全都被记录了下来，传回实验室，作为机密资料被保存下来。”刘小倩平静地说。

马思望的世界彻底塌了，他曾经引以为豪的天赋，原来不过是连环杀人犯的基因，他视为最大挑战的对手，原来是他的亲兄弟，他视为挚爱的姑娘，是被人安插的试验品，天底下还有比这还荒谬的事吗？

刘小倩对马思望说：“我本来只能躲在暗中观察你，可你比他们判断的要更强大，你即将打破你俩的平衡，这对你来说非常危险。我只能铤而走险，逼你退缩回去，只有这样，他们才会容忍你继续活下去，继续给他们提供源源不断的实验数据。”

她给马思望松了绑，马思望茫然地推开她，她想搀扶他一把，手伸出去，却又绝望地缩了回来。

她知道，她彻底地伤害了他，可是她只是一个试验品，没有选择的权力。

如果能选择，她宁愿自己已经死在滚滚江水里，这样至少还能被他一直惦记。

马思望木然地离开了仓库，外面下着雨，他也不躲避，走在茫茫车流之中，一直走了二十多公里，才走回家。

他迷迷糊糊地躺在沙发上睡了过去，半夜发了高烧，身体烫得吓人，其间他听到电话响了几次，都没力气去接听。

他不停地做梦，梦到小时候，梦到大学，还梦到和孙旭协同作战的生活，他还记得第一次见小子炫的时候，仿佛看到幼年的自己，他立刻爱上了这个略带忧郁的小男孩儿。

第二天他没去单位，同事一再打电话不对劲儿，开了他家的锁才发现几乎烧成火炭的马思望，他被紧急送进医院。

他在医院昏迷了整整三天三夜，小朱衣不解带地照顾着他，他烧退了之后，人也清醒了一些，不过这三天时间，他都瘦脱了形，精神非常虚弱。

他本以为自己对这个世界，再没有眷恋，小朱告诉了他一个好消息，小子炫已经醒了过来，他脑子受损，失去了很多记忆，不过他一直念叨着要见警察哥哥，他从没忘掉马思望。

孙旭队长恢复得也不错，她全身多处骨折，休养还需要一段时间。

好像这个充满阴谋和黑暗的世界，并没有那么糟糕了，马思望的心情，也略微好转了一些。

小朱告诉他，林水生连环杀人案在社会上造成了十分恶劣的影响，为了消除社会上的负面影响，下周就会对林水生进行审判，像他这种重刑犯，肯定是死刑跑不了了。

这个星期，马思望恢复得很快，也许是心情变好了，他的精神很快好了起来。

医生说他下周就能出院。

小朱给他剥了个橘子递给他，笑嘻嘻地说："老大，你看咱案子也破了，出院也没别的大事，你想去干点什么？"

马思望笑道："当然是去看子炫和孙队了，要不是不方便，我现在就想去看他们。"

他俩有一搭没一搭地聊着天，马思望的脑子却在快速转动，他出院的第一要务，是要揪出那个变态的实验者。他才是这一系列谋杀案背后的主使，如果没有他当年疯狂的举动，诚然不会有他马思望出生，可这世界上，也会少很多罪恶。

他一定要揪他出来，让他接受法律的审判和制裁。

林水生的庭审如期进行，马思望参与了听审，法庭上，公诉方详细地描述出林水生作案过程，林水生低头不语，只是他会有意无意地瞟向马思望。

马思望注意到他这一奇怪行为，他也没太在意，毕竟林水生是他亲手抓的，对他怀有仇恨，这很正常。

审判持续了好几天，到了法官宣读合议庭判决的时候，林水生突然蹿起来，指着马思望高喊："我是被冤枉的，是他在陷害我，我只是个孤苦无依的老头儿，他栽赃陷害我。”

人群一片哗然。庭审林水生，法院特意请了很多媒体到场，林水生现场指控刑警队长马思望，无疑给这一全市人民瞩目的大案带来更多波折，马思望在同事的掩护下，提前撤离了法庭。

警车上，小朱愤愤不平道：“这都什么时候了，他还想反咬一口，一味胡说八道就能躲避法律制裁吗？”

马思望却从中读出一些不一样的东西，从林水生的样子看，他精神很正常，如果是为了脱罪的话，这时候说这种话，恐怕已经晚了吧？

接下来事情的发展，就有些出乎马思望意料。林水生脱下衣服，在媒体面前展示了他遭到警察刑讯逼供的伤痕，他胸前后背上，几乎全都是殴打所致的伤，林水生一口咬定，对他刑讯逼供的人就是马思望。

林水生在媒体面前，推翻了之前所有口供，一口咬定是遭到马思望的殴打，他才按照他的要求说这些。他只是个普通的老头儿，活了今天没明天的人，他没有任何杀人的诉求，警方无法破案，才找到他这么一个替罪羔羊假冒凶手。

小朱收到法庭传来的消息，气了个半死，他一拳狠狠砸在桌椅上，郁闷道：“这老头子他到底想干什么？”

马思望冷静地说：“真的假不了，假的真不了，先听他接下来要说什么。”

警车上的同事只好强迫自己平静，林水生接下来的供述更加惊人，公诉文件上说，他杀死周晓莹、赵局、马文涛等人，是为了替他女儿报仇，因他女儿突发心脏病，这三个人路过却不救他女儿。

林水生的说法却是，他打了一辈子光棍，从来没结过婚，根本没有女儿，上哪儿去给女儿外孙女报仇去？

马思望听得心惊胆战，他问小朱说：“查过没有，他俩是否父女关系？”

小朱也急了，他认为大家都这么说，再加上老头儿口供上也承认了，这已经是事实了，他去忙更重要的事，没有查过他们的关系。

马思望瞪他一眼，小朱慌忙给户籍警察打了电话，很快得到回复，老头儿刚才说的都是真的，他从来没结过婚，也谈不上有孩子。

马思望突然意识到，这是一个巨大的陷阱，就像他从出生就被决定了是一试验品一样，这个局在周晓莹被杀的时候，就已经设计好了，就等他钻进来。

整件事都是老头儿一手导演，找记者报道这件事，留下豆腐块文章，再制造连环凶杀案，绑架袭击捷豹女，他画了一个硕大的圈套，目的就是引马思望这样的大鱼上钩，他感觉到背后一阵窒息的凉意。

他从穿上警服到现在，已经过去了很多年，这些年里，他遭遇了无数高智商的对手，他从来没有这样恐惧过。

他回到警队，很快被上级指派的调查小组控制，这件事被媒体深层报道，在网络上产生了巨大的负面影响，神探神话就此破灭，网络上全都是骂马思望的声音。

整个市局为此感到颜面无光，马思望被勒令停职，并接受组织调查。

林水生爆出的料，全都留着实锤，马思望在停职的第二天，被关进了看守所，他过去破获的案件，全都被重新审查。

马思望在看守所里哭笑不得，他不用猜都能想到，能想出这么狠毒招儿的人只有一个，就是他的亲兄弟周南山。

他果然还是继承了那个拥有顶级犯罪基因的父亲的衣钵，不只聪明诡诈，还心狠手辣，什么阴招都敢耍出来。

这天一大早，马思望被带到会客室，说是有人要见他，马思望到了才发现，来的人居然是周南山。

他依旧一副彬彬有礼的样子，笑眯眯地对他说："老同学，好久不见。"

马思望冷冷道："从大学时起，你就跟我争输赢，现在我正式承认，你赢了。"

周南山拍了拍他，说：“你别太紧张。我让你进来住段时间，其实是为你好，等你出去之后，你就明白我的良苦用心了。”

“什么意思？”

“你肯定会懂的。”

他说了一番莫名其妙的话，离开了会客室，马思望被押回去的时候，透过窗户，看到他修长的身影，在秋后温暖的阳光下拖得很长。

54

马思望在看守所接受调查整整一个月时间，外面发生了很多大事，当然这是他出来之后才知道的。

林水生公开指认他刑讯逼供、颠倒黑白的案子经过警方慎重调查，认定都是诬告，这得益于警方收到的一封匿名信。这封匿名信用一件件证据，撕破了林水生的谎言，死去的妇女的确是他女儿，不过是与他没有合法收养关系的养女。

写匿名信的人，还增加了几件有效的物证，这些铁证全都证明，真正的凶手，就是林水生。

林水生不只是连环凶杀案的凶手，还诬告警察，罪加一等，被判了重刑。

马思望出狱的时候，来接他的除了小朱和领导，还有坐在轮椅上的孙旭。

他在角落里，发现了怯生生的刘小倩，他本不想再跟她说话，可是见她一副楚楚可怜的样子，还是礼貌性地对她点了点头。

刘小倩靠近他，偷偷给他塞了一张纸条，纸条上写了一行字：“想要子炫的命，来同安堂。”

马思望心跳加快，他再去找刘小倩，却发现人群中，哪有她的影子，她早不见了。

他对孙旭一众人说：“我有件非常重要的事要办，先走一步。”

他不等人家回应，急匆匆拦了一辆的士，直奔同安堂而去，一路上他给李姐和医院方不停地打电话，医院告诉他，子炫已经办理了出院手续，李姐手机关机了。

他意识到问题的严重性，火急火燎地赶到同安堂，大老远就发现同安堂的位置浓烟滚滚，有消防车鸣着此起彼伏的警报朝那边开去。

马思望惊呆了，他不停催着司机，司机很无奈，说："你看前面塞车成什么样儿了，我也想快啊，可我又不能飞。"

马思望将钱包里的钱全部塞给司机，说："我是刑警队马思望，你应该听说过我的名字，我现在借用你的车，明天你去交警队来取。"

说着，他不由分说，把司机拉下来，在目瞪口呆的司机面前钻进滚滚车流，他几乎是在用不要命的方式加塞，很快开出了司机的视线。

马思望赶到同安堂的时候，火势变得很大，无数支水枪朝大火喷射，不过效果并不明显，浓烟冲天而起，十分吓人。

马思望急得心如刀绞，小子炫要在这大火里，哪儿还有命在？

他拦住一个消防员说："里面的人都疏散出来了吗？"

那人扛着水龙朝大火方向跑去，气喘吁吁地对马思望说："火太大了，里面情况不太清楚。"

马思望急火攻心，差点儿昏倒过去，他跑近消防车，在消防车附近找到一件防火服，立马拿来穿上，又戴上防毒面罩，拿一桶水兜头浇下，在众人猝不及防下，冲进了大火当中。

一群消防员全傻了眼，领头的队长大吼道："他是哪个队的？谁让他进去的？"

一群人瞠目结舌，不知道该怎么回答他，马思望蹿进大火里，他穿过围墙，围墙已经坍塌了很多，主楼和附属几栋楼全被火舌吞没，就算里面有人，恐怕已经被烧死了。可他实在难以接受这一可怕事实，他想子炫出院，肯定还是要卧床静养，应该住在宿舍楼。

他顺着安全楼梯朝楼上爬，宿舍楼对比其他几栋楼相对保存完好，除了滚滚浓烟，火势并没有那么恐怖。

他记得子炫宿舍在5楼，这时候的宿舍楼，像一整块高温烧烤的铁块，他身上的水早被蒸干了，防火外套烫得吓人，皮肤根本不敢接触外界的任何东西，一碰肉都能化掉。更可怕的是，通往楼上的楼梯坍塌掉了，两层楼中间的层高有三米多，不借助梯子根本上不去。

就在这时，他突然听到楼下传来脚步声，他很是吃惊，大火把消防员都困在外面，楼里的人一定是同安堂的人无疑。

他急忙追了上去，在二楼楼梯口看到一个黑影一窜而过，速度奇快，他暗暗吃惊，在这种情况下，别说孩子，就算是大人肯定都乱了阵脚。可看这人的手脚之快，像是根本就不是在逃命，而是跟他玩捉迷藏?

他追到一楼，心想大火几乎把整座楼都包围住了，人能活动的范围非常有限，难道你是孙悟空不成，还真能跑得了吗?

他追到后门的楼梯间，那人就此不见，楼梯间里黑洞洞的，他记得这里以前是孩子们存放劳动工具的地方。

他担心有诈，去找了一根木棒子点燃制成简易火把拿过来，一照之下，赫然发现楼梯间下面还有个地下室。地下室的门敞开着，那人显然下了地下室。

马思望小心翼翼地钻进去，下了两层楼那么高的台阶，正在他暗暗吃惊，地下室居然能修这么深的时候，才发现已经进入一个十分宽敞的空间，那空间下面甚至通了电灯，外面大火烧得这么疯狂，地下一点不受影响。

前面有条长廊，长廊里灯火通明，两边都是白色门的房间，他脑子里一直在思考一个问题，同安堂不过是座孤儿院，他在地下修建这么恐怖的设施做什么?

联想到曾发现接连几年同安堂一再出事和之前同事们对它的怀疑，马思望突然意识到，事情并非如金老师所言，他们出事概率高，是因为来这所孤儿院的孩子，本来就跟普通孩子不一样。

突然，他背后响起一声金属撞击的声音，马思望猛地回头，才发现走廊入口处多了一扇大铁门，将他进来的路给牢牢封死了。

然后他头顶上的灯跟着全部熄灭，他手里的火把很快燃烧殆尽，他紧张地环顾四周，周围空荡荡的，可他心里清楚，背后的人一定就藏在他附近。

他高声道："金老师，都走到这一步了，还有躲躲藏藏的必要吗？"

他话音一落，他右手边的一扇门顿时开了，他推门走了进去，发现里面是一个很大的房间，奇怪的是房间里还有一只铁笼子，笼子里趴着一个人，光线暗淡的缘故，他走近才发现这个人是周南山。

周南山见到马思望，整张脸说不出的难看，他质问道："我好不容易把你弄进去，你怎么出来了？"

"不是你把我弄出来的？"

周南山没好气道："我有病啊，没事把你弄进弄出的，当然不是我啊。"

马思望警觉地朝四周张望，才转头眼前突然一黑，遭人打了一记闷棍。

他醒过来的时候，发现自己也躺在铁笼子里，与周南山所在的笼子，有三四米的距离，周南山趴在里面一动不动，不知是死是活。

他冲笼子叫了一声，周南山坐了起来，说："别紧张，还没死呢。"

"这到底怎么回事？"

周南山道："你这么聪明，还没想到吗？这儿就是死老头子的地下研究室，我找了这么多年，总算是找到了。老头子把实验室藏在地下，表面上拿孤儿院做掩护，同时，孤儿院又做他的标本库，通过这种互相依存的手段，既能合法合理拿到资源，又能掩护自己的肮脏实验，真是一举多得。我把你弄进去，就是想自己解决跟他的恩怨，没想到这老小子够狠，又把你弄出来了。"

周南山的说法没错，马思望看到这座庞大的地下实验室的时候，已经明白同安堂的本质是怎么回事了。

可笑他以为帮小子炫找到一处最合适的归宿，原来是座吃人不吐骨头的魔窟，说到底，还是他害了他。

他们身后响起脚步声，马思望扭头看去，只见一身黑衣的金老师从房间内的暗门中走出来，他明显苍老多了，以前还是花白的头发，已是一片雪白。

金老师很奇怪地鼓起掌来，他拍掌的声音，在空寂的房间里，引起很强的回音。

“我精心培养出来的两大杰作，终于凑到一起了，可喜可贺啊……真是可喜可贺……”

金老师大笑起来，笑过之后，又眼含热泪，哭出了声。

周南山笑起来，说：“死老头子，你赢都赢了，还演什么戏呢？”

金老师咬牙切齿道：“我当然要哭，为了培育出你们俩，你们知道我花费了多少心血吗？可我现在要毁掉你们了，我心痛……我心痛啊……”

他声嘶力竭的哭喊声，在长长的走廊里回荡着，马思望静静地看着他，他实在难以想象，为什么一个魔鬼，扮演天使的时候，连眉头都能不皱一下。

周南山道：“既然你这么痛苦，你可以放过我们啊，我们也乐得受你这个人情。”

金老师冷笑道：“你们毁了我的心血，还觉得我会放过你们吗？真当我姓钱的是纸扎的了？”

马思望怔了怔，他怎么姓钱？

周南山直勾勾地盯着金老师，说：“二十八年前，一个被判重刑的连环谋杀案的凶手见到了一位基因遗传学专家，这位专家在国际上声名显赫，他服务于一家国际知名的基因遗传学实验室。专家见杀人犯的目的，是因为他在研究一项特殊的课题，犯罪与基因是否有直接联系。为了证实他的课题，他取得杀人犯的精液，利用试管婴儿技术，培育出杀人犯的后代，没想到他的后代在胚胎期分裂成了同卵双生的双胞胎兄弟。这俩兄弟一个成了正义的警察，另一个却成了十恶不赦的犯罪者，他们人生轨迹完全背离，因为专家给他们做基因消除手术的时候，一位消除了犯罪基因，另一位手术失败了。我说得对吗？钱博士！”

钱博士略有些尴尬地咳嗽两声，拍掌道：“不错，你果然是个聪明到极点的人，竟然偷偷地都查对了。”

周南山笑道：“你将我俩投掷于不同的人生境地，又让我们在大学相遇，我们因为冥冥之中的血缘关系，注定了能在茫茫人海中发现对方，我们成了最要好的同学和兄弟。你让我们爱上共同的女人，又让我们因女人反目成仇，发誓一定要让对方付出代价，你的目的很简单，尽可能地观察和了解我们，你从未把我们当作人。”

钱博士咳得直不起腰来，他索性盘膝坐在地上，面对着铁笼中的两人，他脸上隐隐有兴奋的神色。

“你俩本来就是我的试验品，是我给予你们生命，我当然也有权力收回你们的生命，难道这不合乎道理吗？”钱博士脸上浮现出一抹惨笑，得意道。

“可我们是人。”

“在我眼里，你们并不是。”钱博士据理力争，“当年为了你们，我甘愿放弃我的名声、地位、权力，我隐姓埋名在这儿窝了二十多年，就是为了取得最真实的实验数据，没想到你俩太聪明了，聪明得有些过头，我不得不提前结束这一实验。不过就算这样，我的目的已经达到，你们提供的数据报告，足以帮我完成后面的一系列实验，到时候还有很多对马思望和周南山会出现。我一定会震惊世界，我只是还需要一点点时间而已。”

马思望嘴里蹦出几个字：“你已经彻底疯了……”

钱博士放声大笑，他疯狂的笑声在地下室里形成巨大的回音，仿佛恶魔的叹息。

他挥了挥手，铁笼子下面钻出两个气孔，马思望隐隐闻到煤气的味道，他心里一沉，难道钱其琛要烧死他们？

“再见了，我的孩子们，感谢你为人类科技进步做出的贡献，人类会记住你的名字。”他按下开关，气孔里喷出浓郁的煤气，铁笼子里面升出一种特殊材料制成的透明罩子，将两人罩在里面。

马思望胃里犯恶心，狂吐不止，有种窒息的感觉。

就在这时，周南山挣扎道：“难道你就不想知道，第301号档案，是被谁拿去了吗？”

钱博士呆住了，立刻解开密闭罩，喷头里涌出的煤气也跟着停住，马思望趴在笼子边上大口喘着粗气。

钱博士揪着周南山的头发，将他拖到笼子边缘，他因为生气，面孔变得很是扭曲，声嘶力竭道：“我也奇怪，他一个小孩子，怎么会拿那东西，原来是你在背后指使？”

周南山惨笑道：“你的手段也真够狠的，把他从四楼推了下去，幸亏这孩子命大没摔死。”

马思望听明白了，子炫坠楼，是被眼前这老头儿推下去的，他要杀子炫灭口的目的，是他想偷取他的机密文件。

子炫怎么会认识周南山？还对他言听计从？

他突然明白周南山选择刘涛的原因，刘涛不是他随即选上的，在很早之前，他就在下一步很大的棋，刘子炫进同安堂，恐怕也在他的计划当中了吧？

钱博士抓着周南山的头朝笼子上撞，边撞边吼道：“把301号档案给我交出来……现在就交出来……”

周南山满脸是血，他惨笑着指着马思望说：“我给你，你放他走。”

“你跟我谈条件？”钱博士狠狠地将周南山撞在笼子门上。周南山半边脸几乎歪向一边，张了张嘴，他吐了一口血水。

周南山用他淌着血水的嘴道：“你以为我在跟你开玩笑？”

他目光炯炯盯着钱其琛，钱博士在某一瞬间，竟然害怕起来，他这副血淋淋的样子，绝不是畏惧者该有的样子。

“你为什么不要我放了你？”

周南山笑了笑，说，“像我这么恐怖的对手，你敢放我走吗？”他瞟了一眼马思望，说：“我俩总得活一个吧，你拿回你的301号档案，这个交易很划算，对吗？”

钱博士按下电钮，马思望走出笼子，他正要扑向钱其琛，才发现黑洞洞的枪口早已经瞄准了他。

“走吧？”周南山笑着望着他，他惊奇地发现，在这么狼狈的情况下，他笑起来的样子，依旧温和迷人。

“你以前说，你总觉得自己活在一张看不见的网中，你最大的梦想，是撕开这张网，去呼吸真正自由的空气……”周南山深情地望着他，哽咽道，“哥，你终于如愿以偿了。”

周南山凑近钱博士，在他耳边悄声说着什么，钱其琛紧张的面容渐渐放松，周南山突然勾住他脖子，猛地将他的头撞在铁笼子上。

枪跟着响了，周南山腹部中枪，马思望朝铁笼子狂奔过去，他还没扑过去，周南山的枪已经射在开关上，火舌喷涌而出，将周南山和钱博士同时吞没。

“哥……走啊……这儿马上要炸了……替我活下去……”

他俩的身体烧成了两团火球，扑进大火里，凝固不动，像是两具燃烧着的塑像。

整个房间都烧了起来。

他隐隐听到长廊上周南山的回音：“哥，走啊……”

他跑出房间，周围房间全烧了起来，地下室入口处坍塌出了一个洞，消防员正提着装备朝里面搜索，马思望冲他们大吼道：“跑啊……这儿马上要爆炸了……”

马思望混在人群里，跟着消防员一起撤出大楼，外面的大火已经熄了，人群快速疏散撤离。在他们跑出五十多米远的地方，一声巨响，那几栋残破大楼瞬间被夷为平地，砖石碎片飞得到处都是。

巨响过后，马思望从土堆中爬出来，漫天都是灰尘，他似乎看到一个黑色的影子从废墟中狂奔出来，边跑边喊：“哥……等等我……哥……”

他在深秋的寒风中，泪水流了满脸。

废墟中爬起来的众消防员陷入一片混乱，抢救伤员，处理善后工作，人群乱成一团，没人在乎他为什么这么悲伤，他失去了亲弟弟。

他收到小朱发来的短信，说子炫找到了，李姐带他回了趟老家，现在正在回城的路上。